流光中的小確幸

我的一舉一動，
那些溫柔的、任性的、倔強的、決裂的一切，
只為了吸引你一瞬的目光。

當年，我千辛萬苦地等到他說一句喜歡我，然後他又說，他有他要走的路，
要是我必須跟上他的腳步，否則他不會等待。
所以這一路上，我只能加快腳步，追著他走，希望他偶爾會記得回頭看看我。
流光中的往昔，那些發生在我們身上，小小的，看似微不足道卻真實存在過的曾經，
無論好壞，無論喜悲，最終凝聚，鑄成此刻的永恆。

霜子 著

第・一・章

我從小就不聰明。不是天資差智商低，而是思考慢、反應慢、做事慢，因爲這三慢的緣故，經常吃了虧不知道，等想清楚了，一肚子委屈無處可訴，於是大發脾氣，無奈早已事過境遷。這種不在該發脾氣的時候發脾氣的紀錄多了，就更顯得我個性暴躁，倔強古怪。

但我媽說，我不是不聰明，只是不愛用腦袋。

如果你也覺得她這話說得很有道理，那就表示你跟四歲時的我一樣笨，聽不懂什麼叫作言外之音。

我媽的言外之音就是——笨是妳自己的問題，和生妳的我沒有任何關係。

更簡單的意思就是，她在撇清。

等我想通了這句話明喻暗喻之間的關係後，我就知道，我不聰明的問題，歸根究柢算起來，和我媽大有關係，不但有關係，搞不好就是她害我這麼不聰明的。作賊的永遠喊得比捉賊的還大聲。

我分析得頭頭是道，但我媽每次一聽我說什麼頭頭是道的話，就會大發脾氣，這次也不例外。她直接提著菜刀從廚房裡氣勢洶洶地奔出來，我爸看情況不妙，趕緊飛撲到我身前，肉身相護，陪著笑臉勸說：「別生氣別生氣，小孩子說話不知輕重，妳千萬別跟她認眞！消消氣，我幫妳切菜、我幫妳洗碗！」

我媽對我爸的態度，比對我還差，理都不理，指著我怒吼，「程秀翎，妳給老娘說清楚，誰害妳了？誰讓妳不聰明了？不聰明是妳自己的問題，和妳媽有什麼關係？啊？」

我本是那種在逆境中更顯堅強的人，但看我媽氣勢雄渾地撲出來，一副要拿菜刀把我大卸八塊的樣子，一時英雄氣短，嚇得說不出話，但再看我爸擋在前頭，知道要死死他，絕不會死我，我的膽子就像吹氣球一樣又膨脹了起來，扯著嗓門喊回去，「妳不每次都和人家說，自己很聰明，卻生了我這麼笨的女兒？我就覺得那是妳的問題。一定是我在妳肚子裡的時候，妳把我的智商吸收走了，所以我才笨，妳才聰明！」

我媽聽了，手抖了半天。

我媽常常抖，每次我爸拿著百貨公司的袋子問她「買這鞋子多少錢」時，我媽都得或大或小地渾身抖一下。但她很少握著菜刀發抖，還抖得一副頭重腳輕站不穩的樣子。

我雖然氣她吸收了我的智商，但媽媽畢竟是媽媽，我還是愛她的，看她這樣，我有點不忍，發自內心地關心。「媽，妳要冷的話，多穿件衣服，要是中風，我跟爸爸送妳去醫院？」她聽了這話，菜刀「噹」地一聲掉在地上，狠瞪我一眼，掉頭就走，一面走一面罵，「生妳還不如生隻豬！」

媽走開了，爸過來把菜刀撿起來，對我低聲說：「翎翎，怎麼這樣跟妳媽媽說話呢？妳媽媽她那麼愛妳，好的東西都給妳，怎麼會害妳？妳這樣讓媽媽傷心，很不好啊。」

我告訴你，我是不聰明，但也並不傻，該知道的事情我都是知道的，譬如說，我知道，媽媽雖然老拿指頭戳著我的腦袋罵「妳怎麼那麼笨啊」，但晚餐桌上的炸肉排，我總是吃最大塊的，如果我吃得很香，我媽還會把她的那塊夾到我碗裡來，「給妳吃吧，最好肥死妳！」

我在百貨公司裡看到一件好幾千塊的專櫃童裝，看得眼睛發直不肯走，逼得我媽和櫃姐殺價。她指著我說：「妳這件衣服穿在我女兒身上像條破抹布，要不是她眼光爛，老娘還不屑買！」

我愛吃糖果，蛀得一嘴爛牙，看牙醫時嚇得鬼哭神號，我媽在一旁對醫生吼，「你給我好好治她這嘴牙！我家翎翎人笨已經沒藥醫，但牙齒壞了，臉垮了，以後嫁不出去，我拆了你這家爛牙科！」

很奇怪，仔細想想，我媽愛我和作賤我總是同步進行，但我心寬人善，總記得好事，壞事就當成是周董含糊的副歌，聽久了，就算不明白，也都順耳了。

我把過去的回憶百轉千迴地想過一遍，自己感動自己、自己譴責自己，最後，含著眼淚跟我爸懺悔，「我眞不應該。」

家父乃鐵血漢子、性情中人，平生最見不得眼淚，尤其是女兒的眼淚。在感動和父愛中他混亂了心智，沒跟我把話對過一遍，衝動地推著我說：「那趕快跟妳媽媽道歉去。」

我進了廚房，看見我媽在那邊開著水嘩啦啦地洗白菜葉子，眼角瞥見了我，但一聲不吭。

我清一下嗓子，她洗一片葉子。

我靠近一步，她把青菜瀝了水。

我挨著她的腳邊站，她換洗番茄、摘蒂頭。

最後我扯扯她的衣角，她把水關了，轉過頭來看我。

我低頭認錯，「媽媽，妳不要生氣了，都是翎翎不乖不聽話，我眞不應該。」

媽咬著嘴唇不說話。

我看說軟話還不夠力，只得使出絕招，求她說：「我知道媽媽最愛我的，妳生我的氣，我就難過了，難過我就要哭了，就不吃晚飯了，就要生病了。」

我媽狠狠地「哼」了一聲，鼻音特別重，「妳媽煮的飯妳敢不吃？還敢生病？生了病妳就得去看醫生打針了！」

我媽就是這樣，嘴巴很惡毒，但心其實很軟，她肯對我說話，就表示雨過天青，她是原諒我了。

我轉過頭去看看，爸躲在門邊對我偷笑。

我放下了心，還黏著我媽問東問西，問她白菜要炒什麼，番茄要煮湯還是燉牛肉……講到後來，突然想起什麼，又扯了一下她的衣襬。

我說：「媽、媽，妳剛剛說錯話了妳知道不知道？」

我媽好脾氣地問：「說錯了什麼話？」

我說：「妳說生我還不如生條豬，可是，人生的是人，豬才生豬，人是生不出豬來的，除非有例外。」

我媽一愣，「什麼例外？」

我指著她說：「除非妳是隻豬。」

那天晚上，我就因爲那句衝口而出的眞心話，沒能吃到一口晚飯。

這件事情過去十幾年後的某一天，我把它講給杜子泉聽。

我還記得，那時候，他正在繪圖教室裡燃燒他的熱血青春，用一把美工刀對著一堆紙頭割啊劃啊的，做他那據說50:1的立體建築模型圖，我則在旁邊看武俠小說。

起初我不吵他，但等看完喬峰死去，阿紫抱著他跌入萬丈深谷的那一段，心神激盪，抬頭一看，只見窗外午後陽光正好，青春正燦爛，江湖上人間烽火，而我們卻蹲在教室裡對著模型消磨大好時光……他消耗他的也就罷了，居然連我也得跟著消耗，怎麼想，都很冤。

我於是推了他一把，問道：「杜子泉，我講個故事給你聽好不好？」

他抬頭看了我一眼。就一眼，絕不多，也不少，然後又別過臉去，不吭聲。

別人怎麼解讀那一眼的意思，我不知道，但在我來看，我就覺得那是他默許我可以繼續說下去的意思。

我於是把陳年舊事挖出來開講，加油添醋一番，說得很熱鬧。說完之後，自己笑了半天，又推他問：「喂，你說好不好笑？」

他給我的回應，就是又抬頭瞟我一眼。

我跟你說，我雖然成績不好，但並不是個看不懂人臉色的孩子。杜子泉那一眼是什麼意思，不語自明，我心中立刻聯想到的就是喬峰對阿紫的態度。

掏心挖肺，卻被喜歡的人冷淡，難怪阿紫會變態！

我內心長吁短嘆，正在思考該去哪弄點毒針把杜子泉的眼睛戳瞎，看能不能讓他變成游坦之，忽然聽見隔壁拋出一句話。

這話只有三個字。

「然後呢？」

我趕緊看他，確信這三個字和問號都是從杜子泉嘴裡吐出來的，不是我腦中過度妄想製造出來的幻聽，心裡立刻生出一種莫名的幸福感。

啊哈，你可理我了！

「沒有然後了。」我說：「然後故事就結束了。」

「我不是說這個，」他耐心地引導，「我是說，然後妳從這件事情上面得到了什麼教訓？」

「什麼教訓？」我想了想，試探地丟出答案，「眞心話總是最傷人？」

他搖頭，手上的美工刀推推退退，發出「喀喀喀」的聲響。

我問：「最愛的人總是傷我最深？」

還搖頭。

我說：「不要對媽媽的氣話認眞？」

繼續搖頭。

我不耐煩了，用力一推，把桌上那些個紙片都掃到地上去。「我想不出來。這就一個過去的故事，又不是牛頓的蘋果，你配合我笑一笑也就完了，有什麼好想的。」

杜子泉看了看我，又看了看地上散落的紙片，不吭聲，不說話，臉上陰惻惻的，眞可怕。平常，他的臉從任何角度，什麼時候看，都很保養眼睛，但一沉下來，就像妖魔鬼怪一樣陰森森的好可怕。

我惡人無膽，一看情況不好，趕緊彎到桌下去把紙片都撿了起來，拂去灰塵，一張一張排好，恭恭敬敬地雙手奉呈上去。

杜子泉接過東西，放到一邊，臉上恢復如常面色，又陷入他的模型製作，又不理我了。

我有些不甘心。花那麼大力氣，口沫橫飛地說了童年的糗事給他聽，最後只得到這傢伙威嚇的一眼……我悲傷地想，我此生當不成阿朱，但距離阿紫已不遠矣。

好在杜子泉還沒這麼沒人性，擺弄了一會兒他的建築模型後，又想到我們未完的對話，轉過臉來看我，正對上我傻傻瞪著他的眼睛。

他說：「這個故事的教訓就是告訴妳，該閉嘴的時候，不要多話。程秀翎，妳話很多妳知不知道？」他說完，對我做出一個拉上嘴巴拉鍊，外加掐脖子的威脅性動作。

我看著窗外的陽光，對於這個結果，默默地想了半天。

最後我想通了，得到了一個重要的結論：其實，一切都是錯覺。

杜子泉從來就不是喬峰，而我既不是阿朱，更不是阿紫。他才是阿紫，而我就是喜歡阿紫那個變態的蠢蛋游坦之。

不過在我這樣互相譬喻、自我安慰的同時，我可沒想過，不管是阿紫還是阿朱，都和喬峰此生無緣。把變態阿紫當成寶一樣看待的笨蛋游坦之，即使犧牲一切，最後也成不了阿紫喜歡的那盤菜。

人生就是這樣的事。

我喜歡的，未必喜歡我。

我和杜子泉也一樣。

現在，按下快轉鍵，跳過八歲時我和媽媽的無聊爭吵，跳過十八歲時我和杜子泉在圖書館裡消耗的辰光，往後往後，再往後……春風得意馬蹄疾啊，青春小鳥一去不回頭……落在我二十八歲這一年的此時此刻，農曆除夕的下午。

我是開車返家過年的，這是一個錯誤的決定，只有傻子笨蛋才會在全台灣的車都擠上高速公路的同時，把自己的車頭尾隨著人家的車屁股開上去。

從台北開回台中，整整五個小時，就是一個「塞」字。陸橋塞、閘道塞、路上塞……塞到我都閉著眼睛睡了一覺醒來，還發現自己停在原地動都沒動。我挫敗地心想，就是一隻螞蟻沿著公路爬，這個時候也該到家了，四輪車還不如一隻螞蟻呢！

什麼叫大錯特錯？就是一個錯誤的決定裡，總要跟隨著其他更多的錯誤，才能顯得它是如何地無藥可救！車近泰安時，我受到人體自然的感召，想開進休息區找個廁所。沒想到路上塞就算了，休息站前五公里也在大塞車，一路塞進休息區、塞進停車場，好不容易把車停好，遠遠看見廁所，我的眼淚就下來了……

梟雄曹操有篇著名的〈短歌行〉，裡頭有句話很符合此時休息區廁所的景象：繞樹三匝，何枝可依。意思是說一群烏鴉繞著樹木飛了三圈，找不到可以落腳的樹枝。

換成我眼前的情況就是，等廁所的人把裡外圍了何止三圈，每個人臉上的表情蕭條鬱悶。換點更生活化點的形容，就是一臉忍無可忍的大便色。

我在廁所外頭等了半小時，前進的速度不比高速公路好到哪裡去。我一面認眞地考慮販賣區有沒有賣成人紙尿褲的問題，一面思索著停車場外圍的草叢是否夠隱蔽夠高。總之，在絕望中我做了更絕望的決定——如果非得花時間排隊等廁所，還不如上高速公路上排隊，回去上我家的廁所。

我於是把車又開上公路，在接下來的兩個小時內進行坐立難安、天人交戰的意志力戰鬥，原以為煎熬沒完沒了，誰知在天近黃昏前，我居然開下了老家附近的交流道。

回家是一種很奇妙的感覺，隨著周邊的景物愈來愈熟悉，人就愈來愈興奮，雖然知道回去之後老爸還是老爸、老媽還是老媽，這兩個人的角色和性別永遠不可能互換，但那種近鄉情怯的感覺，還是很微妙。

其實，和人生一樣，很多事情都是重複的。

譬如說，老媽雖然總含蓄地說「人回來就好，還給什麼紅包」，但她抽走紅包的手法之快狠準，又比去年更勝一籌。好像整年沒見到她，她就是躲在山裡練這手功夫。

年夜飯的菜色，今年和去年差不多，去年和前年也差不多，前年和大前年、大大前年，和你有生以來的記憶放在一起，大概只有盤子換過的差別⋯⋯

親戚不外乎是那幾個，缺一點增一點多一點少一點，缺的是趕不及回來的，增的是從外頭帶回來的，多的是生出來的，少的是永遠不會再回來的。但不管怎麼增減缺補，本質上並沒有太大變化，並不會有人類變身成納美人。

唯一與時俱進變化的是餐桌上的話題。

學生時代回家吃年夜飯，爸爸說的是「好好讀書啊，別貪玩」。

畢業後回家吃年夜飯，爸爸說的是「好好找工作啊，別貪玩」。

工作幾年回家吃年夜飯，爸爸不說話了，換媽媽說「好好找對象啊，別貪玩」⋯⋯

我猜，等我老了回家，他們會說「好好找間養老院啊，別貪玩」。

說也奇怪，每個大人，或者每個老人，總以為我們這些小的，總躲在他們看不見的地方玩玩，好像我們過的日子是多麼怠惰頹廢懶散不事生產白晝宣淫⋯⋯我承認後面這四個字是我自己加的，氣勢嘛！可是蒼天爲證，我人生中最缺的東西就是玩。

玩和讀書一樣，都要花時間。這個世界上最不公平的就是生命有長有短，但最公平的是每個人一天都只有二十四小時。在玩上頭多花點時間，在讀書上頭就少點時間。最好的人是勞逸平均，不過這種事情就算拿出勞基法來也沒辦法保障。

大多數的人都是勞多於逸，但我比較慘，我是勞大大多於逸，嚴重多於逸，有勞沒有逸。

誰教我碰上了杜子泉！

我和他的關係，一言難盡，如果非得要找個譬喻詞，大概可以用青梅竹馬、兩小無猜、冤家路窄、仇深似海來形容我倆之間既簡單又複雜，既單純又微妙的關係……

不過，那些都是過去的事情了。

現在最適合我們的用詞也是四個字——形同陌路。

右轉拐進我家門前的巷子時，我還下意識計算著，和杜子泉到底有多久沒見了？答案下一秒鐘就得出來：四年八個月又十三天！我之所以記得這麼清楚，不是因爲數學多好，而是從他離開之後，我就沒辦法停止每天幹同一件事：早上起床對著鏡子洗臉時，把時間加上去，然後一面刷牙一面含糊地罵，「杜子泉，你這個狼心狗肺喪盡天良的王八蛋！」

剛開始我罵得很恨，但什麼事情放久了就沒意思了，譬如今天早上我說的是「杜子泉哼哼哼哼哼哼」，哼哼哼是我在咬牙刷的聲音。

我想一想，就把這件事情甩到腦後去了。沒把事情想深，不是因爲我灑脫，而是因爲憋尿實在太難受！憋尿是一種相當符合莫非定律的學問，你離馬桶愈遠，就愈不會去想上廁所的問題，但離得愈近，就愈忍不下去。

開到家門外時，我已經進入生死關頭，只等著把車子停好就踹門而入直奔廁所。這條路上誰擋我路，誰就是我此生不共戴天的敵人！

說敵人，敵人就出現了。

我家門前的巷弄狹窄，兩邊停滿車，中間留的空隙恰好能容一輛汽車通過。胖一點的人走在路上，車輛經過，就得趴牆壁。車子多，車位少，找停車位和上天摘月亮是差不多的難度。

這雖然是我第一次開車返家，卻早有準備，拿起手機就往家裡撥。沒響兩聲，被我媽接起。

「媽，我快到了！」

「到哪了？」

「離門不遠。」我問：「我的車位呢？」

「就在門對面呀。昨天我和妳爸把大花盆推過去佔了位子，妳爸的腰都拉傷了……喂，妳看見位子了沒有？」

我往前張望，右手邊是我家的白鐵大門，左手邊果然有個空位，被我爸用他那盆寶貝玉蘭花佔著。

「看見了看見了。」

我媽在電話那頭叮囑，「小心停車，別把你爸那盆花給撞壞了！妳到底會不會停車啊？不行不要勉強，我叫妳爸出去幫妳。」

「我可以！」一聽到質疑，我的嗓門就不由自主大了起來，「我在台北開車停車都沒問題。」

「那妳注意點，不行就叫妳爸。」

我媽把電話掛了，我把車向前開。

其實我對我媽吼的那句話裡面有相當多灌水和唬爛的成分。譬如說，我在台北是開車沒錯，但次數屈指可數，開的路程永遠是一樣的，就是從家到學校，從學校回家。走哪條路，哪裡轉彎，哪裡切換車道，停哪個位子，永遠都是固定好的，一點都不能出錯。

有次開車去學校，進了校門，才發現我的車位給人佔了，偏偏停車的人老不回來開走，害得我在那裡等啊等、等啊等，等到心灰意冷日月無光，只好又把車掉頭開回家去，叫計程車趕去學校上第一堂課。

聽到這件事情的同事們一個個義憤塡膺，比我還生氣。「是誰這麼沒公德心，佔了程老師的車位？不知道我們學校八十六個教師車位，就她那個最寬，左右沒柱子，前後都不靠，比殘障車位還大兩倍，簡直就是座草原！佔了她的車位，教她再開回家去，回程路上與她遭遇的人有多危險啊！」

這些話，我怎麼聽都覺得有問題。

總而言之，我就是那種有變化就要硬化的人。所以說，這次我堅持自己開車回家，是多麼英勇過人的行徑。

可能是因爲一路憋尿的緣故，過度強化的個人慾望，就會相對削弱自身敏感度，對於我自己是在如何艱難不可能的情況下，把車子連人從台北乾坤大挪移弄到台中這件事情，我並沒有太深的感受。

我現在最大的希望，就是趕快把車子停進車位，去找廁所。

但我前面那輛車不給我這個機會。

我猜它也是在找車位，因爲它用比平常車輛行進還慢的速度，在巷弄之間繞來繞去，最後在我家門前停了下來，旁邊就是我媽我爸給我留的那個空位。

我按了兩下喇叭，宣示主權，可是對方弄錯了我的意思，打了左轉燈，示意他要停車。

然後我就急了！

很多年以前，杜子泉就曾告誡過我，凡事不能急。他說：「妳一急起來，就會犯更多的錯。」

我矢口否認，「哪有！」

「眞的，妳的問題，出在沒有辦法一心二用，同時處理兩件事。」

我說：「誰說的，我經常同時處理兩件事，我還可以同時處理三件事。」

「譬如說？」

我想了一下。「我可以邊看電視邊講電話邊吃零食，必要的時候，還能偷聽我媽和我爸講隔壁鄰居的八卦。」

他臉陰下來，掉頭就走。一面走，一面無限悔恨地說：「我就不應該浪費時間跟妳講這些廢話。」

那些話言猶在耳，但眼下誰也阻止不了我犯錯。

我看前頭那輛車就要停進我的車位，一時發急，邊按喇叭的同時，邊搖下車窗，探頭嚷嚷，「等等！這位子是我的——」

我沒能把話說完，是因爲人在探頭時，重心一偏，腳下一鬆，原本踩著的煞車放開來，然後……

我就連人帶車，「砰」地一下撞上了前面那輛車的車屁股。

前頭我是不是解釋過什麼叫作大錯特錯？就是一個錯誤的決定裡，總要跟隨著其他更多的錯誤，才能顯得它是如何地無藥可救！

我撞了車，自己嚇一跳，渾身抖了一下。那瞬間我的理智告訴我：快踩住煞車！

可是忙中有錯，就像是在趕著出門時，永遠找不到鑰匙或手機一樣的道理。在那瞬間，在我驚慌的同時，我的右腳摸到了一個踏板，往下又用力一踩……

恭喜，那是油門！

於是我那輛二手的Toyota就像猛虎出閘一樣，蓄積了全部的氣力，排氣管發出「轟」的一聲虎吼，視死如歸義無反顧地往前再撞了一次！

這還沒完。

接下來，就是同樣錯誤的重複：撞上，緊張，想踩煞車，猛踩油門，往前再撞，更緊張，更想踩煞車，更用力地踩油門……

在這個過程中我聽見有人「唰」地用力開窗的聲音，然後是我爸在那邊喊：「老婆快來看，車禍耶！」

恍惚中我想起很小的時候，有天半夜，一群年輕小鬼在我家樓下吵架，我爸躲在窗簾後面，一面偷看，一面興奮地把我從床上搖起來說：「翎翎，快來看人家打架！」

但下一秒鐘我就聽見我媽接著喊：「老頭，開車的是你女兒啊！」

你有沒有犯過錯？我不是說那種考零蛋、打破別人家窗子的小麻煩，而是犯了超過正常人能夠負荷承擔的大錯？

犯錯之後，你會有什麼感覺？我的感覺就是乾乾淨淨的空白。

在那段空白裡面，我到底反覆地撞了前面那輛車幾次，我真不知道。總之，最後一次撞它時，我看見我的引擎蓋跳了起來，噴出白色的水花。

說也奇怪，那瞬間，我的世界突然變得很安靜，耳邊好像什麼聲音都聽不見，腦海裡只有一個問題——怎麼才能停下來？

但你知道的，不管怎樣混亂的場面，都要有結束的時候。就像電影裡當地球面臨末日，總得有一個英雄挺身而出。

此刻，這終結末日任重道遠的責任，就落在我身上了！

所以，不知道第幾次，當我把車頭撞上前車的車尾，又反彈退後的時候，我用力轉動方向盤，把車頭往停車位裡擠進去。

透過擋風玻璃，我看見我爸的玉蘭樹離我愈來愈近、愈來愈近……

總之，在最後一次驚天動地的碰撞聲後，玉蘭樹攔腰折斷，而我的車終於不動了。撞擊力讓車頭的氣囊爆開，把我卡在駕駛座上，動彈不得。

壞掉的喇叭發出扭曲的怪音，引擎也是，嘶嘶作響，好像沸騰的水壺。

我開始聽見其他人的聲音。

我爸在那頭慘叫，「哎呀，我的花啊！」

我媽在後面喊：「撞了車別找我們，找保險公司賠去！」

其他人的聲音就像流行歌曲的副歌一樣，嗡嗡嗡地在我耳邊亂轉。

有人過來開我的車門，動作很大，門把被拉扯得像是要支解開來。最後，那人把窗戶砸破，開了門鎖，將我從安全帶的挾持中解開，整個人往車外拖。

我雖然號稱膽大無畏，但也被這場意外嚇得魂飛魄散，站都站不住，坐在地上直發抖。拖我下車的那人吼了我的名字，「程秀翎，妳找死啊，這樣開車！」

我後知後覺，反應很慢地抬頭看。

我跟你說，我最恨言情小說那種號稱巧合的安排，譬如說，世界這麼大，六、七十億人口中的一個男人，總能和六、七十億人口之中的那個女人，在不可能的地方見上一面。而且見面時，總恰恰是女孩子身心受創，最軟弱的時候。

我每每看到這類橋段，總氣得砸書。試想，這種巧合的相遇，比中大樂透頭彩的機率還低，但怎麼每本書都少不了這一套！

那麼這一刻我該砸誰好呢？

我坐在粗粗的柏油路面上，杜子泉彎身蹲在我面前，夕陽西下，落日的餘光穿過他的髮梢，風輕輕吹，吹著他軟軟的頭髮。

他的眼睛在夕陽下像是兩簇熊熊火光，怒氣衝天地瞪著我。

我猜我一定是被剛剛那幾下猛撞，撞得有點腦損傷了（雖然我才是肇禍的凶手，而且從頭到尾都沒有碰到腦袋一下）眼前生出幻覺來，我居然看到他火冒三丈的目光底下，藏著些微且經常被人誤認爲麻木不仁的隱藏版笑容。

我想，我得說點什麼，才不辜負這四年八個月又十三天的時差，才能扳回我現在身處的窘境，還有我那丟失許久的，寶貴的，價值連城的自尊心。

我得說點狠話，愈狠愈好、愈毒辣愈好、愈翻臉不認人愈好。

我很快就找到了那句話。

我決定用最鄙夷不屑藐視輕忽的語氣，對這王八蛋說：「原來這樣都沒能撞死你啊！」

但我忘記了一件事，就是在這個世界上，我可以上罵天下罵地，左罵政客右罵學生，我可以對著鏡子罵我自己罵到豬狗不如的地步，但我就是沒辦法對杜子泉說什麼生生死死的重話。

我對他說過最重的話就是「我們分手」，而就連這句話，我也只說過一次而已。

所以當我用最鄙夷不屑藐視輕忽的語氣，咬牙切齒地說出「原來」兩個字之後，我就再也說不下去了。

然後，然後……沒有什麼然後，然後我就淚眼汪汪地大哭了。

我與杜子泉認識時，大概只有三四歲。我家和杜家可以稱得上是鄰居，門對著門，但中間隔著一堵社區圍牆。

他住的社區，由二十四戶別墅式的四層半透天厝組成。白色的外牆磚、紅色的大鐵門，社區街道寬敞，家家戶戶空間寬闊。他家最顯眼的地方，是在院子邊上種了一棵小葉欖仁樹，樹高不過二樓，葉小嫩綠，春夏時節，遠看就像一支蓬鬆飽滿的綠色大棉花糖。

而隔著一道牆的我家，則屬於眷村。老眷村的房子品質如何自不用說，據說在我爺爺分到這間房子時，只有一層樓，一廳一房，廚房搭在後院的竹棚底下，下雨時，雨水淅瀝瀝地漏在鍋裡，一鍋湯煮啊煮的就成了兩鍋。

到我爸這一代，房子增建，有了廚房，又加蓋廁所，還長出半個二樓，多了一個房間和一座小陽台。

到我出生時，房子又往上增建，又長出了三樓，又多了一個房間，加上半套浴室和一個儲藏室。

多次增建的結果，我們這一排的房子，一戶戶都長得奇形怪狀，就像是過度發揮創意的樂高積木，或是從朽木上長出的菌菇，東一塊西一塊，把各個時代的土木工程技術都結合在一幢房子上頭，風吹雨打，一過數十年，居然沒塌，不能說不是一個台灣奇蹟。

我家也有院子，沒種樹，種的是辣椒和黃瓜。後來小偷偷了我媽停在門外的買菜腳踏車，這座小菜園就被填平，成了小型停車場。

我家門口也有樹——行道樹。樹底下是小型垃圾場，左鄰右舍都把包好的垃圾丟在樹下，等著垃圾車來清。

由此可知，我住的老眷村和杜子泉住的新社區，具有相當大的差異。

差異造成隔閡，隔閡造成不平等，不平等又造成人與人之間的對立。我媽和左鄰右舍的阿姨婆婆們，對於一牆之隔的別墅群社區充滿了排擠心，一面羨慕「房子看起來不錯啊」，一面八卦「那塊地原來是墳地，是我們不要，才讓給他們蓋房子的」。

耳濡目染，眷村小孩對於社區孩子有許多不著邊際的想像，譬如說：他們不用上學，在家裡都講英文，冰箱裡塞滿可樂和冰淇淋，可以任意吃巧克力吃到飽，爸媽從不打小孩，放假拉著大皮箱出國玩……這些想像構成的畫面看似荒謬，卻是我們遙不可及也不可能成真的夢想。

人都是有自尊的，尤其小孩最有自尊心。為了他們擁有而我們所沒有的，所以我們決定同仇敵慨，不跟人家玩。

事實是，人家也沒想跟我們玩。

除了涇渭分明、楚河漢界之外，我很小的時候經常玩的一個遊戲，就是跟著大孩子們攀掛在牆頭，對牆那邊的小孩大聲叫罵，丟石頭、扔垃圾，等大人發現了就趕快逃跑。

叫罵些什麼？

現在想想，很多瑣碎的事情我都已經忘記了，但杜子泉倒還記得很清楚。

高中時，暑假有一天我到他家寫功課，寫著寫著，抬頭一看，發現他對著窗外圍牆發呆。

我問他在想什麼？

他說：「想妳以前是怎麼趴在牆頭跟我說話。」

我嬌羞，心想哎呀呀這傢伙果然腦袋好記憶佳啊，多少年前的雞毛蒜皮小事都記得住。不過話說回來，我爬在牆頭和他講話的次數沒有一萬次也有一千次，誰知道他記得的是哪一回？

「我和你說了些什麼要緊話是不？你怎麼記得那麼清楚？」我追問。

「是不容易忘記，」他想了想，慢條斯理地說：「妳扔了一個可樂空罐過來，正好砸在我頭上，我抬頭看妳，妳對我說：有錢家的孩子沒長屁眼！」

我默默流淚的同時，心中領悟出一個重要的人生眞理：什麼事情都是在曖昧不明時最美麗。奉勸諸君切勿事事追根究柢！

不過我跟著大孩子們整天玩耍鬼混，口出惡言的時間並不太長，後來上了幼稚園，讀半天班，只有下午半天時間繼續玩耍鬼混，口出惡言。

我和杜子泉上的是同一間幼稚園。

第一天上學，我精神抖擻，一大早不等大人叫我，自己跳下床來，催著媽媽換衣服換鞋子，綁兩個小辮子，紮著粉紅色的蝴蝶緞帶，穿上幼稚園的小圍兜、背著黃色小書包，一搖一擺地走到眷村大門外等娃娃車來接。

而杜子泉他媽牽著他，站在隔壁社區大門口等同一輛車。

我爸和所有傻老爸一樣，對於孩子經歷的每一個過程總是非常興奮，特地請了早上的假，拿相機來給我拍了好幾張照片。照片裡，我咧著嘴傻呼呼地呵呵笑。

這是一個看似美好的開頭，但很多事情在我來說，都只有開頭美。

等拍完照，娃娃車來了，臨上車時，我發現原來爸媽不跟我去幼稚園，原來只有我一個人要去上學，原來這一切都是我爸我媽調虎離山的伎倆，搞不好等下我一走，他們就回家打開冰箱吃蛋糕喝果汁，搞不好，等我回來早已人去樓空……總之，身為小人的我，用小人的邪惡之心揣度了大人一番之後，立刻改變主意：打死不上學。

事情走到這一步，就只剩下一個結果——挨揍。但在挨揍之前，我鍥而不捨地在所有大人和整車的小朋友面前，表演了就地打滾、死皮賴臉、一哭二鬧、鬼吼鬼叫等種種失控幼兒會幹的每一件事。

總之，後來我掛著兩行清淚，捂著被我爸痛揍過的屁股，哭哭啼啼地上了娃娃車。我和杜子泉被隨車老師安排在同一排座位上，到了幼稚園，又被安排坐在一處。

我哭了半天，身前的小圍兜上沾滿眼淚和口水，擦到後來連我都嫌髒了，於是順手把杜子泉的圍兜拽過來，兩管黃鼻涕往他的衣服上用力擤……

那是第一天上課的事情。過完這半天後我就知道，幼稚園眞是個不錯的地方，有小朋友一起玩、有點心吃，還有人說故事給我聽。

之後我就沒再哭過了。

但後來只要我每次靠近杜子泉，他就立刻手忙腳亂地把圍兜扯下來，或藏到背後去，人遠遠躲到另外一頭。他看我的表情，很像看到路上出現大老虎。

我想我有點病，我是那種誰愈躲我，我就愈要靠近的人。所以有很長一段時間，在幼稚園裡，我最大的樂趣，就是樂此不疲地追著杜子泉，像趕一頭綿羊一樣地四處亂竄。

那時候我還以爲自己是隻大惡狼，但幾年後才發現，想像力是一種不負責任的東西，和吹氣球一樣，爆開之後才發現，對塑膠製品，你永遠不能過度期待。

事實是，角色對調，其實我才是披著狼皮的羊。

在許多言情小說的橋段裡，像我們這樣從小長大的青梅竹馬，要不是如《紅樓夢》裡面的寶哥哥和林妹妹，幼年相伴，情竇初開，還沒睜眼看清花花世界多麼有趣，就讓對方的身影投影到自己的波心，之死靡他——到死也不放過他（她）——愛得柔情似水肝腸寸斷。要不就是誓不兩立，有我無你、有你無我，仇人眼中出東施，怎麼看，怎麼爛，落井下石一路追打到大，結果有一天，突遭五雷轟頂，才發現原來此生摯愛就是對門家的那個王八蛋，典型的：一山容不了二虎，除非那是一公一母！

當然還有另外第三種可能：年少時乾柴烈火，長大後雲淡風輕，你走你的陽關道，我過我的獨木橋，你是我的過去，我是你不願意回想的曾經，昨日譬如昨日死，明天又是新的一天，放眼望去，機會永遠在未來——Next one!

可這幾套老梗，放在我和杜子泉身上都說不通。

有很長一段時間，我們之間就是那種講起來沒多大關係，卻又藕斷絲連，剪不斷，掰也掰不開的對門鄰居。

我們上同一家幼稚園、同一所國小、同一間國中，不只同校，還同班，甚至同桌，這不是因爲緣分深，是因爲我媽是本地國中老師兼處室主任。

她認定近朱者赤近墨者黑的道理。我天生才智不足，已成定數，她只好在後天上替我努力努力。杜子泉功課好、人品佳，從骨子裡到臉上都透出一股聰明樣，我媽篤信只要能把我們兩人緊緊拴在一起，我就算是根牆頭草，也脫線不到哪裡去。

在家母教書的那個年代，老師都是師範體系出身，互相拉拉扯扯總有萬縷千絲的關係。就憑這層蜘蛛網似的關係，整整九年時間，我們兩個都綁死在一起。

我是無所謂，但杜子泉大概不怎麼好受。

我有個根深柢固的成見，總覺得教育是適合變態的工作，當老師的人多多少少都有點腦殘，整天以惡整學生爲樂。我那一區的老師們，有很長一段時間，熱愛使用一套叫作「連坐法」的教育方式，意思就是好事情不必分享，壞事情一起受罰，互相砥礪、彼此刺激，激發深層潛能，能夠讓學生們創造更好的表現。

可在我來看，頑石是海枯石爛的生態存在，怎麼刺激，都不能讓石頭變成大象。

至於杜子泉……從國小到國中，他當了整整九年的班長，偶爾身兼數學小老師、英文小老師、理化小老師，每年資優生模範生頒獎都少不了他站在講台上。他是師長眼中品學兼優的表率，但在我來說，他就是我的那條大尾巴，或者正好相反，我是他的那條大尾巴，尾大不掉，互相連累。因爲同桌，我忘記寫作業罰半蹲時，他得陪同罰站；我考砸試挨教鞭時，他得做伏地挺身；我解不出黑板上的題目，他就得上台來給我收爛尾……沒有我的存在，像他這樣風光優秀的資優生，必不能深切感受人下之人五味雜陳的蒼涼滋味。

所謂人生是因經歷而精彩的啊！

但不是每個人都能像我這樣，寬大爲懷、與世無爭，偶爾……有時候，當我惹出或大或小的一點麻煩的時候……好吧好吧，是經常性、普遍性，每天都不可少地惹出或大或小的麻煩的時候，杜子泉總會擺一張很不可愛的臉色給我看。

看人臉色，說實在並不好受。不過沒關係，我從小身體健康、心臟強壯，意志堅定、不爲外力動搖，對於各種外侮一概用有尊嚴的態度蔑視忽略。等熬過上課、熬到放學，熬回家，我看我的卡通，對著螢幕笑哈哈，把小虎隊、紅孩兒和草蜢的錄音帶反覆放得震天價響，杜子泉補他的英文、上他的小提琴班，在牆那頭把那把可憐的樂器拉得像野狗被車子撞到般地鬼哭神號，一切就過去了。

第二天又是新的一天，人生洗牌，重新來過。

所以你知道了，在那個時候，我還沒愛上他。

是的，是我先愛上他。

是我倒追他。

還是我死皮賴臉死纏爛打餓羊撲虎地抱杜子泉的大腿不肯放。

很多事情都是這樣的，要麼去做，要麼不去做，做不一定能得到，但不做一定什麼都得不到。

可是，大致上來說，在國小那個清純年代裡，我是我，他是他，上課湊在一起，下課各自回家。我們只有在我需要、我不行的時候有交集，譬如說，我忘了帶東西，他得借我。借我課本、借我水彩、借我毛筆、借我錢、借我抄作業……必要時還得借我吃飯用的筷子。

我的絕招是：除了自己，什麼都能忘記帶。

弄到後來，每當我轉過頭去，對他露出欲言又止的表情，他就會直覺反應，「妳又忘了帶什麼？」

他起初也罵我不用腦，爲什麼這點小事都記不住？妳煩不煩，有完沒完……但什麼金玉良言重複連講六年，釋迦牟尼佛也要撐不住。

總之，到最後的最後，每當我轉臉過去，他就會默默地把我缺少的東西遞給我，或許是一枝筆，或許是一個橡皮擦，有可能是我忘記帶的班費（他回家後再向我媽請款），也有可能是手帕衛生紙或半個便當……

所以說，高貴的友誼，在於包容和默契。

而這樣珍貴難得的友誼，在我的大腦裡昇華到更高境界，是在國一時。

國一時，我們的班導姓馬。如果說幹教育的，像我媽那樣，都屬變態，那老馬就是變態中的變態、進化的變態、完全變態、極致變態、無限變態。她把連坐法標準往上提到了一個全新的領域，以往挨連累的倒楣鬼只要受始作俑者一半的罰，現在一體同罪，罪上加罪。

老馬熱愛教鞭，開學第一天，她拎了一整捆藤條來，塞在教室辦公桌上的花瓶裡，不知情的人看了，或許會覺得很有點日本枯山水的味道，但在我來看，就是一整個鬼哭狼嚎。

我挨打是家常便飯，但問題是杜子泉因我受累，也挨了無數次教鞭。

老馬每次掄鞭子打杜子泉，總要用惋惜中帶著無比憐惜的語氣說：「可憐啊，誰教你坐程秀翎旁邊呢！她媽是處室主任，發話下來非要讓女兒跟你坐不可，誰也替不了你遭罪呀！子泉啊，老師打你，也是一萬個不情願，唉……」

話雖這麼說，老馬嘆完氣後，對杜子泉揮鞭子的力道卻比揍我還重上許多。

後來想想，我就覺得這女人有嚴重的經前症候群，要不就是提早更年期，或者就是個不折不扣的虐待狂。欺侮壞學生、責罵笨學生，都不比蹂躪好學生來得更過癮。

可是杜子泉並不這樣想。

他想的是該如何把災難發生率降到零。

這就是好學生和笨學生的差異，他事前防範未然，我是事後罵娘。

於是我們展開了一段漫長且同步的時光。他讀書，我讀書；他寫功課，我寫功課。他給我補課，教我做數學，替我推導公式，像鸚鵡一樣反覆唸英文單字增強我的記憶力。每天晚上他打電話給我，和我同時準備明天上課用的東西，他說一樣，我放一樣，通通收進書包裡……

這樣熬過前半學年，到了寒假，每天我抱著假期作業繞過圍牆，走進杜子泉家，在他的監督下做功課。他頗受老馬感召，採用鐵血教育，小塑膠尺是他的教鞭，沒做完不許吃飯、不許喝水、不許說話、不許上廁所，做完才能回家。

有一天傍晚，我正在做數學題，做著做著，眼睛累了，趴在桌上打起瞌睡，流了半桌的口水。睡得正香，忽然聽見樓上傳來陣陣聲音，我清醒過來，發現屋裡無人，上樓察看，在頂樓的小天台上，看見杜子泉正在夕陽下拉小提琴。

許多事情發生在不經意之間，而且，女孩子永遠比男孩子敏銳有感覺。

譬如說，在不經意間，這傢伙就長大了，不再是那個在幼稚園裡被我趕著滿教室亂跑的小男生……

譬如說，不知不覺間，他已經能拉出順耳好聽的整首歌，不再是那種狗吠火車拉斷鋼絲的鬼哭……

譬如說，那個安靜的，有時冒出兩句機車話，給妳臉色看給得毫不遲疑的鄰家小鬼，忽然之間，就長成了一個好看的男孩子。他的個子快要長上來了，他瘦削的肩膀逐漸有了要成爲大人的形狀，他的胸膛和以前不一樣了，他握著琴弓的手指修長而溫柔。夕陽透過他的指縫，在妳眼前一閃一閃，他半閉著的眼睛、長長的睫毛、彎彎的眉毛，簇成一個漂亮的角度，在微風中小劉海起伏著，和著樂聲悠揚，無比溫柔……

罪該萬死的，不是我無法自控顫抖的小心肝，而是在餘音裊裊中，他回過頭來發現我時，臉上那一抹來不及收起的淺笑。

有些東西從那一刻起，永遠成爲過去，許多事物從那一刻起，再也不一樣了。

好吧，那笑容和所謂的溫柔，或許純粹是我個人白日夢過頭產生的錯覺。因爲杜子泉過來時咬牙切齒說的話，和一臉的笑完全搭不上。

他說：「摸了半天妳到底寫完了沒有？妳最好有驗算，錯一題我揍妳十下！」

我已經不記得那天我爲了算錯挨了幾下，但時光過去，歲月流逝，後來我們不停長大長大長大，長大到年少時我們無法想像的那個年紀，扮演起年少時我們無法預見的角色，可是在心底記憶的板子上，夕陽在那個下午，爲我永恆地刻鏤下了杜子泉十三歲時的模樣。

那印象太過深刻，以致於此後無論他如何長大、我如何長大，不管我們變成了什麼樣，我總是能從他的動作、眼神、站姿和言語聲音間，恍惚看見我們少年時的影像。

這聽起來好像很浪漫？實際上卻是一個要命的問題。

意思就是，不管我離十三歲有多遙遠，記憶仍活在原點。

就像是少年犯的父母，面對鏡頭，明知子女犯罪，哪怕是殺人放火，罪無可赦，但他們總會愚蠢地說：「我兒子（女兒）很乖……」這不僅僅是爲了脫罪，也是實話。在他們的腦海裡，孩子永遠是幼年時嘻笑可愛的善良模樣。

相信我，每個人都有瘋狂暴戾的因子，也有純潔無害的一面。老把大雄當沙包追打，欺負弱小，連野狗都不放過踢一腳的惡霸技安，在他媽媽眼中，也是個看蔬菜店的好幫手、愛護妹妹的憨厚大哥。

假象未必是受了欺騙，問題在於：人選擇怎樣的角度去看事物。

猴子把我們的車都拖進了修車廠，前前後後上上下下左左右右地檢查了幾遍，口中讚嘆不已，嘖嘖有聲，「誰說妳這車禍不是蓄意，老子不相信！」

我已經不哭了，但嗓子沙沙啞啞的，「信不信隨你，純屬意外。」

「最好是意外啦！我修車這麼多年，是沒看過別人車禍？意外頂多撞個一下兩下。翎翎妳，連撞八次，一次比一次用力，水箱都爆了。妳這算意外，那什麼算謀殺啊？妳是怎麼回事，腳抽筋？鞋子愛上油門了，貼上去捨不得放？還是……」他看了看在車廠另外一頭正和我媽說話的杜子泉，目光收回來，又落在我臉上，饒有深意地問：「還是妳真想謀殺特定對象啊？」

我有種跳黃河也洗不清的感覺。「算你說對了行不行？第一次是意外，後面七次是想同歸於盡。」

猴子哈哈大笑，狠拍我一下，在我的衣服上留下一道大黑手印。「幹得好啊，對付負心漢就得這麼辦，給他個下馬威，殺殺他媽的威風！」

猴子是我和杜子泉的國小同學。他就是每個人人生裡面都會碰到的那種男孩子，活潑、淘氣、鬼機靈，個子小但活力十足，人好歸好，就是不愛念書。一堂課四十分鐘，他永遠沒辦法對著一個方向坐直，總是東轉轉西轉轉，找著機會就跳起來滿教室瘋跑一圈，說起五四三來神采奕奕，一對上黑板和課本就立刻精神萎靡。

小學時，我們班上四十個學生。我一直覺得除了杜子泉之外，剩下的三十八人得通通向猴子鞠躬致謝，要不是有他在，誰最後一名還難說！

猴子他爸媽也不在乎他成績，考了零蛋也看他笑嘻嘻。有很長一段時間，每當我媽為了考試分數揍我時，我眞希望我是猴子，猴子是我，我們把位子調一調，不知道有多好。

國二那年，猴子被分到技職班去，下了課就跟著他爸經營修車廠，學啊學、做啊做，我考上高中的同時，他上了高職，成為修車廠的正式員工。修了幾年車，後來他爸退休，他就接任老闆。廠裡雇了四個員工，又帶兩個學徒，鄰近左右的車子出了問題都靠他。除了修車，他也賣車，二手的、三手的車都有，就連我這輛車也是向他買的，友情價，外帶保固。

我每次回來，看到他蹲在車廠外頭擦那雙黑手，就不禁想，當年我媽和我爸逼著我讀書考試，是不是誤我此生？看看，猴子二十五歲就撐起一間修車廠，登門的顧客，哪個不是衝他喊「老闆幫幫忙」，無論經濟怎麼不景氣，路上還是有人開車，修車廠永遠有生意。

有一次閒聊，我隨口問他收入如何。他說：「或多或少。」我追問：「或多或少是多少？給個實際數字吧。」他想一想，說了一個數字。我說：「不是年收入，是問你月收入呢。」猴子給了我一白眼，「那就是我廠裡上個月的收入。」

那天晚上我整夜睡不著，想著如有來生，我才不念什麼中文系呢，我修車去。

人生的重點，不在過程，而在結果啊！

「猴子，別亂說啊。」我警告他，「我和杜子泉，兩回事了。」

「是是是，線頭和線尾也是兩回事，拉起來還不是一條線。」猴子賊兮兮地瞅著我笑。

「別說老同學不照顧老同學啊，我剛剛都幫妳打聽好了，他沒女朋友，還單身。」

「你這個死雞婆，問這些幹什麼，干我什麼事。」

「機會當前，好好把握啊！」

我冷笑，「你當我以前沒把握過？你看我好好把握，把握住了什麼？」

「過去譬如昨日死，未來如同明日生。」猴子突然來了這麼一句玄話，很有水準，嚇人一跳。

「以前的事情都是以前了。妳這一撞，人家半條命都嚇掉了，多少深仇大恨還不盡付東流啊？機會來了，重新來過，過了這村沒那店，妳七老八十孤家寡人的別來找我哭啊！」

「這話你都跟誰學的？」我很困惑。上次我回來，看見他指著一個奧客罵髒話，罵得那個繪形繪色，現在突然跑出一句「過去譬如昨日死」，「盡付東流」，眞是怎麼聽怎麼怪。「好好說話拽什麼文啊，都誰教你的？」

「沒誰教我，我讀書。」他把引擎蓋掀起來，臉埋了進去。

我指著他笑，「哈哈哈，你讀書？讀什麼書？色情小說？」

猴子頭埋在引擎蓋底下，說話都帶點機油味，惡狠狠的。「妳才讀色情小說呢，程老師，水往低處流，人往高處爬，我讀書怎麼樣了？老子陶冶性情，不跟妳一般見識。」

我和猴子鬥嘴是家常便飯，被他這一激，本想講兩句回敬的話，可才要張口，就瞄見杜子泉送走保險業務員，走了過來。我立刻閉嘴不言語了。

「猴子，怎麼樣？我的車還能不能修？」他問。

「那要看你說的修是到怎樣程度。」猴子放下扳手，「想修回新車，我沒辦法，不過你那德國車板金厚，夠紮實，沒傷到要害，不嚴重，修修就能上路跑。」

「還能開？」

「當然能，就是不大好看。你知道的，碗摔破了，怎麼補都是個破碗，追求完美的人看了總覺得不舒服，就看你在意不在意。」

「不在意。」

「不在意就不要緊。」猴子拿塊乾布擦手，探頭解釋，「你的車修起來容易，就是幾樣零件非向原廠叫貨不可。秀翎這車就不用說了，傷筋動骨，得大修。」

我連忙問：「什麼時候能修好？」

「趕著用？」

「初二得回台北。」

「初二？那不可能，農曆年我也要休假啊！況且今晚都除夕了，妳這趟回來才住幾天，趕什麼？」猴子一愣，「農曆年，台北的學校不放假？」

「放。」

「放就多住幾天。我告訴妳，妳就兩條路選擇，要不等我把車修好了妳開回去，要不，妳把車放在這裡，自己搭車回去，等修好了我再通知妳。我看妳那種開車法，還是選後者好。妳開車上路，自己不怕，我都替路上的人車擔心。」

我臭著臉不說話。

猴子笑了起來，「話說回來，難得回家，趕著要走，何必呢？我剛剛還在想，好不容易看到肚子餓回來，妳又放假，大家有空，找一天下午來辦個同學會怎麼樣？肚子餓，你參加不？」

「什麼時候辦？」

「過完年就辦，就這幾天，初二初三也行。正好，初二嫁出去的那些女同學都回娘家來，我打個電話約約。遠的難說，住得近的，我們這區的幾個，一約就到。」

「好啊。」杜子泉笑笑說：「很久沒見到老同學了。」

猴子很高興，轉頭看我。他還沒開口，我就搶著說：「別把算我在裡面。我忙，趕著回台北。」

「又來了，妳當老師的，寒暑假期間悠哉悠哉，最舒服不過，趕什麼？有什麼事情會比老同學聚會更重要？」

杜子泉站在我身邊，不動，也不吭聲。我眼睛沒往他那邊瞄過一眼，可是不知道爲什麼，我就是知道他在笑。

我跟你說，人生很多事情，我都不知道。我遲鈍、我反應慢，讀書時成績不好，不懂得看人臉色，想說就說，想做就做，不知道別人什麼時候生氣，也不知道如何避開麻煩，還經常不遺餘力地給自己找麻煩。我在生活上如此無知無能，可和杜子泉相關的每一件事情我都明白。我的腦袋上就像架了一座隱形雷達，平常時候，一年三百六十五天都不開動，但只要碰到他、碰到與他相關的關鍵字，我的雷達和天線就開始高速運作。

我從他握筆的姿勢都能感覺得出他高興或不高興，我連聽他呼吸的聲音，都分辨得出他有沒有吃飽……

我就是他肚子裡的那隻蛔蟲。所以我說他在笑就是他在笑，要不你咬我啊！

他笑，猴子也笑。說也奇怪，男孩子的笑容裡有時候會浮出一種令人討厭的沉著篤定，好像他們無所不知，而我一無所知，好像他們早把我看透，而我永遠迷糊。

我是白痴才會如他們的意呢。

我語氣平靜、態度從容，不疾不徐地把話一個字一個字吐出來。「忙戀愛、忙約會，忙著把自己嫁掉。新年總有新希望，我明年的目標，就是把結婚這件事情搞定，後年生個外孫給我媽抱。」

你有沒有碰過一種人？你可以在全世界的人面前丟面子，但絕不想在他面前失面子。

你有沒有做過類似的事情？明明自己心裡一點底都沒有，但在某個特定場合，就算毫無成算，也得打腫臉裝胖子。

你有沒有經歷過同樣的遭遇？你知道他不會吃你這一套，可是你希望他吃你這一套，哪怕下一步就要摔落萬丈深谷，可這一刻面對他，你還得笑笑……你不想讓他看穿你底氣不足，沒有信心，你拚命撐起自己的驕傲和自尊，拿沒有影子的事情說話。你知道他可能根本不在乎你說的這些話、這些謊，可是，每個人都需要下台階，你需要、我需要。

我們都想要有尊嚴、有驕傲，走路有風地從傷害自己最深的人面前，抬頭挺胸地走開。

我丟下震撼彈，等它炸開的同時，又拿出最平和的態度對猴子說：「車就拜託你了，你慢慢修吧，修好了，叫我爸把它牽回去。」

「那妳呢？初二怎辦？」

「客運、火車或高鐵，三選一。我先走了，家裡還等我開飯。」

猴子點點頭，「新年快樂啊。」

「新年快樂。」我得逼自己，才能把眼睛從猴子身上移到杜子泉臉上。我對他說：「你也是，新年快樂。還有，剛才的車禍，對不起啊。」

他面無表情地看了我一眼，輕輕點了一下頭。

我維持著臉上的笑容，掉頭往門外走，腳步飛快，頭也不回，一面走一面想：現在叫我、現在叫我，現在叫我回頭！杜子泉，快點，現在叫我回頭，我原諒你、我原諒你，我馬上原諒你……

有種至今還不被科學承認的力量，叫作「念力」，但我小時候一直相信自己是某種程度的念力師。

早上醒來才發現忘記寫作業，而今天老師一定會動棍子揍人時，我就祈禱：讓老師請假吧、請假吧、請假吧……

被差遣出去跑腿買雞蛋、醬油或鹽巴的我，跑出去玩了一下午，回家時兩手空空，我就祈禱：讓媽媽忘記吧、忘記吧、忘記吧……

聯絡簿上出現老師的紅筆警告或責備時，我就祈禱：讓爸爸簽名時沒看見、沒看見、沒看見……

眾所皆知，這些祈禱，百分之九十九沒有用，剩下零點九是好狗運逃過一劫，但有零點一的機會，會得到出乎意料的結果。

譬如說，揚言要用棍子揍人的老師，突然重感冒，請了三天假。

譬如說，使喚我出門去跑腿的媽媽，在老爸的慫恿下，突然決定帶我上館子去吃一頓。

譬如說，老爸和老媽忙著吵架，兩人丟鍋子摔碗，鬧得正厲害，拿到聯絡簿時根本沒有正眼細看，胡亂簽了，又回頭吵了起來。

這百分之零點一的完美可能，總讓我在許多關鍵的事情上頭，生出一些忘我的幻想。

我就想，如果這時候，如果此刻，杜子泉喊我回頭，說「對不起，都我不好」，說「妳不要嫁給別人」，說「我這四年多來從沒有一秒鐘忘記過妳」，說「我一直覺得對不起妳」……

我馬上、立刻、一定、絕對，毫不遲疑地徹底原諒他！

如果在這個時候……

我咬牙切齒地祈禱著，想到腦袋都痛的地步了。

「程秀翎！」杜子泉果然喊了一聲。

我狠狠一咬牙，抬頭，平靜了一會兒臉色，慢慢轉過臉去看他。

他站在修車廠的鐵門邊。

夕陽該死地落在他身上。

那一瞬間……你知道的，我該死的回憶力量又大發作了，我的大腦不受控制地播放出十三歲時在他家小天台上聽過的那首曲子……我眼前看見的，是兩個杜子泉，一個二十八歲，高高個子，寬寬的肩膀，長長的腿，牛仔褲和長袖襯衫，手臂結實，骨架都長成了成熟男人的樣子。另外一個是十三歲時的他，微閉的眼睛、長長的睫毛、清秀的面容、渾身上下從裡到外透出的聰明模樣，抿緊的嘴角，還帶著一點似笑非笑的表情。

這兩個影像在夕陽底下相互重疊，就像是哪部大卡司的好萊塢電影，外帶合而爲一的動畫特效。

在那瞬間，我熱淚盈眶。

我看見的是一個人漫長歲月的成長，我經歷的是這個人的成長。他長大，我長大，走過幼年、走過童年、走過青春、走過成熟，最後走到眼前這一步。

我那個感動啊……

我正受到激烈的情緒衝擊，滾滾熱淚幾乎要奪眶而出，不能自己的時候，杜子泉說話了。二十八歲的他，聲音和十三歲時完全不同，低沉許多，充滿了溫和安定的氣味。

他說話前，還先對我笑了一下。

「我回台灣工作了，也在台北，就住以前學校旁邊的老地方。妳要發帖子的時候，寄我一份，不知道地址的話，寄回老家來，別忘記了，我等著。」

胸口熾熱的情緒、溫暖的回憶，急速結凍成冰，我幾欲奪眶而出的眼淚，突然乾涸。年少的影像徹底消失，二十八歲的他在我面前，「噹」一聲像裂開的玻璃，一片一片，碎成渣子。

而我說了些什麼？

我說：「怎麼可能忘了你呢，不用提醒，我記得住的。」平心靜氣，語態平和，而後揚手一揮，轉身就走，一直走回家去，沒有回頭。

我沒有哭，我沒有哭。我吃了年夜飯，對老爸老媽嘮叨我開車不小心、生活散漫沒計畫，還不結婚和種種圈圈叉叉的指責，除了嗯嗯應聲照單全收之外，毫無反應。

吃完飯後我陪他們看電視。

守歲後爸媽給我紅包（各六百元），我給爸媽紅包（兩萬元）。老媽果如我前面所言，一面說「人回來就好，還給什麼紅包」，一面再次施展佛山無影手，把紅包抽走。

她的功力又更上一層樓了。

夜裡他們都睡了，我用爸的電腦上網，東逛逛西逛逛，看見有人貼了大陸春晚的影片就點進去看一看，媽啊，小虎隊居然在舞台上載歌載舞又唱又跳！

有幾秒鐘時間我又驚訝又興奮，再過幾秒鐘我慢慢鎮定下來，然後又過幾秒鐘，我有點呆。我看著在五光十色投影的舞台上跳舞的三個人，白衣白褲，繡著花花的亮片，他們唱的是我熟悉的歌，跳舞的動作也還是那樣有勁，可是，有些東西不一樣了。

小虎隊變成老虎隊了。霹靂虎結婚又離婚，影藝版新聞大刺刺地講述他的大陸籍前妻如何把他家產榨乾，乖乖虎拍過一部又一部連續劇和電影，演過皇子阿哥和武林高手，但後來我發現最適合他的角色，居然是不陰不陽、亦男亦女，陰陽怪氣的怪胎白小年……

小帥虎還是三個人裡面跳舞最有型，但長得最路人的角色，他那張老人臉，十幾歲時就預告了四十歲的長相。

我重複播放影片，心裡回憶起的，不是少年時的我是如何痴迷這些偶像團體，而是十三歲的那天下午，被杜子泉在夕陽下以屋頂上的小提琴手形象一激後，產生了多少不可收拾的後果。

那天我回家去，進了家門，扭開電視，對著螢幕發怔，腦袋裡飛來飛去的，全是杜子泉的模樣。

我那年少青澀、閱歷淺薄、道行不足的小心心啊，怦怦跳得和什麼一樣。

當天晚上，我生平第一次失眠。

人哪，只要心歪了，一切就都歪了。

第二天我還是去杜子泉家做功課。我們在大餐桌上，面對面地坐著寫作業，就像是化學實驗裡的實驗組和對照組，他振筆疾書，很專心，我寫著寫著，老分心。

但只要我一停筆，杜子泉的塑膠尺就橫飛過來，「發什麼呆，還不快寫！」

我寫、我寫……

這天的寒假作業輪到國文。國文向來是我的強項，不需要杜子泉的指導也能寫得很好，寫完給他檢查，也就結束了。

可半個小時後我發現，我寫的作業，絕對不能給任何人檢查。

第一大題是成語練習，同義詞對照，我在第一題「哀鴻遍野」底下的括弧裡，寫的是：杜子泉。

第二題，「色欲薰心」，我寫：杜子泉。

第三題，「包藏禍心」，我寫：杜子泉……

我往下看去，每個空格裡我都寫了杜子泉。

我「啪」地一聲把作業本蓋了起來，往書包裡塞。

杜子泉抬頭瞪我。「幹什麼呢？」

「寫完了。」

「這麼快！」他有點驚訝，「那，拿來檢查！」

我嚇了一跳，連忙把書包往後推，「不要。」

「藏什麼藏啊？」他很莫名其妙。「快點拿出來檢查！妳幹了什麼？妳又在作業本上亂畫花了是不是？拿出來，快點拿出來……妳給我把畫塗掉，被老師發現，我又要挨揍了！」

他越過桌子來搶我的書包和作業本，我尖叫一聲往後躲，躲來閃去之間我們打成一團。

最後我心一橫，突然把衣服掀起來，把作業塞進去，貼在肚子和胸部前。

「杜子泉，你搶搶看啊！」我衝他吼，「這是我衣服，這衣服底下是我胸部，我告訴你，你手敢伸過來一吋，我以後就叫你無恥色狼下三濫小變態！」

他被我這創意十足的大絕招給嚇了一大跳，手停在半空中，前進不得，後退不能，想縮不能縮。

我知道，他沒那個膽。

國小時，有一段時間，男孩子會突然對女孩子裙子底下的東西很感興趣，一到下課，時不時聽見走廊上傳來陣陣男孩子得逞的怪笑聲，還有女孩子們的驚呼和謾罵聲。

有天放學回家，我問杜子泉，「你掀過女生裙子沒有？」

他送給了我一記難看的眼神。

「掀過沒有嘛？」

「妳覺得我看起來像神經病嗎？」

「那就是沒有。」我得到結論。

他有點生氣，「掀女生裙子很了不起？」

「不會啊。」

「那妳問這個做什麼？」

「我只是想知道你想不想。」

「……」

「猴子他們經常去掀女孩子裙子，我就問他們爲什麼要這樣幹，是眞心想要看女孩子內褲的顏色呢，還是怎樣的。」

「……」

「猴子說，重點不是女生內褲的顏色，重點是，掀了裙子之後，女孩子會尖叫。鼓起勇氣去做一些讓女生們尖叫的事情，感覺很好，一試上癮，欲罷不能，男孩子都喜歡。」

「……」

「我跟猴子說，可是杜子泉就不這樣，沒見過他掀誰的裙子呀。」

「……」

「猴子說，那是因爲你變態。想做就做、想說就說，才叫堂堂正正的男子漢。他說你這種老師面前的乖寶寶，心裡想什麼，誰也不知道。」

「……」

「我跟你說，我爲了這件事情和猴子打了一架。」

「眞的？」

「眞的，你看，你看，他揪我這裡，我也咬了他的手臂……好痛啊！」

「他打贏了？」

「沒誰贏，也沒誰輸。」我說：「但我打回來就在想，搞不好猴子說的是眞的。」

「什麼？」

「我就想你是個乖乖牌，有些事情，敢想不敢做。」我用理解寬厚的態度說：「你在老師面前要當個好學生，掀了誰的裙子，一鬧起來就完了，別人會用怎樣的眼光看你啊？以後你就和猴子一樣是變態小癟三了。可是，猴子說過，敢想敢做，才叫男子漢。杜子泉，你是個男的啊！要不這樣好了，你掀我裙子，我給你掀，掀過了也就算做過了，你以後就不會去胡思亂想了，我也不去告訴老師，你覺得怎麼樣？」

我覺得我很大方，又很理解他。慷慨提議，還自願犧牲，黃花崗烈士也不過就這樣了吧？可是杜子泉的反應很奇怪，他用惡狠狠的目光瞪我、剮我，好像我說了什麼天理難容罪無可赦的鬼話。

他瞪了我半天，最後掉頭就走，邊走邊說：「妳有病！妳有病！」

媽的，你才有病呢！

可是從那天之後我就知道，杜子泉是不敢掀女生裙子的人。裙子都這樣了，更何況是衣服。

我把作業本塞在衣服底下，很視死如歸，一副「你有種就碰啊」的姿態，搞得他傻眼了。

他瞪著我看了一會兒，臉很臭，慢慢坐回去。「妳不寫作業就回家去，別賴在這裡！」

我知道賴掉了這次，鬆了口大氣，可是又不願意走，還坐在椅子上，腳搖啊搖地直看著杜子泉。

我不是看傻了，就是有點不明白。怎麼同樣一個人，拉小提琴和教我數學時的嘴臉會差那麼多呢？

難不成我煞到的不是他，而是他的小提琴？

喔不，這怎麼可能！

我不肯走，杜子泉也不趕我，專心寫作業。

他這麼專注，我也得找點事情幹。我手撐著桌面，把臉慢慢移過去，居高臨下地研究著他的頭髮髮旋，心想，是不是髮旋長得和他一樣，人就會變得比較聰明？

他頭也不抬地喊我，「程秀翎。」

「怎樣？」

「妳擋住我的光了。」

「喔。」

「不做功課的話，妳就回家去。」

「回去無聊得要死，要幹麼？」

「看妳的卡通、看妳的漫畫、聽妳的流行歌！」他說：「妳不都成天專幹這些無聊得要死的事？」

我不答腔，我撐在那邊，想了半晌，「杜子泉。」

「嗯？」

「你把臉抬起來好不好？」

「不好。」

「抬起來、抬起來、抬起來嘛……」

「爲什麼？」

「抬起來讓我看看啊。」我很認眞地說。

他像突然掉進水裡一樣地渾身一抖，抬頭衝我吼，「妳是腦殘吧——」

我跳上桌子，雙手扶住他的臉。「就那樣，不許動！不許動！別動、別動……很好很好……讓我看看！」

我仔細注視他的臉。

我從沒有這樣端詳一個人的臉看過，就連對我爸我媽，也沒這樣過。

人畢竟不是水果，盯著一個人猛看，太不禮貌。

可是這會兒我趴在餐桌上看杜子泉的臉，他亮亮的眼睛，挺挺的鼻子，薄薄的嘴唇……套句二十年後的世俗用詞，眼前這傢伙，就是一個活生生閃亮亮的極品小正太呀。

杜子泉原本很火，想對我吼叫，可是我那嚴肅的深沉的打量的品頭論足的眼神，把他的火氣壓了下去。他有些不自在，有些困惑，有些窘，還有些不樂意，可是他忍耐住了，忍耐又忍耐，最後重重咳了一聲，不耐煩地問：「到底看完沒有？」

我點點頭，放手退開。「看完了。」

「妳在看什麼？」

「沒什麼。」

他不爽了，「沒什麼妳看我臉幹麼啊？」

我突然爆炸，「看看不行啊？臉有什麼了不起？你小時候在幼稚園裡光屁股上廁所我都看過，臉又算什麼了啊！」

我很少這麼暴烈又無恥過，情緒激動、起伏不定，咬牙切齒地對他爆炸了一回，抱著書包和作業，頭也不回離開杜家，直奔我家。

回家後我咚咚咚奔上二樓，撞進房間，倒在床上，拿棉被蒙住頭。

在棉被裡，在黑暗中，我想，我是多麼喜歡那些少年偶像團體啊，他們又會唱歌又會跳舞又會翻來翻去，個個長得又高又帥，講話好聽笑容好看，隨便揪出一個人來，都比……不上杜子泉。

嗯哼，結論果然是這樣。

和什麼小提琴一點關係也沒有，我就是煞到他。

近水樓台先得月是一種運氣，但問題是，每個抬頭看得見月亮的，未必都能伸手摘下月亮。

大年初三，下午，同學會。

來的人不多，八九個老同學，個個攜家帶眷，小孩咿呀咿呀又叫又鬧，大人們嘻嘻哈哈，場景是猴子家的修車廠，大道具是我和杜子泉那兩輛破車。

我最討厭同學會，我都說過要回台北了，可是初一晚上，猴子來了。

我眞沒辦法給他什麼好臉色看，不爲他想方設法遊說我留下來參加同學會，而是因爲他送來了萬惡的維修估價單。

但猴子也挺知趣的，整個過程裡沒提到半句不該提的話，閒聊打屁，陪我爸喝了一小杯，就說要回去了。

我把他送到門外，正要道別，突然聽見猴子清了清嗓子。「秀翎，妳明天眞回台北？多可惜啊，難得辦——」

「停停停！」我很警覺，「你給我住口，別在這時候來提同學會的事。」

「爲什麼不能提？」他說：「妳心裡有鬼是吧？」

「你才有鬼呢，你們一家都是鬼。」

猴子「科科科」地壞笑了幾聲，笑得那個笑裡藏刀陰險狡詐。「妳不來就算了，我也沒打算勉強妳。方欣華就和我說妳是一定不會來的。她說，妳什麼都不會，就是死心眼，這麼些年來，花了多少時間、多少力氣，也沒能搞定肚子餓，實際上搞不定，心裡卻還喜歡他，心裡喜歡實際上不能喜歡，實際上決裂心裡卻不決裂，只能這樣，見一次躲一次。」

我冷冷地看他。「……猴子，眞行啊，你請將不成，就來激將了，把方欣華都拿出來說話，這招高啊！」

「我是說實話。」

「你是多話。」

「好好好，我不多話，我走我走，別惹妳討厭……」但他走開兩步，又回過頭來，看著我，不死心地說：「我就再說一句話，只一句，說完就走！」

我不吭聲，咬牙切齒地聽著。

猴子想了一下，慢呑呑地開口。「我就覺得，程秀翎妳這個人挺孬的，比不上方欣華。」

這話說得沒頭沒腦，他也不解釋，說完轉身就走。

我愣了一會兒，連忙追上去，「喂，你給我說清楚！什麼叫孬，什麼叫比不上方欣華？」

「我不能說，說多了妳要翻臉。」

我很氣，連名帶姓地喊他。「侯、家、輝！」

猴子轉過頭來。

「你給我把話說清楚了再走，方欣華怎麼樣了？我怎麼樣了？什麼叫作比不上。」

猴子又走了回來。「妳不知道方欣華的事？她離婚了。」

「眞的啊。」

「第三次。」

「什麼？」我大驚。

「第一任是律師，第二任是醫師，第三任是工程師……」猴子數著指頭算給我聽。「我送了前兩任的紅包，第三次的時候，我跟她說，妳這婚要能撐上兩年，我加倍補。」

「你唱衰她。」

「我也是沒有辦法的辦法。人可以這樣嗎？三天兩頭就寄一張紅色炸彈過來，才結婚，又離婚，分分合合，兩年換一次枕邊人，又不是換枕頭。」猴子說：「可話說回來，我佩服方欣華。妳看到她就知道了，結婚離婚結婚離婚，看起來像玩一樣，可人家都是認眞的，也不怕讓人笑話。我昨天打電話問她同學會來不來參加？她說來啊，有什麼好不來的。我說，別人問起妳的傷心事怎麼辦？她說，傷心事和開心事不都一樣是事，事實如此，不怕說。要是心裡有鬼，躲到天涯海角去，還是怕鬼。」猴子對我攤了攤手。「妳好好想一想吧。」

第二天我沒回台北。

第三天我去了同學會。

我去是爲了方欣華，我得看看這人現在到底怎麼樣了。

方欣華這個人，就是那種每個學校裡一定會有的才色兼備的女學生。書讀得好、成績優秀，人長得聰明漂亮，說起話來又能幹又有條理，是老師的愛將、同儕間的領袖。

除了我之外，大概沒有人不喜歡她。

我不知道她承認不承認，但她是我認定的，第一任情敵。

先前不是說過，我發現自己喜歡杜子泉嗎？

自我認識就是自我了解，自我了解就是從事件中發現自己的本性。

我在喜歡杜子泉這件事情上面，對我自己有了很深的認識。譬如說，原來我是那種得過且過、能拖就拖，凡事最好不要面對眞相，面對了眞相又無從下手，那就不要下手的人……

我花了點時間，理性的、感性的，理性與感性兼備，用長遠的、開闊的、啓發性的態度認眞說服自己：沒錯，妳是被杜子泉煞到了，但天知道這是不是一個錯覺？更何況，戀愛是花痴的墳墓，爲了一個擺臭臉的傢伙犧牲其他美好的相遇，値得嗎？妳對起劉德華嗎？對得起郭富城嗎？對得起黎明嗎？對得起林志穎嗎？對得起很快就要從日本紅到台灣來的瀧澤秀明，和那些擦身而過的無限可能嗎？

錯過他們，我豈不是太虧了嗎？

我用一種高瞻遠矚、未雨綢繆的客觀立場，對自己的處境和未來做了理智的考量，品評得失，最後得出一個非常大眾化的結論：年紀還小，好好讀書，別談戀愛。

這個結論如果是主標題，底下還有一個副標——騎驢找馬，有更好的，絕不放過。

做出結論後，我突然佩服起自己來了。我才十三四歲，就有如此深謀遠慮的心思，實在了不起。有人說愛是一種迷思的衝動，只有在混亂的時候，愛才能成立，戀愛愈瘋的人，愈搞不清楚自己在幹什麼，而我是如此自制、自控，想得深、辨得清，不爲愛情所誘惑。

我是多麼地英明睿智啊！

但當時我不知道，所有一廂情願的結論都是空話。事實是：沒有經過考驗，別說大話。

我的考驗很快就來了。

寒假結束後，我們又回歸學校生活了。馬老妖婆還是瘋瘋的，並沒有因爲一個月不見而改頭換面，她甚至更變本加厲了。我雖然一題不少地完成了寒假作業，但其他人的作業，她看看就過，單把我的作業拿去一頁一頁檢查，錯一題打一下。沒錯題，她說：「眞難得啊，妳抄誰的吧？」

我嚴重懷疑她家庭生活不美滿，說不定師丈在外頭養了狐狸精，還跟我長得很像……

杜子泉仍因我的緣故深受牽累，我對他甚感歉疚，但無力補償。

寒假後沒多久，科展來了。

在我小學時，每年一次的科展，整慘了所有人。明明我對科學毫無興趣，卻得奉陪參加一年一度的大拜拜，想方設法地找出一個題目，然後設計方案，花時間研究。

我通常是要交報告的前一週才想起有這回事，著急兩天，又安定了下來，繼續抱著漫畫尋找靈感，等到前一天晚上，隨便從百科全書中找個題目，買全開的彩色紙和彩色筆回來，我唸我爸寫，寫滿兩張，應付應付就過去。

第二天公開科展成果的時候，別人的壁報紙底下，都放著實體的研究成果，不管是躲在籠子裡睡覺的小白鼠、長得歪歪斜斜的植物，看起來很豐富，就我的壁報底下空無一物，內容也很虛，就是那種看看可以，但千萬別深究，深究就會發現，這個人這三個月都在睡覺。

我有段時間曾認眞地想研究「少年偶像團體的生活作息」或「超級瑪利爲什麼老破不了關」之類的題目，但我雖然天眞，還不愚蠢，並沒有成爲傳世笑柄的打算。

總之，上了國中，就沒人再提到科展這種東西了。大多數沒有研究經驗的同學們，包括我在內，終於從這場自我吹噓、自暴其短、互相折磨的年度盛事中徹底畢業。

所以當杜子泉被老馬欽點要做科展時，我嚇了一跳。

「她爲什麼老不放過你啊？」下課回家的路上，我氣呼呼地一路踢石子。「你說，你說，老馬是不是又想要對你做什麼了？」

「老師只是想要我試試看。」

「她一定又在想什麼欺負你的方法了！」我義憤填膺地說：「老馬腦子有毛病，她該不是家庭生活不溫暖吧？老把怒氣發洩在學生身上。沒有一天不打我，沒有一天不整你，老看你我不順眼！」

杜子泉瞄了我一眼，「她看我很順眼。」

「打你算順眼？」

「如果不是妳，我不會挨打。」他很理智地說：「程秀翎，與其罵老師，不如好好讀書。當學生就做兩件事：讀書、考試。這兩件最起碼的事情，妳都應付不好，妳要老師怎麼看順眼妳啊！」

我站住了，有點呆。

在這之前，我很少想過什麼叫作「當學生最起碼的事情」。

我的日子裡，最起碼的事情就只有吃吃喝喝、玩、電動和漫畫、女生們和男生們之間的打打鬧鬧……缺一不可。

而所有阻撓我進行這些最起碼事情的外力，都是撒旦的陰謀。

我爸我媽罵我打我，老馬照三餐整我，我都不在乎。地獄惡魔如此邪惡，但正義必勝，就像超級瑪利一樣，無論多少次Game Over，都可以從頭來過。雖然每次救到的都是假公主，但眞公主就在遙遠的彼方，總有一天，我會救到她。

可是這一天，杜子泉的這幾句話，暮鼓晨鐘一般地敲醒了我。

這話裡沒有任何惡意，甚至說得上是諄諄告誡。

可是話裡有話，許多事情往深處去想，就會得到與外在完全不同的結論。

譬如說，我聽出來了，杜子泉覺得我就是心不在焉，沒有盡力。

還有，在他心裡，人是有上下之分的，我顯然就是那個和他不同一類的人物，不懂得起碼的責任，應付不了現實，被老師看不順眼，也被他看不順眼的人。我不但拖累他，給他添麻煩，還在背後罵娘，眞沒水準。

我也是有自尊心的啊！

就算他說的通通是事實（確實是），沒有任何灌水虛假的成分（確實沒有），我也受不了被人這樣數落。

老馬欺侮我、我媽揍我、我爸嘮叨我，那都無所謂，可是，在幼稚園裡互相看對方光屁股和生殖器長大的青梅竹馬，長大後變高變帥，變成小正太的少年才俊，在不久前我才發現自己的小心心裡可能只裝得下他的意中人，當著我的面，這樣殘酷現實血淋淋地指責我，指責我不努力，指責我不如人，指責我和他不是同一階的，指責我差遠了……

我覺得、我覺得……我覺得我他媽超委屈的！

我站在原地，雙手握拳，大口吸氣，牙齒咬著嘴唇，一種面紅耳赤的憤怒湧上心頭。

杜子泉毫無所覺，走開半天才發現我沒跟上，回頭看看，見我原地不動，遠遠地說：「站著幹什麼，妳的腳被黏住了？我要回家，等等還要補習，沒時間跟妳混。妳最好動作快，妳媽說過，下了課就趕快回家，妳在外頭玩，回去小心挨打。」

我也不知道自己爲什麼那麼生氣。我就覺得，這人怎麼回事？我平等地看待他，他卻從沒有平等地對待我。聽聽他說什麼？跟我多說兩句話就是跟我混？三不五時就把老馬、我媽拿出來當聖旨脅迫，逼我聽話，逼我按照大家的腳步走，從來不問我樂意不樂意……

我居然喜歡這種傢伙！

我咬牙切齒地站著不動，杜子泉看我不動，也不廢話，轉身就走。走走走走走，走了一段路又折回來，一面走近一面怒聲問：「妳到底走不走？妳肚子痛啊？妳在幹麼？妳又在搞什麼鬼把戲啊？」

他走到我面前，才發現我哭了。我直瞪著他的眼睛掉眼淚。

他嚇了一跳，那張就算罵我時也端端正正好好看的少年，他文質彬彬的好可愛的白白嫩嫩的臉蛋一下子漲紅起來，露出困惑，露出遲疑，還有些著急和生氣。「妳哭什麼啊？妳幹麼哭啊？」

「杜子泉，你是不是覺得我很差勁？」我兩手握拳，拿袖子抹眼淚，「你是不是覺得，我特別糟糕？」

「……我沒這麼說啊。」

「你沒說，你就這麼想！」我一肚子怨氣衝出來，「你成績好、你功課好，你什麼都好，你還會拉你那把破小提琴，你就人見人愛，你做什麼都行。我媽喜歡你，我爸喜歡你，老師喜歡你，同學喜歡你，所有人都喜歡你，你就是模範生乖寶寶。老馬是因爲我才打你，你是因爲我受連累，你就這麼優秀，就這麼好，當班長、當數學小老師、當科展代表，你一天到晚上台領獎……可是，杜子泉，你什麼東西？你敢看不起我？」

我突然爆發，搞得他措手不及。人都是這樣的，碰到無法掌控的事情時，兩個選擇，要不沮喪，要不生氣。

他選了後者。「程秀翎，妳有毛病啊——」

但他不知道，我比他更生氣，我還瘋狂呢！「我就有毛病怎樣！我就是不行，就是不好，我連當學生的兩件起碼事都做不好，不寫功課，不愛讀書，只愛玩，我就覺得讀書沒有意思，我就覺得玩有意思，我就喜歡打電動看卡通看漫畫，還有看我那些你覺得超級無聊的小說！我讀書時不快樂你知道不知道，我玩時最快樂，爲什麼我不能做快樂的事情，老要做不快樂的事情？爲什麼不寫功課就得挨打，我寫功課時也沒人稱讚我啊！爲什麼考試不好得挨打？憑什麼老馬得因爲成績不好揍我？我就成績不好而已，我又沒殺人放火！你和老馬一樣，和我媽一樣，你們都覺得我很差勁、沒出息、不盡力。但我有盡力啊！我認眞讀書的時候，你們都覺得理所當然，但我認眞讀書考不好，大家都可以罵我！杜子泉，我國文比你好，你知道不知道？我歷史也比你好！我國文歷史閉著眼睛不讀書也考得比你好，你知道不知道？我其他科不好那又怎樣，我好的地方怎麼沒人誇獎我，爲什麼大家都看我不好的地方？爲什麼？爲什麼我應付不好就得挨罵挨打？爲什麼我得十項全能？你憑什麼罵我欺侮我？我也是個人，你和其他人憑什麼看不起我？你是不是覺得自己很高尚、很厲害，最強？你是不是覺得我很爛、很笨，很糟糕？你憑什麼這麼覺得？我作文比你好，我看不起過你嗎？我也是人，我從沒看不起任何人，你們憑什麼瞧不起我？」

我對他咆哮大吼了一陣，吼完就跑。

我跑得很遠很遠，跑到精疲力竭。等我再也跑不動，蹲下身來，漸漸冷靜，慢慢回想，想起剛剛衝杜子泉爆發的那一番話，我才明白，原來，一直以來，我都是有感覺的。

我嘻嘻哈哈地把那些不如人當成是成長的一部分，說說笑笑，好似雲淡風輕，不以爲意，其實我是在意的，挨打挨罵，就像大石，力重千鈞，日積月累，壓在心頭上，成爲一道永遠好不了的傷口。

我知道自己是不如人的。

我也知道自己拖累了旁人。

但我改變不了現況，我努力過嘗試過，可是不管我怎麼做老是錯。

那能怎麼辦？

我總不能天天哭啊，一天到晚拉著杜子泉說抱歉抱歉抱歉，抱歉說多了就不值錢了。那我能怎麼辦？我總不能說「無以爲報，以身相許你覺得怎樣」？所以我只好嘻嘻哈哈，裝作沒事人一樣。

我只能反應慢啊！

我要是敏銳一點、反應快，這樣的生活，老娘一天都過不下去了！

我一邊哭一邊跑回學校，我也不知道我幹麼回學校，但我就不想回家。我哭了，眼睛腫了，看起來就是一副難看樣。這個時候，我需要溫暖的慰藉。

我在籃球場旁邊找到了猴子，他本來和其他人打籃球，看我樣子不對，不顧同伴們的噓聲和叫囂，球一扔，人走了過來。「怎麼了怎麼了？爲什麼哭？不要哭啊！誰欺負妳了？跟我說，我揍他去！」

「……猴子！」我正處於心寒如鐵的絕境中，就需要這種熱血沸騰的友情支持，也顧不得男女授受不親之類的鬼話，揪著猴子的臭汗衫，「哇」地一聲放聲大哭。「杜子泉罵我！他罵我不讀書，考試考差，害他被打……嗚，我怎麼這麼倒楣啊我？」

「誰叫妳老跟著他屁股後面跑，妳不欠罵嘛！」猴子很無奈。「好了好了，不哭不哭。我跟妳說，肚子餓那種資優生呢，腦袋的構造就和我們這些人不一樣，妳看我們每天想些什麼？怎麼玩啊、怎麼吃吃喝喝啊！那他想什麼？分數分數分數分數分數……跟一個腦袋結構不同的人，能說話嗎？不能！所以說，我們不跟他一般見識！喂，妳要不要打球？」

「不要。」

「流點汗心情就好了。」他慫恿我。「打完球我們去大吃一頓，我請客！」

「我才不要跟你那些朋友打球，他們看起來個個都像流氓。」

「我警告妳，別侮辱我兄弟啊！」猴子很火，對我大吼，吼完又朝他那些對我指指點點的朋友們嚷嚷，「喂，秀翎跟我同村長大的，像我妹妹一樣，人家是好學生，你們對她客氣點，要是不客氣，老子就——」他揮舞了一下拳頭，擺出猙獰的樣子，齜牙咧嘴一陣，還怕說服力不夠，補了一句，「我告訴你們，她爸爸特種部隊出身，電視上看過沒有？徒手以一敵十，絕招是鋼筆戳心臟，殺人不動刀，得罪了她，你們小命不保！」

我愣了一下，扯扯猴子，低聲說：「什麼特種部隊，什麼鋼筆戳心臟，殺人不動刀，胡說八道，亂掰啊你！」

猴子呵呵笑。「嚇唬他們用的，誰知道啊。」

那天下午我和猴子他們打球，打完了球，大家散了，猴子又帶我去吃大餐。說是大餐，其實也沒什麼好吃的，就是小麵攤，一人一大碗牛肉麵，切很多滷菜。我一邊吃一邊向猴子抱怨老馬如何不仁不義、下流卑鄙，又怨嘆自己時運不濟，受制於人。猴子聽了半天，大概是覺得膩耳，打斷我的話。

「嘮叨個屁呀，廢話眞多，女人啊，都跟我媽一樣。我跟妳說，喝點酒，就沒什麼好煩惱的了。」

他去雜貨店買了半打啤酒回來，往我面前推來三罐。

我嚇一跳，連忙搖頭。「不可以、不可以！我爸說我還小，不能喝酒。」

「大人都這麼說，騙小孩的啦！我跟妳說，酒可好了，喝了就醉，醉了什麼都不記得。」他瞄了我一眼，「沒膽喝就拉倒，妳好學生嘛，跟我這種人不一樣。妳呢，和肚子餓是一國的，就是那種以後要成材的人，和我這種人不一樣……翎翎，妳說杜子泉看不起妳，其實我覺得妳也一樣，妳也看不起我。妳要不是受了他的氣，會來找我說話嗎？算了吧！」

我一聽他這話，立刻抓狂。「我哪裡看不起你了？喝就喝，誰怕誰！」

「對啦，就要這樣！」

我和猴子各拉開一罐啤酒，往嘴裡灌。

酒的味道……眞他媽的苦啊！我一面喝一面皺眉頭，覺得猴子其實很腦殘，這麼苦的東西，還要往嘴裡倒。想裝大人，其實骨子裡還是小孩。

雖然這樣說，但我們都喝得很猛。猴子不停，我也不好停下來，喝了三罐，又各追加一罐。

喝酒讓我全身發燙，肚子裡好像發爐了一樣，生起熊熊烈火。那些比上不足，比下不知道有餘與否的不愉快啊，被這大火一燒，就全沒了，剩下的是飄飄然的暢快！

我和猴子嘻嘻哈哈地大聲唱歌，東拉西扯地往回家的路上走。很奇怪，那天晚上的道路特別崎嶇狹窄，到處都是路燈和機車，我們一直不停撞上阻礙物，摔得東倒西歪，卻一點也不覺得疼，互相指著對方鼻子哈哈大笑，也不知道有什麼事情那麼好笑，就是停不下來。

離村子還有一段路時，路燈下有個人牽著一輛腳踏車站著。

我之所以會發現那是個人，是因爲他對我怒氣沖沖地咆哮。「程秀翎，妳在幹什麼？妳喝什麼酒？還喝成這樣！妳去哪裡了？整個下午都不見人影！妳媽媽急得快要發瘋了知道不知道？妳爸爸在滿街找妳，妳知道不知道？」

路燈那麼亮，照著他的臉，看起來白白淨淨的，眞熟悉。

我指著那人的臉呵呵笑，回頭招呼猴子，「快看、快看……看看……他是不是……很像……那個……肚子餓啊？」

猴子歪歪倒倒地站著，瞧了半天，也對我嘻嘻哈哈地說：「對對……就是他……」

「難怪了……聲、聲音……聽起來……挺像的！」我點點頭，揮了揮手，「凶起人來……像老馬……」

「怎麼對付？」

「不要怕！明天……我……帶妳去……對付……老馬……」

「戳破……她車子輪胎……往、往油箱裡……灌水！」

「好哇好哇！也戳……肚子餓……他也……變態……」

我正高興著，突然後頸被人揪住，硬拖上腳踏車。我掙扎了一下，沒能掙脫，也就隨遇而安地放棄了。

說起來這還是我第一次坐杜子泉的腳踏車。他那輛車買沒多久，什麼德國牌子，價錢貴得要死，但眞是漂亮，亮晶晶的，讓人看了都眼紅，可是他從不騎去學校，只在村子裡外繞繞。偶爾，週末下午他會把那輛車牽出來，認認眞眞地擦拭上油，再把它推回去放好。

我看那輛車這麼漂亮，想騎，幾次向他借，好說歹說，只換來兩個字。

「作夢。」

我於是退而求其次，「要不你騎車，載我繞兩圈，好不好？」

「爲什麼？」

「想試試看啊！」

「有什麼好試的？」

「新車的滋味……就是不一樣啊！你載我嘛、載我繞兩圈嘛，要不然，一圈好不好？就一圈！」

杜子泉上下打量我，想了想，又低頭去擦車。「不要。」

「喂，肚子餓，你也太小家子氣了吧？」我強索不得，開始生氣，「不肯借騎就算了，載我繞一圈有什麼不行？你給我說個理由，說清楚！」

「非要知道啊？」

「非要知道。」

「因爲，妳胖。」

他說完，就把車子推進院子裡去了。我氣得當場爆炸，在他家門口又叫又跳。後來想想，我已經對不起杜子泉很多事了，但我不能保證，他下次再指責我「妳胖」的時候，我會不會突然凶性大發，把他大卸八塊。

我這麼年輕，不想犯凶殺案啊！所以關於借車的事，我再也不提。

但現在他騎車載我了，感覺眞不只是一個爽字能夠形容的呀！車行平穩，晚風輕吹。我有點恍惚地想：哎，我現在坐的是杜子泉的車呢！他騎腳踏車載我呢！哇哈哈，平常求也求不到，現在自己送上門來了，眞教人開心啊！

如果還有點什麼缺憾，就是他那個瘦瘦的背骨硬得狠，老撞著我的腦袋，撞得我有點痛還有點昏，人暈暈的，更醉了。

我在後座陶醉半天，前頭杜子泉突然說起話來。「妳不要再這樣亂來了，」他說：「程秀翎，妳這樣很讓人擔心，妳知道不知道？」

「嗯啊……」

「我就說說妳，也沒說看不起妳啊。誰不是給大人數落長大的？妳做不好，挨點罵也就算了。我也沒有把老師打我的責任都算在妳身上。」

「……慢……點……我覺得……有、點……難過……」

「難過是一定的啊，妳心裡知道難過就好。但妳不能每天這樣渾渾噩噩，懶散度日。程秀翎，妳有好的優點，也有不好的缺點，優點大家都看在眼裡，缺點就是要改啊！」

「不……不舒服……」

「妳老把那些有的沒的事情都掛在心上，當然不舒服了。其實我沒有怪妳的意思，很多事情妳不用放在心上。馬老師嘴巴上罵得狠，人並不壞，她打人妳也不是不知道，聽起來很響，打起來有點痛，但說眞的沒什麼！」他說：「好了，妳以後不要再這樣胡鬧了，突然生氣跑走，喝酒發瘋，應該嗎？妳看妳，到底喝了多少？妳明天要怎麼去學校？妳等等有得受了，妳爸妳媽擔心妳，還以爲妳出了什麼事情！我沒上補習班，到處在找妳，妳居然跑去和猴子喝酒，妳這樣做太輕率了，太不懂得……」

他一直說，很嘮叨的。我都不知道杜子泉原來這麼多廢話，平常他總是不苟言笑——不和狗說笑，而我就是那條狗——看起來很嚴厲，很難相處的樣子，原來本性跟我爸差不了多少。

但他一直說，腳踏車也有點顛，我在後座只覺得歪歪倒倒，天旋地轉，耳邊還有一架錄音機，不斷重複播放相同的言語，不可以、不應該、知道不知道……眞令人噁心！晚風吹拂，吹的是我的酒囊飯袋，有什麼東西從五臟六腑深處湧上來、湧上來，就像底下有人拚命打氣，鼓著一道熱流從我肚子裡噴出來。

我沒能忍住，「哇啊」地一下，驚天一嘔，把晚上吃的牛肉啊、麵條啊、酸菜啊、捲餅啊、豆乾啊、滷蛋啊、海帶啊，還有那好幾罐強嚥下去的啤酒，熱辣辣地全吐了出來，全噴在杜子泉背上！

這件事情回憶起來，和許多年前上幼稚園第一天發生的故事是如此相似，相隔多年，我們長大長大，但許多基礎層面的現實從未改變。

有人就是給人找麻煩，有人就是要收拾麻煩。

我已經忘記杜子泉當時的反應了，因為我吐完之後，愁懷一去，舒服多了，立刻大鬆口氣，然後就無法控制地睡著了。

等到我再醒來已經是第二天了，我躺在家裡的床上，睡得很香，頭有點宿醉的暈眩，不嚴重，但為此請了一天病假。

大概是因為我前所未有的失控把爸媽嚇到了，據說他們整夜痛定思痛，決定不要給我過度壓力。等我睡醒後，爸爸來找我懇談，說什麼「不會讀書也沒有關係，重點是做人，好好做人，比什麼都重要」，說到感性處，雙眼泛紅、虎目含淚。

但這樣的好日子並沒有過上幾天。

兩週後，段考結果揭曉，我考了個滿江紅回家。我媽看到成績，臉色大變，立刻發瘋，抄起雞毛撢子揮得那個虎虎生威，追著我滿屋子跑。

我一面挨打一面哭嚎，「爸爸說，好好做人比什麼都重要……」

我媽咆哮，「他說的是下輩子！這輩子妳再考這種成績，我就直接讓妳進入下輩子！」

唉，和喝酒一樣，我就不應該相信大人們說的好聽話。

我正蹲在門口的烤肉架前，對著烤香腸滴著口水，緬懷少年時的好時光呢，一輛跑車從遠處疾馳而來，油門踩得霸氣十足，一路「吼吼吼」地叫著。

有沒有看過偶像劇？富家少爺花花公子的男主角，或一肚子壞水專搶男主角的女配角登場時，就是那種開車法，好像生怕誰不知道他家的車是名車，引擎特別有力、排氣管比糞管還粗……

在一陣刺耳的煞車聲中，車子在門前停下，方欣華從駕駛座推門下來。

這個世界上有兩種人，一種人是從一而終，以前怎樣，以後怎樣，從小看到大，七老八十了還跟七八歲時差不了多少。

另外一種人就是變，愈變愈怪，愈老愈變態。

方欣華就是變。

同學會，大家烤肉聚餐，哪個人不是穿得輕便自然，就她小姐一身套裝，腳踏高跟鞋，手上那只看起來很像衛生紙紮成的包包，顯然也不是便宜貨，站在眾人之間，鶴立雞群，特別詭異。

我瞄了她一眼，決定把注意力繼續放回烤香腸上。

但她老大先看到了我，走過來，半彎身子，用一種對剛在泥地上滾過的小孩說話般嫌棄和無奈語氣，對我說話。「這不是秀翎嗎？」

我不找麻煩，麻煩倒找上我來了。

我站起身來，客套地招呼，「方欣華啊？好久不見！妳變得真多啊，要是不說，路上碰到，還真認不出妳來。還在電視台工作？記得妳以前是播新聞的，每天晚上打開電視就看到妳。我老跟人說那是我國小同學，電視上看起來，就是不一樣啊！」

我有病才會當眾承認，自從發現她在某新聞台當主播後，我就再也沒有看過那個頻道了！

她也笑，「人家說，人長大了，多用了腦袋，模樣多少有些變化，我呀不像妳，從小到大都是一個樣。」停頓一下，又說：「我現在做的是新聞類專題節目，看過《尋找台灣之美》嗎？喔，我忘記了，妳只看綜藝節目和連續劇的，這種專題類報導，對妳來說，層次高了點吧！」又指著烤肉架，「今天妳負責烤肉？麻煩妳，我不能吃太鹹，烤肉醬別刷太多，吃多了鹹，對皮膚不好，拍起來人不好看。還有，我不吃牛肉豬肉，只吃雞肉，得去雞皮，有海鮮給我多來一點，我先去和其他人打聲招呼，等等再來跟妳敘舊！」說完轉頭就走。

我氣得七竅生煙，想衝著她大吼「要吃海鮮妳自己下水撈啊」，但話到嘴邊，正要爆炸，方欣華突然又扭過頭來對我說：「對了，有件事情要特別提醒妳……」

我很想罵自己是笨蛋，但我的確就是，所以怎麼罵都沒有用。笨蛋就是，凡事不會拐彎，從開頭到結果，全憑直覺。

我的直覺就是，別人對我說話，我就得接話。

「什麼事情？」我握著竹籤愣愣地反問。

她指指烤肉架，說：「烤肉時專心點，別老發呆，妳剛剛口水滴下來了知道不知道？那塊香腸我是不吃的。」

妳這臭女人，我也沒打算讓給妳吃！

我轉過身去，二話不說把那塊烤得恰到好處的香腸戳走。負責烤肉的同學在後頭嚷嚷，「喂、喂，程秀翎，那香腸是杜子泉讓我們烤的……」

我咬著香腸回過頭去，給了他們一記相當不友善的眼光。

想像一下與狗爭食時，狗是什麼眼光吧。

我用狗搶食的眼神，咬著香腸走開了。

走開兩步，就看見方欣華和杜子泉在不遠處聊了起來。

那兩個人聊得那個開心啊，彷彿相見恨晚。

杜子泉說了些什麼，方欣華在旁邊哈哈大笑，杜子泉也跟著笑，笑到後來，方欣華乾脆伸手一攬杜子泉的肩膀，兩個人就這麼勾肩搭背起來了。

猴子拿了杯飲料過來，杜子泉喝了一口，遞給方欣華，她居然湊在紙杯上也喝了。

「死不要臉！」我咬牙切齒，聲音藏在舌頭底下，怨氣如火，熊熊燃燒，不知道是對方欣華罵，還是對杜子泉罵。

我猜應該是後者。

你看你看，同樣是老同學，但我們見面，杜子泉可曾對我笑過一下？可曾讓我這樣和他勾肩搭背？可曾和我同喝一杯飲料，間接接吻？

我們就這樣疏遠，他和方欣華就這樣一見如故！

我還當過他的女朋友呢，好多年好多年，從國中到大學畢業，到他滾去德國留學之前……

我們都是天上無雙，地下一對！

結果現在呢？他對我愛理不理，和方欣華卻有說有笑。這都什麼跟什麼！什麼東西！

我愈想愈氣、愈想愈氣，氣到後來，又折回烤肉爐邊，把香腸吐出來，往上頭吐兩口口水，再丟回爐架上。

「喂，妳、妳髒不髒啊？」有人怒喊，連忙把香腸旁邊的肉料往邊上撥。「吃過的東西還丟回來！妳害誰啊？」

「你不說這是杜子泉要的嗎？給他送去，讓他負責解決！」我往烤爐上丟海鮮，在海鮮上頭灑鹽，拚命灑鹽，灑的那個恨啊，「從現在開始這個架子是我的了，我專烤海鮮，還烤雞肉，誰都不許跟我搶……不吃鹹是吧？我讓妳洗腎去！」

是的是的，一直以來，我就這點道行：人前不行，人後作怪。

「光明正大」這四個字，在我來說，一直都是，參、考、用。

我和方欣華絕不是生死仇敵，這四個字太重，而且說出來，就算我同意，方欣華也不會同意的。

她會說：「拜託，把我跟程秀翎放到同一級去？我虧不虧啊！」

沒錯，這就是方欣華同學會說的話。

話說我們兩個的關係，原本不是這樣的。

我們兩個原來是什麼關係呢？就是什麼也不是的關係。

方同學是那種成績好品行佳表現優秀的好學生，說也奇怪，雖然這種學生在學校中所佔比率不過百之一、二，但他們似乎腦袋上長了天線，就像科幻電影裡的ＥＴ一樣，不用說話，靠手指接觸來溝通，不管到哪裡去，總是獨特成群，自成一國，人不犯我，我不犯人。

意思就是，方欣華和杜子泉這種學生，跟我和猴子這種學生，是兩個世界的人，有著天上和地下的差別。

沒有什麼人在鼓吹「好同學和壞同學不一起玩」的言論，但事實上這樣的區別始終存在。好同學的那個世界裡，吹在他們臉上的是杏花天裡的和暖春風。而吹在我和猴子臉上的，是冰雹和刀子。

我猜，如果沒有我和我媽，杜子泉應該春風得意，但因爲我的關係，他一腳踏在赤道，一腳踏在極地，日子過得很像在洗三溫暖，忽冷忽熱。

誰喜歡把學校生活過得和野地打仗一樣？爲了無能的同袍兩肋插刀，還得時不時挨後方老馬射來的冷箭。

所以對杜子泉來說，科展不僅是一個年度大拜拜，更是一個絕佳的，扳回一程的機會，要能做出點什麼來，抱抱老馬大腿，他之後的日子或許會好過些。

身爲助紂爲虐的那個人，對於杜子泉後來一段時日忘我投入科展活動，我是諒解的，一點異議也沒有，事實上，我還特意避開了些。

好吧，我不是特意避開，我就是有些不好意思。

那天晚上，我把酒後餘瀝「哇」地一下全吐在他背上，聽說他回去後把那件襯衫洗了三次，又泡在漂白水裡浸了兩天，但我嘔吐的東西跟我這個人有點像，都走死纏爛打路線。最後拿起來晾乾了一看，襯衫背面還是黃抹抹的一圈污漬。

那件襯衫杜子泉又穿了半年。每次穿它，總要在外頭加件外套或背心。可是偶爾被我看見那圈污痕，我就覺得……好溫馨啊！

我不知道別人怎麼想、他怎麼想，但我一看見那片黃黃的，腦袋裡總會想起小狗看見電線桿就撒尿的行爲，不聲不響地就把地盤給佔了！

我一直相信，男生和女生的眼睛看見的世界是完全不同的兩回事。就拿這件髒襯衫來說好了，杜子泉看到它，想到的可能是失控的我有多麼恐怖，而我對它就四字定義：私情表記。每次看到它，我就後悔那天晚上我睡得太快，沒有辦法記住杜子泉把我送回家的每一個小細節。但我想，那段路，一定超浪漫的！

好吧，也許杜子泉認知的和我想的完全不同。因爲後來我無數次追問過他關於那天晚上的事，他總是臉上重重抽搐一下，然後咬著牙說：「妳別逼我回憶，我不想記起來！」

可是這件事是我人生中很重大的轉捩點。

在那之前，我只承認自己被杜子泉煞到。在這之後，我覺得他得爲我人生負點責任。

我從被雷劈到，進入了暗戀的階段……

而我的暗戀是很含蓄的。

我們坐在隔壁，不管上課下課、吃飯午睡，我就盯著他瞧，我看、我看、我看，有句話不是說嗎？見者有份。我覺得看久了，這傢伙遲早是我的。

我看了他整整兩天，後來，杜子泉終於忍無可忍。一天下課，他轉過臉來，用最凶惡的表情瞪我，惡狠狠地問：「妳是不是斜視？妳的眼睛有問題？黑板在前面，不在我臉上！妳不要在考試時一直看我，我是不會給妳答案的！」

我就此明白一件鐵的事實——這傢伙身體裡完全沒有浪漫因子存在。

我在他身上討了這麼大的沒趣，有點灰心。

但在這個時候，我還沒打算向杜子泉告白。

綜合我閱讀各種羅曼史小說和瓊瑤連續劇八點檔、九點檔，以及花系列電視劇的豐富經驗，我很早就領悟到關於愛情的眞理：誰先喜歡上，誰倒楣，誰先坦白，誰吃虧。

小說裡，男主角先喜歡上女主角，就得死心塌地，不管他先前是花花公子還是富家大少，不管他能不能呼風喚雨，喜歡一個人，就得把心挖出來雙手奉上。

討好她、取悅她，跪在地上搖尾巴，都是追求的一部分。

而不坦白的那一個、被追求的那一個，理所當然享受對方的犧牲奉獻。

如果是女主角先喜歡上男主角，通常都是一個悲劇：女人默默付出，男人隨心所欲，最後女人死啦，男人才忽然醒悟，悔不當初地想：我靠，現在沒人幫我收爛攤了！

如果這樣說還不明白，那就想想《天龍八部》吧。王語嫣愛那個無情表哥慕容復愛得死去活來，爲了他，連命都可以不要，人家怎麼樣呢？

不甩她。

相對來說，段譽愛王語嫣愛得也是死去活來，爲了她連命都可以不要，人家又怎麼樣呢？

不甩他。

所以說，先喜歡的那個人得學著當小狗。

明白這一點，我立刻很孬地決定繼續含蓄地暗戀他。低調也是一種美感，說不定暗戀久了，杜子泉這個外星ＥＴ，哪天會突然領悟到我對他是如何情根深種、深情似海……

按照我這個烏龜性子，有些事情，一旦決定，很有可能持續好幾年。

幾年暗戀、幾年低調，幾年內把自己的眼睛搞成九十度斜視，把脖子扭斷。

但誰令我改變了這個決定？讓我決定把蓋在春花和袁老闆身上的這床棉被揭開來？

是的，就是方欣華。

在我深入鑽研小說和連續劇，攫取俗世人生經驗的同時，杜子泉開始緊鑼密鼓地進行起科展的工作。

老馬把這個大拜拜看得很重要，她雖然平日喜歡折磨小正太，但大事上卻不馬虎，她把愛將方欣華派出來，和杜子泉搭檔。

我就算是塊石頭，也能感覺得到，杜子泉愈來愈忙了。

他平常總和我一起上學的，現在不了，他得提早去學校忙科展。

他平常總和我一起回家的，現在不了，他得留在學校忙科展。

他平常總和我一起吃午飯的，現在不了，他忙科展。

他平常下課時總會和我說一兩句話的，現在不了，他忙科展。

老馬商借了家政教室給他使用，一些不重要的課，他和方欣華就請公假弄科展去了……

我說過的，我心胸寬大，從來不在小事情上計較。可是，有時候，當課上到一半，當我被老師的粉筆或板擦從周公那邊打回來時，轉頭一看，旁邊的座位是空的，那種感覺，真的是……好失落啊。

如果杜子泉在，一看情況不對，總會把我先搖醒的。

沒有他，我再也沒辦法心安理得地上課打瞌睡了。

我於是用一種王寶釧苦守寒窯的毅力和耐心，掰著指頭，計時算日，一天熬過一天地等著科展結束。

可是，科展還沒結束，方欣華和杜子泉的八卦消息就宣揚開來了。

消息是從廁所裡傳來的。

說也奇怪，男生怎麼看待廁所的我不知道，但女廁所永遠是八卦消息的製造和傳播中心。

如果想要了解學校、老師、同學之間的大小事，去廁所裡蹲半天就行了。

那天我正蹲廁所，聽見外頭兩個我們班的女生在說話。

甲說：「……妳知不知道，方欣華喜歡杜子泉。」

乙說：「眞的假的？」

甲說：「當然眞的。」

乙說：「妳怎麼知道？」

甲說：「方欣華自己說的。她跟劉曉舒說，劉曉舒又跟蔡玉芬說，蔡玉芬跟王孟佳說，王孟佳在跟陳儀君和林秀娟、劉堇說的時候，被我偷聽到的……」

乙說：「哇，她眞的喜歡他啊？那她跟杜子泉講了沒有？」

甲說：「好像還沒。王孟佳說，方欣華要等到科展結束後再跟杜子泉講。」

乙說：「科展什麼時候結束？」

甲說：「月底吧！」

乙說：「到時候結果怎樣，妳一定要跟我說啊！」

甲說：「好哇，等劉曉舒又跟蔡玉芬說，蔡玉芬跟王孟佳說，王孟佳在跟陳儀君和林秀娟、劉堇說的時候……我再去偷聽。」

甲和乙說完話就走了，我過了很久，才開門慢慢走出來。

聽完上面的些對話，你有什麼領悟？方欣華喜歡杜子泉？不不不，那並不是最重要的！

我得出三個結論：

一、搞什麼鬼呀，全班女生都在傳這件事，我居然是最後一個知道的！

二、方欣華就快要把杜子泉挾去配菜吃了！

三、在這項傳言裡，居然沒有我的立足之地？

沒有人說「那程秀翎怎麼辦，她不會答應的」，可見在大家的心中，我和杜子泉之間的關係就是沒有關係。更往深一點想，沒人相信我有資格和方欣華打對台。

我扶著洗手台默默想著：低調雖美，可是低調到沒人察覺，那是一種悲啊！

不行，我不能沉默，我不能低調，我不能含蓄，我不能眼睜睜看著方欣華把杜子泉挾走啊！沒了他，那我怎麼辦啊？四大天王或四小天王雖然都很好很帥很可愛，但到頭來他們也只能在電視螢幕裡唱唱跳跳，跟程秀翎沒有任何關係。沒有了杜子泉，誰來教我解數學題？誰來逼我背單字？誰來每天打電話叫我記得帶東西？誰吃午餐時借我筷子啊？

我痛定思痛，做出決定。我不能再拖了，就算這輩子都得當小狗，天天搖尾巴也無所謂。人生嘛，誰沒點犧牲尊嚴的時候？搖個尾巴又算什麼呢！不管怎樣，我得趕緊把我和杜子泉的關係，從連坐法的受害人升級成戀人。機不可失，時不再來，我先搞定杜子泉，方欣華就沒轍了。打敗情敵，就是拯救自己！

關於告白的問題，我左思右想，擬出了一套簡單但周詳的計畫。

我決定，我得選個恰當的時機開口，最好是那種大家都不注意的時候，但又不能選在四下無人的地方進行，因爲，如果杜子泉反應太激烈（哪方面的激烈呢？），我怕會控制不住現場狀況。

我選定的地點在學校，時間是放學前的打掃時間。其他人都在忙著掃地、排桌椅、擦窗戶，打打鬧鬧、說說笑笑，亂烘烘的，這種時候發生點什麼，只要動靜不大，不會有誰特別注意到。

我特意選在杜子泉當值日生那一天，他做完整潔工作，還得打板擦。我看他捧著板擦走出教室，就趕緊扔下拖把，跟著他溜出去。

教室旁有個小花圃，值日生都在那裡打板擦。杜子泉在拍板擦時，我就上前去，一聲不吭，像個背後靈似地站在他身後。

我仔細盤算過了，告白和打仗其實沒什麼兩樣。告白的過程裡，什麼最重要呢？是氣勢！一氣呵成、簡潔有力、乾淨俐落，最好還帶點威嚇性，出其不意，攻其不備，搞不好杜子泉和我一樣，是那種臨危就亂的人，亂著亂著他就接受我了。

最忌諱那種吞吞吐吐、結結巴巴、你啊我啊、這個那個、啊啊啊之類拖泥帶水含糊其詞的鬼扯，有說跟沒說一樣，給對方時間猶豫，就等於讓他有時間拒絕。

我把前後都想清楚了，深吸一口大氣，突然「哇啊」地大吼了一聲。

杜子泉被我那突如其來的一吼給嚇到，渾身一震，板擦沒掉，人整個轉過來。

我趕緊抓住這個當口，大聲告白，「杜子泉，你給我聽好了，我喜歡你……挖靠，呸呸呸，噁噁噁……」

什麼事情都有百密一疏的時候，更何況是我這個百疏一密的人呢！我就沒料到，杜子泉轉身時，風正往我這裡吹，連帶把他拍出的整片粉筆灰都吹過來了。我正吸氣吶喊呢，就把那些黃黃白白紅紅綠綠的粉筆灰，通通都吸進鼻裡吃進嘴裡去了。

我趴在地上彎腰乾嘔，杜子泉很不高興地問：「妳在胡說八道什麼，什麼挖靠？什麼呸呸嘔嘔嘔？」

我被嗆得淚流滿面，趕緊直起腰來解釋，「不是不是……嘔，我是吃到板擦灰了！嘔……我是說……你啊……我啊……這個那個……啊啊啊……我說我喜歡你啦！」

他皺著眉頭瞪著我看，只看了一秒鐘，又轉過身去，板擦對打，拍得啪啪響。「我不喜歡妳。」

我愣住了。

就是啊，你們都知道的，小說和連續劇裡，沒人這樣拒絕人的啊！

正常的拒絕法應該是「謝謝妳，但是我們年紀還小，應該認真讀書，不應該花心思談戀愛」，要不就是「我覺得妳很好很好，可惜我不適合妳」，再不就是「我得了絕症，不想拖累妳，妳還是去尋找眞正屬於妳的幸福吧」……

這是個迂迴大作戰的年代，拒絕人自有一套固定的路數，哪有人這麼直來直往的！

可是，我的腦袋一定哪裡壞掉了。我居然覺得：哇喔，杜子泉好帥啊，他連拒絕我也這麼帥，果然和別人不一樣……我最喜歡不一樣！

在我眼中，杜子泉就是喜馬拉雅山，世界第一高峰，而我就是探險家、登山家，人生就是要征服高峰、挑戰不可能！和終極目標相比，這一點小挫折算什麼？重要的是鍥而不捨！

我不死心地追問：「為什麼不喜歡我？」

「沒有爲什麼。」

「那你喜歡誰？」

「我沒喜歡誰。」

「你不喜歡我，總喜歡別人吧？」我問。

「我沒喜歡別人。」

我想了一下，「那我問你，你喜歡不喜歡方欣華？」

他頓了頓，又帶著周身那圈黃呼呼白呼呼的粉筆灰，如挾帶暗器一般轉過來。

這次我學乖了，立刻閃躲到逆風處。

他逼過來，「妳提方欣華做什麼？」

「不能提？」

「這跟她有什麼關係？」

「沒有關係。我問問而已，不行嗎？」

「不行。」他轉過身去。

我看他沒有跟我算帳的意思，又鍥而不捨地湊上去，「那到底是怎樣？」

「沒怎樣。」

「你不要迴避我的問題！你說，你喜歡不喜歡方欣華？」

「還好。」

我愣了愣，「什麼叫還好？」

「就是還好。」

「所以說……你喜歡方欣華？」我臉都要垮了。

「我沒有這麼說。」他否認。

「那你不是說還好？」我氣急敗壞。「還好就是喜歡啊！」

杜子泉收了板擦，回頭看我。「我也覺得妳還好，我覺得大家都還好，這樣行不行？妳老問這些無聊的問題做什麼，妳腦殘啊！有時間說廢話，不如回教室去收書包，記住要帶數學作業，回去要訂正考卷，明天早上來我要檢查。」

他一臉酷樣地把話說完，扭頭就走。

我跟在他背後，看著他襯衫背後的那團黃色污漬，經過多次清洗，顏色已經很淡很淡，淡得很自然，淡到有點和那白底合而為一。

我想，方欣華看到這些污漬會怎麼想？她是不是也像我一樣，認為那是小狗尿的領地標誌？

她會不會因為這片黃抹抹的髒污就放過杜子泉？

她會不會把杜子泉留給我？

答案非常簡單，用膝蓋想都知道，就三個字，不可能。

我一想到不可能，人就急了，撲上前去，用力扯住杜子泉的襯衫。

他停下腳步來，語氣十足不耐煩，「又怎樣了？妳別再說什麼妳喜歡我的事啦。」

「我不說了，」我說：「我說點別的。」

「什麼別的？」

「你剛剛說你覺得我還好？」

「嗯。」

「你覺得方欣華也還好？」

「嗯。」

我想了想，咬牙問道：「那，你覺得我和方欣華的還好，跟你覺得猴子的還好，是不是一樣的還好？」

我跟你說，我從沒見過杜子泉的臉這麼猙獰過，他那個樣子，很像是想掰開我的嘴巴，把板擦往裡頭塞進去。

「妳腦子有毛病啊，程秀翎！」他暴跳如雷地吼。

我就不明白，爲什麼這麼簡單的問題可以惹毛杜子泉？歸根究柢，我只能說，這小子什麼都好，就是脾氣不太妙。

但他脾氣再糟，也不可能像我媽那樣拿著雞毛撢子追著我滿屋子跑。

在逆境中長大是有好處的，挫折和傷害培育我的心智，無比堅強，不爲外力所動搖。

所以，當我用死纏爛打的絕招，只差沒抱住他的大腿，逼他非給我一個交代不可，才終於從杜子泉口裡得到「對啦對啦，都一樣的還好，行了吧，妳有完沒完」的答案時，我鬆了一大口氣。

我於是鄭重叮嚀他。「既然這樣，那方欣華跟你說喜歡你的時候，你可不能說你也喜歡她啊！你這樣說，就犯了、犯了……犯了重婚罪！因爲你覺得我和她一樣還好，你覺得猴子也一樣還好，如果你喜歡方欣華，就表示你也喜歡我，也喜歡猴子，男生喜歡男生，噁噁噁（我抖了很大一下）……那很嚴重的，那是玩弄別人感情！我媽說過，腳踏兩條船就是愛情騙子，你踏了那麼多條船，比愛情騙子還糟，卑鄙無恥下流，杜子泉，你要小心啊小心！」

我把話說完，不顧杜子泉那張扭曲的面孔，一蹦一跳地走了。回家的路上，心情非常愉快，暗想：雖然沒能一次到位，但此番告白也不算完全沒有收穫，至少我搞清楚了一件重要的事，就是我、方欣華和猴子，在杜子泉心目中，地位是平等的。我不成功，方欣華也休想把他咬走！

至於失敗這檔事，我早就習以爲常了。杜子泉這座世界第一高峰，不是這麼容易就能登頂成功的，關鍵在於毅力！

我爸有句口頭禪說得好啊，「勤能補拙」。每次我考出異於常人的……爛成績回家時，他總跟我說：「女兒啊，不聰明沒關係，勤能補拙。」

勤能補拙的意思，就是努力努力再努力。

我覺得，杜子泉就是我那個拙。人生在世，總有缺陷，只要我努力努力再努力，能補好這個拙，他就一定是我的啦！

我在燒烤架前調弄海鮮，煙燻火燎，明明是冬天，寒流正發威，但我渾身發熱，額頭冒汗，把外套脫了、毛衣脫了，穿著薄長袖在火爐前，握著夾子把架上的雞肉和魷魚翻來翻去。

猴子走過來，推了我一把。「妳休息一下吧。」

「我不累。」

「喝口水也好，」他送上飲料，杯口都湊到我嘴唇上了，橫過手來就要奪我手中的烤肉醬刷子，「換我來，讓我來。」

我下意識地正要接過，忽然想到什麼，轉過臉問：「奇怪了，你不是負責飲料的嗎？跑來跟我搶什麼烤肉爐啊！去去去，滾回你的位子去！」

猴子攤了攤手。「我不是來跟妳搶，我是在阻止妳害大家同學會後去集體洗胃！妳是味覺不靈敏？家裡賣鹽的？我剛剛吃了一塊妳烤的雞肉，媽啊，那塊肉又柴又乾，跟塊木炭沒兩樣，妳烤的雞是泡在海水裡養大的是吧？」

「你才味覺不靈敏呢！哪有鹹？其他人都沒講什麼，就聽你在挑剔我。」

他長嘆一聲。「拜託，妳也不想一想，自從妳一回來就把肚子餓的車追撞得稀巴爛，現在誰敢挑剔妳啊？回頭妳開砂石車出來怎麼辦！好了，翎翎，妳旁邊坐著吧，喝點飲料，放過大家。說來也是，妳從來就沒有負責烤肉過，以前班上出去郊遊，分組烤肉，妳都負責吃。」

「你又記得了？」

「當然記得，妳是出了名的竹籤女王嘛。拿根竹籤在各組之間逛來逛去，哪組烤了什麼好吃的，還沒離火，妳一叉就往嘴裡塞，咬了就跑。」

我和猴子換了位子。「你懂什麼，那叫吃百家飯，周遊列國。」

他笑嘻嘻地說：「當老師的人說起話來就是不一樣啊，什麼周遊列國，這麼文雅，在我看來，妳那就是乞丐搶吃！妳還記不記得，以前我們分組烤肉，妳和肚子餓老分在同一組，他當組長，分派工作，妳從不聽指揮，有吃跑第一，做事跑最後，有次把他惹毛了要治妳，拿生辣椒用吐司和肉片夾起來釣妳，妳搶到就往嘴裡塞，辣到哭出來，嘴腫得像香腸……」

我想起這回事，忍不住要笑，但笑意到嘴邊就止住了，淡淡地說：「陳年往事，虧你記得住。」

「你們兩個以前挺好的，現在怎麼回事，都不講話了。」猴子手腳很快，夾子和竹籤在他手上無比靈巧，一尾大蝦三兩下就去了殼。

「無話可說。」

「怎麼會沒話說？那妳以前整天追著他，哇啦哇啦嘴巴沒有一秒鐘停下來，那時有話說，現在怎麼會沒話好講？」

「長大了，不一樣了。」

「我說呀，女孩子也太難伺候了，一點小事耿耿於懷的，都幾年啦，妳還不消氣？」

猴子說這話時刻意拉長音，那種口吻，彷彿洞悉一切。

我沒說話，喝了口飲料，慢慢地嚥下去，放下杯子，把毛衣和外套一件一件穿起來。

猴子問：「冷啦？」

「嗯。」

「吃隻蝦吧！」他把蝦子放到我盤子上。「海鮮這種東西，新鮮不新鮮、品質好不好，炭火烤最清楚不過了。這兩天放假，想弄點新鮮海產很不容易，這是我特地跟漁船上的朋友訂來的……怎麼樣，好吃吧？」

「好吃。」我咬著蝦子點點頭。

「台北沒這些東西吧？」猴子笑咪咪的，語氣很得意。

猴子有一種狹隘老派人的愛鄉作風，就是那種，一切都是家鄉最好的觀念。家鄉的水好，家鄉的米好，家鄉的人也好，一切都好。與故鄉比起來，其他地方都屬蠻夷之邦。

我高中畢業就到台北去，一去十年，在猴子看來，我已經算是半個台北人了，不管做什麼說什麼，總得提醒我「台北沒有這樣吧」。

其實每個人都知道，這裡有的，台北也有，甚至比故鄉的更好，可是，我喜歡猴子這種愛鄉精神，老派歸老派，狹隘歸狹隘，卻很真誠，也很專一。

我吃了蝦，把盤子收拾了，對猴子說：「我該走了。」

「走？走去哪裡？」

「回家。」

「妳開玩笑吧？」猴子嚷嚷，「我們這才開始吃呢，妳就要走了？我說過，吃完烤肉還有餘興節目，今天晚上大家不醉不歸！」

「我很久不喝酒了。」我搖手拒絕，「太傷嗓子，你知道的，當老師呢，整天說話，吃喝都有限度，得保養喉嚨。餘興節目什麼的，我就不湊這個熱鬧了……走了啊！」我說完就走。

一出車廠，濕濕的冷風迎面吹來，居然下起小雨來了。我縮著脖子，豎起領子，把臉往外套裡埋。

走沒幾步，就聽猴子「哎哎哎」地在後頭招呼，回頭看，他披了件外套追出來。

「怎麼，妳眞要走啊？」

「不然還假的走嗎？」

「走去哪裡？回家去？回家幹什麼？陪妳爸妳媽看電視？拜託，那有多無聊！」他遊說道：「留下來嘛，難得老同學都在，敘敘舊不很好？」

「少來，我們又不是七老八十，白頭宮女話當年，哪有那麼多舊好敘的。」我打了個呵欠，「哎呀，你都不知道，昨天晚上我抱著電視看了大半夜，才睡一小下，又被我媽叫起來，說什麼新年新氣象，不可以賴床。熬到現在，體力透支，實在不行了。我得回去睡，有什麼話下次再聊！」

我一面打呵欠一面擺手，往回家的路上走。走沒幾步，猴子又追上來了。

我拿斜眼看他，「你幹什麼？」

「陪妳走回去。」

「大白天的，又不是不認得路，陪什麼？滾滾滾，趕快回去你的車廠去，烤肉架正等著你呢！」我推他。

猴子不爲所動。「妳心情不好，我看得出來。」

我哈哈一笑，「是喔，從哪裡看得出來？」

他拍拍我的肩膀。「這話要是一定得說出來，就傷面子了……妳不就是不願意看到杜子泉，不願意跟他待在同一處地方嗎？妳覺得他理別人，就是不理妳，妳挺傷自尊的是吧？妳不想老聽我提起他是吧？妳想到他，心裡就悶著不舒服是吧？哎呀，翎翎，我跟妳，從小到大多少年了？妳心裡那點不痛快，我要還看不出來，我就不是猴子了！」

勤能補拙，重點不在拙，重點在勤。

什麼叫作努力努力再努力呢？在我看來，就是忍常人之所不能忍，行常人所不能行。

於是，第二天早上，我早早起床，穿好制服，站在我房間窗戶前翹首以待。

天還沒亮啊，窗外都是漆黑的，小矮牆那一頭，杜子泉家還是暗的。

平常這個時候，我還在夢周公。我這個人，是不到遲到前最後一秒鐘，不會出現校門口的人。每天早上起床，總要我爸我媽三催四請，不打一場棉被拉鋸戰不肯下床的人。我床邊也有鬧鐘，鬧鐘也會響，還響得很大聲，但鬧鐘響的目的從來就不是叫醒我，而是叫醒我爸。

但這一天我沒調鬧鐘，四點就起床了。

我在窗邊等啊等，等啊等，等到天邊漸漸透出亮光，漸漸地漸漸地，太陽從雲後露臉了，街道被照亮，路上的人從一個兩個逐漸多了起來……

杜子泉房間的燈亮了。

我一看到他房間的燈亮，立刻跳起來，抓起書包往樓下衝，衝出大門、衝出路口，沿著那道楚河漢界一路飛跑，拐彎繞進隔壁的社區裡，在杜子泉家門口站住。

又過了半小時，我聽見開門的聲音。

杜子泉一走出來，我就「哇」地一下往他面前一跳，臉上掛著昨天晚上我對著鏡子反覆演練不知道多少遍的笑容——開朗、純眞、友善且毫無心機——對他笑嘻嘻地說：「嗨，眞巧啊，你也這麼早上學啊！」

杜子泉被我小小地驚嚇了一下，但很快恢復正常，又是那張不苟言笑的撲克臉。他上下打量我，又轉臉看看我們兩家之間的那堵圍牆，看了半晌，開口問：「又忘了寫作業，想跟我借？」

我奇窘無比。「不是不是……」

「考卷忘記訂正，想跟我借？」

「……不是不是。」

「那妳是要幹什麼？」他小心翼翼地問。

「就是、就是……」我被他那前兩句話弄得有點氣短，可是猶豫一下，又重新鼓起勇氣，「就是想跟你一起上學！」

杜子泉一直看我，他那個眼神，好像太陽打西邊出來一樣，全是不可置信。

我得為自己圓圓場。「我就想，你也要去學校，我也要去學校，我們一起去學校，不是正順路？」

他說：「我去得早，是要忙科展。」

「那我也去得早，可以讀書。」

我擺出自認為最像小狗的眼神望著他，就是那種眼睛睜得大大，看起來可憐兮兮，有點乞憐的味道。我覺得，人都是這樣的，看到弱小動物，總會起一點憐愛之情。他看了我的眼神，就不忍踢走我了。

杜子泉果然沒踢我，他和我四目相對看了半天，然後說：「妳的眼睛……」

我心頭一喜。心想，他該不是起了憐愛之心吧？哎呀呀，這教我眞是又驚又喜啊，早知道光是用看的就能看出這個結果出來，我還處心積慮搞那個告白做什麼？我就天天含著淚光盯著他看，看得他意志動搖了，再搖著尾巴撲上去……多省事啊！

杜子泉慢吞吞地說：「看起來有點紅，長針眼是吧？妳自己說，妳是不是偷看了什麼不該看的？」說完扭頭就走，走得很快，把我扔後頭。

我嚇了一跳，伸手摸自己眼睛，按了按，又按了按，還用力揉了揉，不疼，沒有長針眼的痛，於是追上去，跟在他後面嚷嚷，「沒有沒有，才沒偷看什麼！」

我們就這樣一前一後去學校。

那天傍晚放學時，我又等在教室裡，等到日落西山，等到天都黑了，等到杜子泉終於和方欣華兩個從家政教室回來了，收拾書包，我再跟著他回家去。

這件事的好處是，我早起了，再也不用我爸我媽每天早上進行第三次世界大戰一樣地跟我鬧啊打啊搶棉被丟枕頭，他們兩人的心情可想而知，那種感激涕零啊，還以爲朽木可雕，女兒終於開竅，爲此，我爸狠狠地誇讚了我一番，把我跟聞雞起舞的祖逖相提並論。但反效果是，我經常因爲睡得太少，撐不住精神，上課老打瞌睡，被各科老師分別用粉筆、課本、板擦等遠距離武器狠狠攻擊。

可是，那些都是皮肉痛，精神上，我是非常滿足的。如果非得用一個字來形容我的心靈，那就是——美！

跟著杜子泉後面上學的感覺實在太好了，一前一後，蕭規曹隨，他走一步我跟一步，我的心靈是有依靠的，我那個滿足是難以言喻的，我那甜蜜的小幸福啊，睡不飽覺算什麼，叫我一整天不吃飯都可以，我甘之如飴。

我自此明白賣火柴的小女孩是怎麼死的。不是凍死的，是美死的啊！

但我怎麼美也美不過幾天。

這幾天，我每天下課就到廁所去蹲著，不爲了解決生理需求，而是爲了偷聽八卦。我一直擔心著，擔心在我看不到的地方，方欣華是不是和杜子泉告白了？

她說了些什麼？她遊說了他些什麼？

他是不是答應了？還是他拒絕了？

這是我心上的一道關卡，這個問題沒有解決、沒有答案，一生都不能心安。

我不安地想，杜子泉雖然跟我說什麼他是一視同仁，但在連續劇裡，最會說謊的就是男人了，所有風波都是男人們造成的，要不是他們見一個愛一個，要不是他們對一個指天罰地地賭咒，又對另外一個甜言蜜語地追求，女人們會互相傷害、捉對廝殺嗎？

感情不在軌道裡運轉的，大多是男人，他們就像流星一樣，「呼」一下就帶著旋風和長尾巴飛過去，穿越行星、穿越恆星、縱橫星系……他們不在乎激起多大波瀾引發行星之間海水漲退潮的規律，無視於日月星辰的規則。

他們高興怎樣就怎樣。

我這麼小就明白這深奧的道理，其實是有原因的。

我每天早上特意早起，跟著杜子泉去上學，每天放學時找藉口留在學校裡，守著杜子泉的書包，等他下課，看著他，跟著他，不只是爲了見者有份，更爲了一個緣故：我不放心。

我不放心杜子泉。我擔心在我看不到的地方，也有人像我這樣和他告白。

他是拒絕我了，但他會同樣拒絕其他人嗎？

他眞的會拒絕方欣華嗎？

這個答案我很快就知道了。

那天傍晚我在教室裡等杜子泉的時候，方欣華突然從家政教室回來了，她腳步匆促，臉色也不好看，拐進教室來，看見我坐在座位上（爲了怕杜子泉趁亂逃跑，我把他的書包抱在腿上），絞盡腦汁地寫數學題，一句話沒說，狠狠瞪我一眼，拿起書包就走了。

又過半小時，杜子泉回來了，手裡抱著捲好的壁報紙，還有那些已經做好的道具。

他把東西放下，低頭檢查我寫的數學題。

我說：「方欣華回家去了……」

「喔。」

「她先回來的。」

「嗯。」

「你們是不是……怎樣了？」我很好奇地問。平常做科展，他們兩個總是集體行動，一路走去，一路回來，還有說有笑的，怎麼今天特別異樣呢？

我可不傻，我知道其中必有緣故。

我就想問出我想知道的那個答案，但不知道怎麼問，只好拿眼睛看他，露出小狗的眼神。

杜子泉看到我的眼神，眼睛移開幾秒，突然右手用力拍了一下我的後腦杓，「妳看妳，做什麼事情都粗心大意，這題明明就是三十七，結果妳寫成七十七！算數學就認眞算數學，妳算數學的時候，腦袋都在想些什麼？」

我想說我想你啊，我想你和方欣華啊，我想知道你是不是拒絕方欣華了，還想知道我怎樣才能讓你答應我呢！

杜子泉，我爲你想得這麼深，你還罵我算錯答案……你怎麼這麼笨，這麼烏龜啊！但我眞要這麼說就是自找死路了，所以我呵呵呵呵地傻笑了一陣，把錯誤改正了，收拾書包，跟在杜子泉的屁股後面回家。

那天晚上我躺在被窩裡，渾身鬆弛，心情舒暢。我沒問出答案，但也八九不離十了，我知道方欣華也受了拒絕，再也威脅不到我了。

其實，我的心情是有點複雜的。

就是呢，我看杜子泉和方欣華這兩個男生女生，都是乾乾淨淨清清秀秀的，男的呢，長得端端正正，女的呢，長得文雅漂亮，說話、走路、姿態、看人的眼神，都有點像，就是那種好學生乖寶寶的樣子。

這樣的兩個人，如果用老派小說裡的話來講，就叫郎才女貌，一對璧人。

他們都很優秀，都很聰明，都是資優生，都是那種站在講台上不會慌張的人，都很……我也不知道怎麼形容，就是都和我不一樣。

而我自己呢？

我爬起來鑽進浴室裡，對著洗手台上那個有些鏽蝕的大鏡子審視自己。

我呢，短短頭髮，大大的臉，眼睛也大大的，鼻子也大大的，嘴唇不怎麼厚，但也不薄，眉毛濃濃的，額頭和下巴就是額頭和下巴的樣子。鏡子裡，我的眼睛亮亮的，但是五官組合起來，怎麼就有點傻呢？

好吧，我不傻，我走大智若愚路線，可是怎麼看也不聰明啊！

我想想方欣華的模樣，再看看鏡中的自己，捫心自問，就覺得，我們兩個還眞不是普通的差距大。

我對著鏡子咧嘴笑，看起來就是個蠢丫頭，可是方欣華笑起來的那個模樣，我怎麼也學不來。

那天晚上我對著鏡子笑了大半夜，笑到臉頰都快抽筋了，最後承認沒辦法，有些事就是天生的，學不會就是學不會。

這讓我有點困惑。

我心想，會不會杜子泉本該和方欣華在一起？他們兩個那麼速配，站在一起，眞是好看！

我想我跟杜子泉站在一起的樣子，心中有點空落落的。

上了國中之後，杜子泉好像吃了什麼增高丸一樣開始抽高，起先還好，但很快就比我高出許多，我們站在一起，中間還差一個頭。

那個不相稱啊……

我關了燈躺回棉被裡，咬著枕頭角角，不安地想：杜子泉怎麼可能會不喜歡方欣華呢？他是不是被我逼得不得不拒絕方欣華？我不想杜子泉跟方欣華好，可是，我也不想當連續劇或小說裡面那種躲在黑暗處從中作梗的陰險壞女人啊！

到底是要成全別人好呢，還是滿足自己好呢？

人生，怎麼這麼複雜啊？

我在恍惚中睡著，第二天早上，又恍惚地爬起來，跟著杜子泉去上學。

那天中午，吃過午飯，有個女同學站在門邊喊我，「程秀翎程秀翎，妳出來一下。」

我恍恍惚惚地跟著出去了，走啊走，被帶到教室後面的小花圃。

樹蔭下，方欣華站在那裡。

你知道什麼叫作賊心虛嗎？我一看見方欣華，我心中的那個虛，好像肚子裡突然生出了一個黑洞一樣……

我本能地想轉身逃跑，但方欣華先喊住了我。「程秀翎！」

我不是聾子，也不能裝瞎，人家都喊出聲來了，還對我招手，我能怎麼辦？我咬咬牙，硬著頭皮上前去。「方欣華。」

方欣華看起來一點也沒有昨天放學時那種倉皇狼狽的樣子，眼睛又大又亮，就像是漫畫裡面出現的金魚眼女主角。

她先對我笑一笑，停一下，又對我笑一笑。那種笑法，就是昨天晚上我對著鏡子咧嘴咧到臉皮抽筋都學不來的笑容。

我也想對她自若地笑一笑，但我只是抽搐了一下。

方欣華問：「程秀翎，妳住萬安新村，是不是？」

「嗯。」

我格外忐忑不安。怎麼說呢，有種人說話是直來直往，像杜子泉那樣，劈頭罵人毫不迂迴，那種人我應付得來。但另外有一種人是走繞圈圈路線，明明是要說一件事，卻從另外一件事情上開頭，拐來拐去，只可意會不可言傳，這種人以我媽作爲代表，每當她不滿意我什麼事，不會說「妳這個笨蛋妳這個豬腦」，她會說「妳自己說，做錯了什麼」。

這個問題很恐怖，尤其是像我這種人，自己做了什麼自己其實從來沒搞清楚過，就像是請君入甕的陷阱，莫名其妙的，我就會說一些可能原本根本不是我媽此次主力目標的事件，然後罪上加罪……怎麼死的都不知道。

我有種感覺，方欣華跟我媽是很相似的一種人，都不好應付。我和我媽，就是老鼠碰上貓，我和方欣華，可能也差不到哪裡去。

「那杜子泉住萬安新城，對不對？」

「嗯。」

「萬安新村和萬安新城，很近嗎？」

「……在隔壁。」

「所以你們是鄰居了？」

我想起那堵圍牆。「算是吧。」

「我聽猴子說，你們是一起長大的。」

我嚇了一跳，怎麼也沒想到，方欣華居然和猴子也能談得上話。「是啊。」

方欣華點點頭，「我看你們之間關係很好。」

「……還可以。」

話說到這裡，氣氛都還不錯，我一直低頭看著腳尖，希望午休的鐘聲快點打響，好讓我有藉口撤退。

可是，平常我總是嫌短的休息時間，怎麼今天特別長？

方欣華咬了咬嘴唇，問道：「程秀翎，爲什麼妳老是跟杜子泉坐在一起？」

「因爲我媽媽說我們得坐在一起。」我說。

她看著我說：「可是，妳什麼都做不好，每次都害到他。妳這個樣子，他很可憐。」

我的頭更低了，「我不是故意的。」

她停頓片刻，慢慢地問：「那妳可不可以跟妳媽媽說，請她幫妳安排和別人一起坐？妳可不可以不要再害他了？」

我低著頭看著腳下的泥土和落葉，不吭聲。

有些事情我以前不能明白，現在我明白了。

你看，方欣華跟我說這些，是什麼意思？她是眞的覺得杜子泉跟我坐在一起很可憐？有可能，但更有可能的是，她想和杜子泉坐在一起。

還有一點，我覺得，方欣華叫我出來，是有目的的，那個目的不只是要我別害杜子泉，而是要警告我……

警告我什麼呢？

我不是很靈光的腦袋，在那一瞬間突然清楚起來。在這種女人、女孩子、小女生們的戰爭裡，有些東西是後天學習的，但有些東西，譬如那種言外之音啊、含蓄委婉的暗示啊，卻是與生俱來的。

她在警告我：離杜子泉遠一點。

我決定跟她打迷糊仗，抬起頭來，一臉迷惘地問：「那誰要跟我一起坐？妳嗎？」

這話答得妙，果然讓方欣華不舒服。「我哪知道啊，總之，妳不可以和他再坐在一起。」

「爲什麼不可以？」我繼續裝傻。「杜子泉沒說不行，妳爲什麼不可以？」

我跟你說，過度聰明的人，有時候脾氣都不太好。他們經常覺得，自己能懂得的事情，別人怎麼可能不明白？

杜子泉脾氣不好，方欣華也是。

而且方欣華還窘。她在這件事情上，是無關於我和杜子泉的第三者，她話說得很小心，站在試圖激起道義和公憤的角度提醒我，不要牽連無辜。

但如果沒有這個角度，她就沒有立場了。

她的臉立刻漲紅，急躁地說：「總之就是不行，妳、妳、妳……」

「妳好奇怪。」我接了那句話。

「妳才奇怪！」她立刻動怒。

我也不跟她生氣，只拿眼睛看她，看上看下，想一想，慢吞吞地問：「方欣華，妳是不是想跟杜子泉坐在一起，才要我換位子？」

「才不是！」

「那麼，是我跟他坐在一起，礙妳眼了？」

「才、才沒有！」

「那妳管這麼多幹什麼？」

「我就看不慣他老被妳害到！」

我點點頭，很厚顏無恥地說：「那是我跟他的事情，不干妳的事。」

「誰說不干我的事……我、我……」

方欣華是那種口齒伶俐的女孩子，不過後來我明白了，在這個年紀，她的伶俐是對大人的伶俐，還沒有發展到口舌之爭的伶俐。

相對於我這種從小跟我媽鬥口挨打、跟我爸鬥口挨打、跟猴子鬥口挨打、跟杜子泉鬥口……不挨打，但挨白眼到身經百戰之人來說，她的戰鬥等級，比我想像中弱很多。

我乾脆挑明了說。「我知道妳是什麼意思，妳喜歡杜子泉，對不對？妳跟他說了，對不對？他不喜歡妳，對不對？杜子泉不喜歡妳，妳卻想管他的事情……方欣華，妳很怪異耶妳！」

在口舌之戰中有一個顛撲不破的道理，就是誰擁有的籌碼多，誰夠不要臉，誰愈狠，誰就愈能贏。

我一句話就把方欣華一直迂迴曲折百般保護的祕密給戳穿了，把這層自尊的窗戶紙給捅破之後，我的確贏了這場戰爭，但也徹底激怒了對方。

她臉紅到耳根，咬著嘴唇，眼眶都紅了，淚光盈盈，好像隨時都要流下眼淚。

她惡狠狠地瞪著我、瞪著我、瞪著我，瞪了很久，那種咬牙切齒的怒火啊，就像連續劇裡面決定要放手一搏的惡女配角。

午休的鐘聲終於響了，鐘聲中，她咬著牙齒，一個字一個字地對我說：「程秀翎，妳等著，我們走著瞧！」

我回到座位上的時候，鐘聲已經響完，同學們大多已經趴好，杜子泉的腦袋伏在雙手間，轉過來瞄了我一眼，很低地說了一句，「動作這麼慢，幹什麼去了？快點趴下來。」

我趴在桌面上，心中滋味百感交集。這是我人生中第一場女性戰爭，還打贏了，贏得出乎意料地輕鬆，眞的是……會不會是我錯了，天生我才必有用，也許我生來就是打女人戰爭的箇中好手？

這瞬間，我不再想什麼杜子泉和方欣華相配不相配的事情了。我覺得呢，方欣華這個傢伙，其實也不是什麼好蛋！看看她放話的那個口氣，什麼「走著瞧」，一點威脅力也沒有，哼，我才不怕她呢。

我瞇著眼睛往杜子泉那邊看去，他已經閉著眼睛睡了。

他那張臉啊，怎麼看，怎麼帥，還有種愈來愈帥的趨勢。我猜這是一種叫作「情人眼裡出西施」的心態在作祟。在別人眼裡，杜子泉就是一個男孩子吧？長得好一點，清秀一些，但還沒有到天怒人怨、慘無人道的程度。

可是，我心裡那個天秤啊，一點一點偏移，不知不覺間，金城武讓位了，黎明讓位了，郭富城讓位了，杜子泉儼然有後來居上青出於藍的跡象，而且當仁不讓地把他那顆大屁股就壓在我此生摯愛的劉天王腦袋上……

怎麼會有這種事情呢？

我覺得杜子泉愈來愈好看，那他又是怎麼看我呢？他是不是也覺得，我和方欣華相比，其實差不了多遠？搞不好他還可能覺得我比方欣華更好，只是他臉皮薄，不好意思說出來！

我正在重組心中的偶像榜單，同時暗暗揣摩杜子泉的內心世界，想得正高興，他突然睜開眼睛，瞪了我一眼。

風紀股長坐在教室前頭，登記不睡覺偷說話的人的名字，所以他不能出聲，可是他對著我動嘴唇，我仔細看了看、認了認，大致明白他的意思。

他老大的意思就是——再看，挖掉妳的眼珠子！

我趕緊閉上眼睛，心想：方欣華真的喜歡杜子泉嗎？她知道他是那種看我解數學題會抓狂，會動手呼我後腦杓巴掌的人嗎？她知道他的小塑膠尺打起人來還挺痛的嗎？她知道他很嚴重地沒耐性嗎？她知道他威脅起人來很恐怖嗎？

她不知道，但我都知道。

我、好、幸、福、啊！

我在變態的幸福中沉沉睡去，但等我再醒來，這個世界，就不太一樣了。

變化起於一陣竊竊私語，班上的女同學們，一個湊著一個人的耳朵，在傳遞些什麼消息，說著說著，每個人看我的眼神，都有些怪怪的。

我說「怪怪的」，純粹是後知後覺的領悟。我反應遲鈍，老忽略先兆，總要火燒到屁股了，才知道有變。

放學前最後兩堂課，男生上工藝課，女生上家政課。家政老師要大家分成四組，分著分著，我發現，我居然是剩下的那一個。

「程秀翎，妳要在哪一組？」老師抄寫分組名單的同時詢問我。

我看看四組的組長和組員，說也奇怪，平常大家都嘻嘻哈哈的，可這一刻，每個人都把眼睛別開了，故意不看我。

「沒有人要跟程秀翎同一組嗎？」老師又問。

其他人妳看看我、我看看妳，都露出尷尬的表情，沒有人說話。

「程秀翎，妳的朋友呢？」老師又問我。

我往平日與我比較好的幾個女孩子那邊看過去，她們同時低頭，或者忙著在抽屜書包裡找東西。

我舉目四顧，忽然對上方欣華的眼睛。她看著我，挑著眉頭，嘴角笑笑的，那個樣子，該怎麼說呢？

就四個字：小人得志。

最後老師不得不用權力把我強行塞入其中一組，只聽見被安排的那一組怨聲載道，好像收了我，整組就要垮掉似的。

我在坐立難安中撐過了兩堂家政課，心裡很委屈，好不容易熬到放學，收拾書包時，方欣華走過來，敲敲我的桌面，看我一眼，沒說話，走開了。

我坐在那邊，老半天不吭聲，杜子泉把書包收好了，人往外走，走到門外才發現我沒跟上，又轉回來，搖搖我的肩膀。

「放學了，不回家嗎？」他說：「妳別拖拖拉拉的，晚回家，妳媽又要罵妳了。」

我一聽他這麼說，趕緊把書包一蓋，跳起來嚷，「走、走，回家回家！」

「在發什麼呆呢？」他問。

「想點事情。」

「什麼事？」

的。

杜子泉問這話時，我們已經走出教室了，走廊上，夕陽黃黃的光落在他的側臉上，亮亮的。

我可以向他告狀，說方欣華如何如何不好，玩小手段，又鼓動女同學們欺侮我，她這麼壞，你可千萬要認清她的眞面目啊……

可是，話到嘴邊，我卻沒說。

杜子泉是個沒耐性的人，他不能等太久，聽我半晌沒回答，轉過臉來看我，「問妳呢！」

「啊？喔……看呆了，忘了你問什麼。」

「問妳在想什麼事！」他脾氣很壞地問：「妳看什麼看呆了啊？」

「看你呀。」我很直接地說。

杜子泉被口水嗆到，大咳起來。

我笑嘻嘻地說：「其實呢，也沒想什麼，我就在想，我爸今天晚上不知道會不會做獅子頭給我吃？」

杜子泉給了我一個很難看的臉色。他說：「我就不應該問妳任何問題。」

晚餐的桌上有獅子頭，我拿著筷子對著獅子的腦袋戳啊戳，被我媽從後面「呼」地一記鐵砂掌暗算個正著。

「打我幹麼？」

「都幾歲的人了？還戳菜！妳在肉丸子上戳洞，別人還怎麼敢吃啊？」老媽雖然退休，但吼起人來中氣十足的，永遠不脫老師的樣子。「妳自己說、妳自己說，妳在學校裡教書，是不是也這個德行？」

「學校是學校，家裡是家裡，我在學校可是爲人師表啊！」

我媽照例唱衰我，「算了吧，妳能考上教職，是台灣教育界的悲哀。」

「妳怎麼不說是老天開眼呢？」

爸一看我們母女就快要上演鬩牆的戲碼了，趕緊從廚房裡端出最後一盤菜。「好了好了，菜都好了，快吃快吃，趁熱吃……翎翎呀，妳在台北，一個人離鄉背井，離家這麼遠，平常都吃些什麼啊？自助餐？便當？多沒營養！妳看妳看，爸爸給妳做的菜多好，色香味俱全，又是熱騰騰的，紅燒獅子頭、開陽白菜、螞蟻上樹，樣樣都是妳最愛吃的，多吃點！」

我挾了菜往嘴裡塞，連連點頭，「嗯嗯嗯……爸，你做的菜眞好吃，在台北都吃不到！」

「可不是。」老爸被我一捧，立刻得意起來，「所以我說呢，妳也該好好學個兩樣，別老是外食，對身體不好。」

「好不好我不知道，可是做菜花時間，買菜回來還得切得弄。我下課之後得陪學生上自習，上完自習，開完會，回到家，別說買菜了，連坐著看電視的力氣都沒有，更何況晚上還得備課、出考卷……」我搖搖頭，「什麼時候爸爸跟著我去台北就好了！」

我爸年輕時是個熱血漢子、職業軍人，但本爲性情中人，他那顆心，比海綿蛋糕還軟，一聽我這麼說，心都揉碎了。「可憐啊，我們翎翎在台北過的那是什麼日子？唉，看妳在外頭受罪，爸爸眞難過！」

我媽鐵石心腸，淡淡地說：「有什麼好可憐的，她在台北，天高皇帝遠，沒人管她，才叫開心！」停頓一下，又問：「下午妳去哪裡了，混了大半日才回來？」

「猴子辦同學會。」

「喔，都誰去了？」

「很多人。」

「杜子泉去了沒有？」

我往嘴裡扒飯。「去了……」話出口，突然想到，「妳問這個做什麼？」

「問問不行？妳作賊心虛啊！」

我一聽這話就來氣。「我哪有作賊心虛？」嗓門立刻響了。

「不心虛妳吼這麼大聲做什麼？」我媽看著我說。

我認識我媽二十八年了，她這種人，凡開口，必有目的。我聽她提起杜子泉，腦袋警鈴大作，不好的感覺一直冒出來。

果然，她接下來就把話題帶到他了。「杜子泉怎麼說？」

「什麼怎麼說？」

「妳都把他撞成那樣了呀，他還不說點什麼？」

「我是撞到他的車，不是撞他的人。」我咬牙切齒，「妳不要亂說話好不好？那是意外、意外，突發事故。」

我媽聽了，點點頭，「嗯，懂了，意外……不過反正妳也想撞人家。」

我一拍筷子。「我什麼時候想撞他了？」

「很久了吧，」她煞有介事地說：「詳細時間得問妳自己啊！我猜，大概是他說要去德國的時候，妳就想了吧！」

我眞不應該跟我媽搭話，她這個人，永遠知道怎麼把我惹毛。

我在那邊深吸氣，我爸看情況不好，強行介入，「好了好了，別吵別吵，什麼點破事啊，也值得妳們兩個吵成這樣？行了行了，吃飯吃飯！」他對我媽說：「妳就別再講些什麼不好聽的了，吃飯時要心平氣和，不然吃得不愉快，遲早得胃病，妳說是不是？」又對我說：「翎翎別生氣，妳媽說話妳還不知道嗎？一點小事，言語誤會，不吵了不吵了，講點別的吧！」我爸看看我又看看我媽，想找別的話題，又不知道該說什麼好，只得拿原來的題目接下去，「那同學會還見著誰沒有？」

「有，」我說：「方欣華。」

「哪個方欣華？」

「以前國中時跟我同班那個……」我提了一下，「就是那個很愛欺負我的女生。」

「喔、喔，」我爸想起來了，「就是跟妳打架掛彩的那個？她怎麼樣了？還那麼凶悍、那麼潑辣嗎？」

「她結婚了。」

我媽「哼」了一聲。

我超敏感的，一聽她哼，立刻看過去。「妳哼什麼？」

「沒什麼。」

「想說什麼就說啊！」我是最受不得激的脾氣，一看我媽那樣，就不高興了。

我媽果然開口說了，「也沒什麼，我只是挺羨慕方媽媽的。妳看看，她家那麼凶悍潑辣的女孩子都結婚了，妳怎麼就銷不出去呢？」

我咬了一下牙齒，「妳也別說得太早，人家又離婚了。」

「喔？」

「結了婚又離婚，結了婚又離婚，結了婚又離婚，已經第三次了。」

我媽往我碗裡挾獅子頭，「哼。」

我咬著獅子頭，含糊地問：「妳又哼什麼？」

「沒什麼。」

「有話講清楚，別老哼哼哼的，媽，妳屬蚊子的啊！」

「說了怕妳小姐不高興。」

「我哪有什麼不高興的。那是方欣華的事，跟我沒關係。」我說：「妳不是羨慕人家早結婚嗎？結了婚有什麼好的，妳看看，到頭來還不是離了。早婚早婚，早點結婚，早點離婚，有什麼好羨慕的。」

我媽長嘆了口氣，「羨慕啊，羨慕人家一個女兒都嫁了三次了，我家這個，連一次都銷不出去，唉，羨慕喲……」

我錯了，我早該讓她哼個夠，眞不應該讓我媽開口說話啊！

但媽媽就是一種既然開了口就不會輕易閉上嘴巴的生物，而且永遠哪壺不開提哪壺，子女怎麼不舒服，她就非得怎麼來不可，我媽尤其爲箇中翹楚，在折磨我上頭，她特別有一套。

她能一面對我爸抱怨，「白菜裡的鹽下多了，鹹！」一面對我品頭論足地說：「我看妳也就別拿喬了，妳都二十八了，不是十八歲，到這個年紀，沒什麼本錢可以裝模作樣的了。妳和杜子泉湊合湊合，趕緊嫁了，再拖下去，妳都要成高齡產婦了！」

我再拍筷子，但這回拍得不太響，有點氣勢不足。「媽，妳夠了沒有？妳都在說些什麼啊！不知道的事情妳就不要裝懂，可不可以？好好吃飯，少說廢話，什麼拿喬？誰裝模作樣，誰高齡產婦啊？一件事情歸一件事情地說，有那麼難嗎？」

我媽露出困惑的表情。「我說的是一件事情啊！」

「這哪算是一件事情了？這明明是……很多件事情。」我說：「我、杜子泉，就是兩碼子的事。我跟他現在沒關係了，妳知道不知道？我們早就分了，分那麼久了，妳還把我們兩個連在一起……媽，妳非得這樣不可嗎？」

「可是妳明明還喜歡人家。」

「我不喜歡他！」

老媽義正辭嚴地說：「那這幾年我給妳找了那麼多個對象相親，妳都不願意去……」

「這又是另外一回事！」我吼。

「我看哪，」我媽點點筷子，「這就是一回事！妳呢，對杜家那小子餘情未了，人家大概是跟妳分了，可是妳嘴上說分，心裡不想分，還想湊一塊兒，湊不成一對，就卡在那裡，動彈不得了。我跟妳阿姨給妳介紹相親，妳從來沒認眞過，能拖則拖、能賴就賴，拖不成賴不掉的，勉強去了，又找藉口拒絕。先前給妳介紹一個竹科的工程師，結果妳嫌人家宅。給妳介紹廖老師的兒子，在大學裡教藝術，妳又嫌他瘋狂！給妳介紹公務員，妳嫌人家保守。給妳介紹一個整型醫師，妳說什麼？妳覺得他從上到下都假！我說妳小姐到底是怎麼回事？給妳介紹多少人，總看不對眼。妳害我得罪了多少人，妳呀，妳就是不想嫁，沒有一個人能看得上。」

「那不是我的問題！」我惱羞成怒地喊。

「就是妳的問題！」

「不是我的問題！」

「就是妳的問題！」

「……」

我跟我媽的爭吵，事無大小，到了最後，總陷入一種意氣用事、沒有結論但口沫橫飛的推賴大戰，一方吼得比另一方大聲，彼此都不接受對方的結論。

我不知道重複了多少次「不是我的問題」，但愈喊愈心虛，總覺得……搞不好這就是我的問題，我才是最有問題的那個人，我就是餘情未了，斷不掉，我就是還想跟杜子泉湊一塊兒，我就是卡得動彈不得，我就是那個又拖又賴一面喊著「老娘不在乎」，一面又非常在乎的那個，我心不在焉地去相親，看見的都是對方的缺點，我虛應故事，到了最後，就找個藉口把人家拒絕掉……

這樣的人眞卑鄙啊！

我就是這樣的人。

我眞卑鄙啊。

我吼到喉嚨都快啞了，還以爲得這樣沒日沒夜地跟我媽吵下去，忽然，我媽聲音放低了，喝了口湯，慢呑呑地說：「喊那麼大聲做什麼，有力氣跟我吵鬧，怎麼不去把杜子泉搞定了呢？妳呀，家裡一條龍，出外一條蟲，只敢對妳媽吼吼叫叫，在人家面前，順得和隻羊一樣，他說什麼妳應什麼，最後怎麼樣了？還不是沒結果，沒出息！」

最有力的話未必要最大聲，我媽屢屢證明這一點。

我被她這些話刺激得五內俱焚。有句話叫作「愛你的人傷你最深」。我是我媽肚子裡生出來的，她愛我，無庸置疑，但她也同樣有辦法傷害我，輕描淡寫，一語中的，一箭穿心……

我生氣、我憤怒、我不高興、我不爽、我火冒三丈、我發爐……但無論如何最後我的憤怒全化成了淚水。

我的眼淚不爭氣地掉了下來。

我吸著鼻子，一抽一抽地說話，聲音有些憋，是那種很想大哭卻壓抑住的說話法，我咬著牙齒，瞪著我媽，聲音是從齒縫之間擠出來的。「妳說對了，我就是搞不定他，我就是在家裡像條龍，在人前是條蟲，我就只能這樣，沒結果……妳非得證明我一無是處，沒有自尊、沒有價值，還沒出息，什麼也不是，是不是？妳證明了妳女兒就是這樣一個人，是不是比較開心？妳非得讓人吃不下飯，非要看我掉眼淚？現在我吃不下飯了，我哭了，妳下飯了嗎？妳滿意了嗎？希望妳能愉快，因爲我沒辦法再跟妳一起吃飯了。」

我把飯碗丟下，咚咚咚地跑上樓去了。

老房子，牆壁薄，我進房用力甩門的同時，聽見我爸和我媽在樓下爭執起來。

我爸大吼，「妳搞什麼呀！一家三口難得坐下來好好吃一餐飯，妳非弄成現在這個樣子不可？妳是吃了火藥啦，老和女兒過不去！」

我媽也不示弱，「我怎麼了？我又怎麼了？我這不就是實話實說嘛！」

「是是是，妳那些都是實話！妳就是分不清楚什麼時候該說什麼話！」

「你不要跟我吵架！我告訴你，我要不說這兩句，你那寶貝女兒還以為她是十五歲的青春少女呢！良藥苦口，我得刺激一下她，免得她成天雲裡霧裡地過日子，還作著不著邊際的美夢呢。她都二十八了，沒過多久就要三十了。三十歲還不成家，算什麼？她以為她是古董，擺愈久愈值錢？女人的青春一下子就過完了，拖著拖著，以後人老珠黃了怎麼辦？你看著女兒不嫁人，心裡很好受？」

「不嫁就不嫁，有什麼了不起！」我爸氣得抓狂，「我女兒，四肢健全，長得不差，又是當老師的，放到哪裡去都只有她挑人，沒有人家挑她的道理。我告訴妳，她不嫁就算了，要嫁就得嫁個合心意的，我不勉強她！她不肯嫁，我還樂得老了有人承歡膝下，陪我說話。」

「你放屁！你人老都老了，還拖一個老女兒，坐在一起成什麼樣子？什麼承歡膝下，人家那是在講孫子，孫子孫女圍著才叫承歡膝下，你一個老頭子帶著你不嫁的老女兒，兩個老人，相對無言，那叫遺禍萬年！我告訴你呀，你別管我的事，我早想過了，翎翎那脾氣，從小看大，你還看不清楚嗎？她就是慢！烏龜慢、蝸牛慢，她比烏龜和蝸牛加起來還慢，罵一句走半步，踢一腳走一步，後面沒有人推她，她可以蹲在原地三年五年不動一下。她這種個性，我這個當媽的如果不幫她一把，誰幫她？」

「妳那是幫她？妳那是揭人瘡疤！妳又不是不知道，我們女兒是個出了名的死心眼，她喜歡的是哪一個，就認定了那一個。她不就喜歡那個杜子泉嗎？對他好，從小就好，跟著他的屁股後面走來走去，滿嘴都是杜子泉說杜子泉說，那小子說話比妳和我說話還管用！」

「所以我不叫她去搞定杜子泉嗎？」

「人家他們分啦！」

「分了還可以再合嘛！」

「分了就分了，還分了合、合了分，妳以為妳在搓湯圓，想怎樣就怎樣！」我爸大著嗓門說：「還有，杜子泉那死小子，我是看不順眼的。當初是他答應分，現在怎樣，妳還想讓妳女兒的熱臉去貼人家的冷屁股啊？妳有沒有自尊心啊？妳有沒有人格啊？我告訴妳呀，就三個字，不、可、能！」

「當初人家會答應分，還不是因爲妳女兒成天鬧脾氣，想以退爲進，喊分手，喊著喊著喊得人家火大了吧，眞要分手了，又哭哭啼啼，死不甘願！我告訴你，我可是看不下去了，什麼自尊啊、人格啊，都是表面上的東西，表面上的東西就表面上的問題，表面上的問題就不是問題。凡事都是這樣，一旦成了事實，過去就既往不咎。我不管你看人家順眼不順眼，我就得逼著翎翎，我把她逼過去了，她現在恨我，以後感謝我……」

「妳這算什麼？誰謝妳了？妳趕鴨子上架，也不想一想，人家杜子泉如果不願意合怎麼辦？」

「那我就逼她去和別人合！我都算過了，今年，搞定一個人，結婚，明年呢，懷個孩子，三十歲之前把外孫或外孫女給我生下來，她這一生，諸事落定，我這個當媽的，上對得起天，下對得起地，我還對得起你們程家。我就這個女兒，我不能讓她再這麼虛度辰光下去了，時間就是青春，青春就是機會，她已經沒有多少機會可以消耗，她不懂得把握，我得幫她把握。」

門外，樓下，我爸居然沉默了，停頓許久，放低了嗓門，「妳呀，也是用心良苦，可我們這個女兒，她那個脾氣……唉，眞不知道怎麼說。我跟妳講，人哪，一個人有一個人的命，妳幫她，我沒話說，我也想幫她啊，可是，我們是一家人，一家人的關係血濃於水，不管爲了什麼原因，都不能這樣重傷對方的心。我看哪，妳這一步是走錯了，大錯特錯。妳覺得妳是推她一把，但她覺得呀，妳這是要趕她走。妳想，翎翎已經不是小孩子了，跟以前不一樣，時間到了就得回家來吃飯作功課睡覺，她現在大了，人在台北，有去處、有住處，妳推開她，她就走了，不回來了……」

我媽怒曰，「不可能！」

「可不可能的，不是妳說了算或我說了算，是樓上那個丫頭說了算。」我爸長長地嘆了口氣，「我覺得，妳眞要有辦法，就去搞定那個杜子泉。那小子是怎麼回事？出國出國，一去幾年，一點音信都不給，現在突然回來了，還給翎翎撞上……還得讓她賠修車費，這算什麼！我就不知道妳女兒的眼睛是怎麼長的，那渾蛋小子，長得倒還人模人樣，可是，也就臉長得好一點，其他，他有的人家也有，怎麼翎翎就不喜歡別人，專喜歡他呢？我覺得啊，是妳先前找的那些相親對象條件不夠好。」

「還不夠好？你以爲你女兒是天仙哪，她嫌人家不夠好，好的人家也嫌她呀！」

「我就覺得是條件不好的問題。」我爸說：「我看，等這幾天假過去，妳再去找找妳那些同學啊同事啊，看看有沒有什麼條件更好的男孩子，給她介紹介紹。她沒看到好的，像個井底之蛙，眼睛成天盯著杜家那小子，看著看著都看傻了她。」

我媽想了想，說：「說來說去，問題還在人家身上。我說我們怎麼不就去問問杜子泉怎麼想的？說不定他還喜歡我們翎翎，也跟翎翎一樣拉不下臉來。你沒發現嗎？他這次回來是一個人。我在市場上問過他媽媽了，人家說他沒有女朋友。」

「少來，他的事情他媽怎麼知道啊！一個血氣方剛的男孩子，在國外四五年了，說什麼沒有女朋友，我看是放屁！搞不好人家連老婆都娶了、孩子都生了，只是沒帶回來……行了行了，這種事情，就不說了，問題不在別人身上。我們把對象給翎翎找好，讓她見識見識，這個世界很大，人外有人，天外有天，不是只有杜子泉那個小王八蛋，她得張開眼睛，看看清楚……」爸說：「喂喂，那盤螞蟻上樹妳別再挾了，得留著。」

「留什麼啊？」

「留給妳女兒吃！她剛就沒吃幾口，等晚上肚子餓了，還不是要下樓來找吃的？這菜她愛吃，給她留著，還有那個獅子頭，還有白菜，都得留。」

我媽很感嘆，「這算什麼啊？女兒跟我嘔氣，脾氣發了，筷子拍了，門甩了，她拉不下臉來跟我道歉，我還得拉下臉來給她留吃的？」

「誰讓妳當人家的媽呢。」

我本來趴在門上掉眼淚，樓下說話的聲音穿過牆板、穿過門縫，流進屋裡來，聽著聽著，我就不哭了。

喜歡一個人，和一生的問題，和父母的問題，原本是好幾碼的事情，可是人愈長大就會愈發現，以前所有簡單的事情，如今都變得複雜起來，而原本複雜的事情，就無解了。看似無關的每一件事，最後都互相牽扯起來。

我喜歡杜子泉，和我們分手，和我的人生，我的終生，我的家人，我和家人之間的關係，形成一組微妙的關係圖，置身其中，牽一髮而動全身。

在此之前，我一直覺得人生是以靜制動。等待、觀看、徘徊、猶豫，拖延時間，以待結果。

但現在我不這樣想了。

我媽說得對啊，我已經沒多少青春可以揮霍了。

我二十八歲，過完這年，就要二十九了。

雖然說現在年代與往日不同，許多人決定單身，也用單身的方式過一輩子，結不結婚、成不成家、生不生孩子，純屬個人選擇。

可是，我是想的啊。

既然想，就不能一拖再拖。

我坐在房間地板上，背靠著門板，聽見樓下斷斷續續我爸和我媽的說話聲，間歇著穿插著電視綜藝節目談笑和連續劇的對白。

我的眼睛看著窗外。黑暗中，窗戶的那一邊，是杜子泉的家。

他房間亮著燈，黃色的、暖暖的光，從屋裡透出來，像座小小的燈塔，在暗夜中持續地，彷彿永恆地發光……

同樣的窗口，同樣的燈光，許多年前也曾動搖我的意志。

方欣華放話的那個晚上，我在房間裡瞪著對門的窗戶看了半天，一邊看，一邊想。我想，面對威脅，我該明智地選擇讓一步，還是不理智地硬著脖子頂上去？

家政課的分組，是一個明確的警告，意思就是：如果妳不聽我的，就試試看！試試看、試試看，我要不要跟方欣華硬槓試試看？

我對著窗戶看了大半個晚上，看到十一點多，杜子泉房間的燈熄滅了才清醒過來。那個晚上我什麼也沒說，第二天又去上學了。

後面幾日，我提心吊膽地等著方欣華的反應，但數著指頭過了幾天，相安無事。正當我以爲這事大事化小小事化無的同時，方欣華又來找我了。

她是親自來的，還是在杜子泉也在的時候來的。

她捏著我的國文考卷過來，把卷紙按在我的桌面上。

「程秀翎，妳的成績有問題。」她指著考卷說：「妳看，這幾題，妳根本沒答對，怎麼卻給分了呢？妳這樣不行啊！」

「什麼？什麼？」國文向來是我的拿手科目，我困惑地看了看題目，又看看答案。「沒錯啊，哪裡有問題？」

「妳好好對課本好不好？」她很不高興地說：「妳看，註釋塡空這裡，物換星移的解釋是什麼？課本上寫的是：景物改換，星位轉移。比喻時間的流轉，世事的變遷……」

我對照一下課本和考卷答案，莫名其妙地抬頭，「所以沒錯啊！」

「明明就錯啦！妳寫的是：景物改變，星位轉換，比喻時間流轉世事變遷。」

「……不都是一樣的意思？」

「哪裡一樣了？一點都不精確。」她拿出紅筆，「唰」地一下就把那一題的紅勾勾給改成了大叉叉。「這樣不行，這題不能算分。」

「啊？」

「還有後面這幾題也一樣！脫穎而出的意思是什麼？課本上說的是：比喻能夠在眾人中顯現自己突出的才能。妳寫什麼？妳寫：意思是能夠在眾人之中表現自己突出的才華。完全跟課本上的內容不一樣嘛……這也不能算分！」

她一面說，一面用紅筆在我的考卷上畫來畫去，最後算出總分，把原來九十幾的分數改成了六十一。

我就這樣眼睜睜地看她改我的考卷，眼珠子都快凸出來了！

「妳怎麼可以這樣——」我一拍桌子跳起來。「妳太過分啦，陰險、下流、卑鄙！妳亂改我的分數！」

「我哪有亂改，是妳自己亂答題，我是國文小老師，我檢查考卷時才發現妳的問題很大！妳這樣亂寫，是不能算分數的。」方欣華態度嚴正地指著我說：「程秀翎，妳平常都得高分，原來是這樣亂寫亂改出來的嗎？妳這樣等同作弊。」

「就幾個字的不同，整體意思是相同的呀……妳、妳這算什麼啊？」我吼得很大聲，「妳可以這樣亂改成績嗎？而且，又不是我打我自己的成績，是大家交換改的，什麼叫作弊？誰作弊啦？方欣華，妳不要太誇張！」

「什麼叫作幾個字不同？妳自己以爲沒差，但其實根本就不一樣。課本就是標準答案，和標準答案差一點點也是差。妳要還狡辯，那等會兒上課，我拿給馬老師看，看是誰說得對。」方欣華淡淡地說完，扯著我的考卷走了。

我一聽到老馬，腿不爭氣地發軟。在老馬面前，我就算有千般的好，也等於不好。

我咬牙切齒地坐下來，轉過臉去看杜子泉。

他還在做他那該死的理化習題呢！

「杜子泉，你看到沒有？我的國文考卷分數被改得好低……」我欲哭無淚地找他訴苦。「原本對的題目，被方欣華一改就都不對了！你有沒有聽見我們剛剛在講什麼？她怎麼這樣挑剔我啊！」

「我沒怎麼仔細聽。」他從自修裡抬起頭來，「可是聽起來，好像是妳不對。」

「我哪裡不對啦？」

「妳做事都那樣，大而化之，不仔細，還以爲自己對。」他搖搖頭說：「算啦，考都考完了，改分就改分吧，妳國文好，下次仔細點，好好考。一次小考而已，不要太在意。」

杜子泉這個人永遠就事論事，只要是站在理上去說，哪怕是把地球炸了，他也會說沒錯沒錯。

我跟這人在這上面實在是講不來，氣得趴在桌上，把頭埋在手臂中間。「你這笨蛋，跟你講理講不通啊！人家方欣華明明就是在欺負我，你還幫她說話……」

「妳又來了，藉故生事。妳哪裡講理了？她哪裡欺負妳了？她糾正妳的錯誤，妳卻對人家大吼大叫，誰欺負誰啊？」杜子泉不耐煩地說：「妳是分數被打低了，心裡不愉快，得鬧一下。妳這種脾氣，誰受得了？」

我受了一肚子冤屈，黑血都快噴出來了，他還在那邊說什麼誰受得了誰受不了的！

我怒從心起，一拍桌面，鉛筆盒都跳了起來。「受不了你就滾啊！我就知道你們都是一國的……」說完，我大踏步地衝出了教室。

第二堂課上課時，我和杜子泉雖然還坐在一起，但彼此不理對方。我滿肚子火無處可發，只能悶著燒，燒啊燒地，燒得都快七竅生煙。

再下一堂課，方欣華又來了，這次她說：「馬老師說，妳這樣答題不能算分。」

我已經不想和她認真了，「那就改吧。」

她點點頭，「我把分數改過來，另外，妳前面幾次小考的考卷我也看過了，都有問題，通通都要重新計分。」

「什麼？」

「這是馬老師同意的，妳有什麼不滿意的，去跟老師說，不要對我吼。」

「……」我氣得臉都漲紅了，咬著牙齒說：「方欣華，妳有完沒完？妳不就是想要我換位子嗎？搞我的分數做什麼？妳這樣，不覺得自己太卑鄙了嗎？」

她的臉色沉下來。「妳說什麼，我都聽不懂。我只知道，馬老師說妳先前的成績都要重新計算。還有，那些沒考到標準的考卷，先前馬老師已經罰過別人了，等我改好了，妳帶考卷去找老師補罰。」

方欣華走開沒兩步，又回過頭來，叮囑我前後的同學，「你們改程秀翎的考卷不可以放水，答案就是答案，要一字不漏才行。老師說了，要是再有這種放水的事情發生，她得分，你們扣雙倍。」

我看著方欣華施施然地走開，眼中幾乎要冒出火光。

這天的事情，並不是個結果，而是個開端。

從那天開始，學校的生活變得不好玩了。

我的成績一落千丈，連原本擅長的國文史地都退步到倒數有名的程度。

然後，好像是大家一下子講好了一般，一夜之間，再也沒有女孩子和我講話了。

分組時，我永遠是被落下，沒有人要的那一個。

我的朋友們看到我，個個敬而遠之。

做整潔工作時，我被分到的是最沒有人喜歡的洗廁所工作，而且別人都可以每隔兩週輪換一次，我卻好像被遺忘一般，永遠都在刷馬桶……

我的日子開始不好過了。

小孩子雖然是小孩子，但許多事情，小孩子認眞起來，卻可以做到驚人地下流。

事無大小，在人生的許多事情上，我一直表現得跟不上節奏。做不了最好，也做不出最糟，我就是那種反應遲鈍慢許多拍，想要隨波逐流，又一直在人海中漂來漂去不知道何處是故鄉的傻人。

時隔十數年後，在學校裡受同儕欺負這種事，有了個新潮的名詞，叫「霸凌」。可是，在這個名詞還沒被新聞媒體喊出來之前，我們那個時代，同樣的事情也曾發生過。

上體育課的時候，老師讓男生跑操場，女生們跳跳繩，規定好了，兩人一組，互相監督，一人跳到五百下，就可以休息。

和我同組的女同學很快跳完了五百下，輪到我了，她坐在旁邊數著數，我跳啊跳，一百、兩百、三百，到了四百的時候，方欣華來了，把女同學喊過去。

她走開的時候，我自己數數，數到了一百，就停下來。

女同學走開了，方欣華過來，見我停下，便說：「妳怎麼停下來了？」

「我滿五百下了。」

「誰說的？」

「剛剛算到四百，」我指著走遠的女同學說：「然後妳們說話去了，後面一百下是我自己數的。」

「妳數的怎麼能算數！況且她走開了，先前數到幾下也沒有記錄……這樣吧，從頭來過，我來幫妳算。」

我也許笨了些，但絕不是傻瓜，看著方欣華的臉，我就知道她沒安好心。「可是，我已經跳滿了。」

「那是妳說的，不是我說的。」她看著我，「程秀翎，妳到底要不要跳？」

「如果不要呢？」

「那我去跟老師說。」

方欣華很快就摸到了我的軟肋。說也奇怪，我也不知道爲什麼，從小就怕老師，哪種老師都怕，可能是因爲我成績不太好的緣故，我對老師，總有一種沒來由的恐懼感。

我咬了一下牙齒，握住跳繩的木把，又跳起來。旁邊，方欣華大聲數數，一啊二啊三啊地唸著，很專心，很跟得上速度，並不故意刁難人，我鬆了一口氣。

「……四百九十八、四百九十九……」她唸到最後兩個數，眼看五百要到，突然嘴角彎起，朝我笑了一下，「一……二……」

「喂喂！」我趕緊停下，收了跳繩，一面喘氣，一面吼，「妳搞什麼？明明就是五百了，怎麼又從頭開始了？」

「我說從頭開始就從頭開始，是我算數還是妳算數？」

「方欣華，妳這樣太過分了！」我又急又氣，「妳這樣的數法，我永遠跳不完。」

「妳努力跳啊，說不定跳得完。」

「妳是故意整我！」我氣得臉都漲紅了，手指著她，「妳不要以為妳玩這招沒人知道！我告訴妳，我不跳了……」

她撥撥劉海，很無所謂地說：「不跳也行，那我就去跟體育股長說妳沒有跳完，而且不想跳，讓他跟老師報告去。」

「老師老師，妳就會拿老師來壓人！」

「妳怕什麼？妳不也有個老師媽媽當靠山嗎？」她一甩手，作勢要走，「愛跳不跳隨便妳，不跳我就要去說啦！」

「……我跳，我跳行了吧！」

「動作快點。男生早就跑完了，女生也就剩下妳一個人還沒跳完。」她看了下手錶，慢吞吞地說：「妳動作這麼慢，害我不能早點休息，很討厭耶！」

我氣呼呼地瞪著她，作賊喊抓賊，這招也只有方欣華幹得出來。但想到同樣的事情恐怕還會重演，我回過頭，望望坐在操場草地上的男生們，喊了一聲，「猴子！」

猴子轉過頭來。

「你過來！」

他過來了。「幹麼？幹麼？」

「你幫我數，數五百下。」我說。

「……才不要，我聊天呢！」

「快點啦，」我看著他，咬著嘴唇說：「拜託你！」

我和猴子的溝通詞彙裡面從沒有請、謝謝、對不起，或者拜託之類的字眼存在，他被我拜託得好像渾身都癢了起來。

「好啦好啦，我幫妳數。」

我轉向方欣華，「讓猴子來幫我數，可不可以？」

「可以啊。」

「那妳可以走了。」

「我監督你們。」

「猴子又不會放我水！」

「很難說。」

「方欣華，妳以爲每個人都像妳一樣，心胸狹窄、心眼這麼多嗎？猴子不是這樣的人，他不玩小手段的。」

「喔，那看看啊！」她指著錶說：「還有十五分鐘下課，妳到底跳不跳呢？」

連跳一千下，我已經累了，這次的速度慢很多，一下一下跳著，不敢停。

猴子倒也負責，認認眞眞地數著，方欣華在旁邊聽著，臉上一點表情也沒有。

數到最後六十下，體育股長在另外一頭喊人收拾跳繩送器材室。

方欣華推了一下猴子，「值日生，人家在叫你呢！」

「可是，翎翎還剩六十下。」猴子有點兩難。

「剩下的我來數好了。」

「不行！」我著急起來。方欣華又來了，她又要玩那招從頭算起的爛戲碼了，一想到又要再跳五百下，我腿都軟了，連忙停下來對猴子喊：「猴子！不行……你不……你不能走啦……」

「你快點去收拾吧！」方欣華在一旁說：「要不然等等體育老師來檢查，看值日生不負責，又要生氣了。剩下六十下，我來數。」

猴子看看方欣華，看看我，想一想，對我說：「妳跳快一點啊，下課我們去買飲料喝。」說完跑開了。

大樹下就我和方欣華站著。

我看著她，她看著我。

她先說話。「怎麼不跳了？」

「妳又要玩什麼花招？」

「我哪有玩花招。」

「妳一直在耍花招。」我說：「妳又要數到四百九十九然後重來對吧？」

「哪有。」她微笑地說：「我從不玩這種遊戲的，事實上，妳現在就得重來。」

「啊？」

「妳停下來了。」她很乾脆地說：「所以得重算。」

「老師沒有說中途不能停下來。」

「但老師也沒說中途可以停下來。」她鸚鵡學舌般地回嘴。

我看著她，想了半晌。「我明白了，只要有妳在，我就永遠跳不到五百，是不是？」

「我沒這麼說。」

「但是，妳是這麼做。」

我沒辦法仔細地描述情緒的變化，但我是生氣的，非常生氣，我覺得，乾柴烈火這四個字，完全能描述我此刻的內外在狀況。我覺得，我要是一把柴火，此刻已經熊熊地燃燒了。

我不只是憤怒，我還委屈。

我覺得，在這件事情上，我不僅僅是受欺負而已，我還暴露了一個自己一直明白，但不曾面對的事實——我自卑，我沒有自信心。

方欣華這樣欺負我、整我、玩我，可是我不敢和她正面對抗。我做了什麼？我忍耐、我屈服，我逆來順受。我頂多嘴巴上不服兩句，但我身體是服的。她讓我重跳，我就重跳，她把數字歸零，我又得重來一遍，一次又一次，她可以反覆讓我跳到死爲止。

但我不敢直接挑戰她，因爲她的背後有老師的存在。

而我一看到老師，就覺得自己無立足之地。

我是爲了什麼會這樣畏縮？

看看杜子泉吧！老馬同樣欺壓他，可是，他從不軟弱，把握機會就上去了。

他和方欣華在科展上得獎，老馬多高興啊！現在老馬對他的態度，和以前完全不同了。

爲什麼杜子泉不軟弱？爲什麼杜子泉不怕老師？因爲他是有實力的。

他成績好、他優秀，他有眞才實學，他是無可取代的，他自己也知道自己是怎樣的一個人，他的價值放在那裡，眾人皆知。而我呢？

我那麼心虛、那麼氣短，挨打、挨罵，在其他人面前毫無自尊心可言。現在，面對類似老師代言人身份的方欣華，我就由她捉弄欺壓。她明明欺侮人，但我不敢反抗。

因爲我的價值放在那裡，也是眾人皆知。

這一瞬間我突然明白，講什麼公平啊，從來就是不存在的。這個世界是一座金字塔，有辦法就爬到塔尖上去，像方欣華那樣、像杜子泉那樣，要不，像我這樣在塔底下的，就得忍耐屈辱。

我眞痛恨這種明白啊！

我更恨我自己居然在不知不覺間，就服從了這個可惡的規律。爲什麼？就因爲我知道自己不如她。

我看著方欣華，她坐在那裡，一臉游刃有餘的微笑，她那種表情，不說話，也很明白，就是「妳能怎麼辦？最後，妳還不是要聽我的」那種自信，那種欺侮人的驕傲，那種高高在上的姿態，就像細針一樣，一下一下地扎著我的心。

同樣都是人，憑什麼她可以這樣……整我？憑什麼我要這樣受人整？憑什麼？憑什麼？憑什麼？

我也是有自尊心的人，我也有忍耐的限度。

我不是能這樣，永遠被人欺侮卻不吭聲的。

我想了很久，收起手上的跳繩，開口說話，聲音非常平靜。「方欣華，我跳滿了，我不跳了，就這樣。妳不要再威脅我了，妳這樣子做，非常卑鄙，妳知道嗎？」

有時候，平靜是一種山雨欲來的警訊，可是，方欣華不懂這個道理。

她笑咪咪地說：「我卑鄙？我有妳卑鄙嗎？妳不想跳就算了，我去跟老師說去。反正妳膽子大，妳不怕挨罰，妳有妳媽當靠山，妳什麼都不怕！」她說著，就往旁邊走開。

她沒能走遠。

我是怎麼失控發狂的，我自己也不知道，但等猴子喊我、杜子泉從操場那一頭衝過來，從後頭撲住我，搶走我手上的跳繩時，方欣華已經趴倒在草地上了，她臉上流血，體育制服上都是我的泥腳印！

我反握跳繩，揮著繩子，拿木頭手把朝她身上一陣亂打，我踢她、我踹她，我還想咬死她……

體育老師來了、老馬來了、我媽也來了、訓導處的主任老師都來了，保健中心的阿姨把方欣華扶走了……我的耳邊多少聲音叫囂環繞，但我都沒能聽清楚。

我只記得自己一直在哭，哭得比方欣華還厲害、還大聲，我哭、我叫，我覺得我的心臟就快要爆炸了，而我停不下來！

我是怎麼被帶回家的，我都不記得了。

可能是因為流汗、吹冷風，然後情緒又大起大落的緣故，回家後，我媽還來不及揍我，我就生病了，咳嗽、流鼻水、發高燒，躺在床上好幾天動彈不得，溫度高起來的時候，甚至連爸媽都認不太出來。

感冒最後惡化成了肺炎，我被爸爸送進醫院掛急診，打點滴、打針，病情起起落落，住院一週後才慢慢穩定下來。

其他人怎麼描述這件事情的，我不知道，但後來每當我想起這件往事，就覺得自己很沒用。受欺負的人，不外是兩種反應，一種是默默忍受，一種是起而反抗。默默忍受需要毅力，起而反抗需要勇氣，我卡在這中間，既無毅力又無勇氣，到最後，天人交戰的結果，火山爆發一陣，岩漿噴發的同時，太激烈，把心頭火給撲熄了，但卻也把自己弄得生病了。

我啊，我啊……我一直就是這樣，扶不起的阿斗呀！

如果身體健康也是一種人格優點的話，我在其他方面也許乏善可陳，但健康這點卻無懈可擊，經常大冬天的，穿著短袖短褲在家裡亂跑，被我媽追在後面罵，「程秀翎，妳肉多啊，懂不懂得穿衣服？現在什麼季節？妳為什麼不乾脆穿泳裝去下水算了！」

我只有在明天考試沒讀書、作業沒寫要檢查時，會覺得自己病了，而且病得很重很重，重到必須躺在家裡靜養的程度。可是只要我爸一說：「帶去給醫生看看，打個退燒針！」我又立刻生龍活虎地跳起來。

是的，比起老馬的教鞭，我更怕醫生的針頭。

教鞭怎麼打也不過是皮肉痛，但針頭在肉裡鑽來鑽去的感覺……噁，那是侵入性傷害啊！

好在，被送進醫院時，我已經發燒燒得意識不清，大多數時候都在昏睡，所以略過了那些平日對我來說好比酷刑的折磨：抽血、打針、掛點滴……

有次恍惚醒來，發現自己躺在病床上被推著飛跑，眼睛所見，是頭頂上那片看起來像被蟲咬過的白色天花板，還有白色的日光燈，一閃一閃的……

我想要坐起來，卻被護士按住了，「別動、別動，好好躺著！」

我想要動一動脖子左右看看，卻覺得渾身都很重，根本動彈不得，只得問：「這裡是哪裡？我要回家、我要回家！爸爸爸爸、媽媽媽媽……」

爸趕緊上前來，把我按在床上。「別怕別怕，爸爸在，爸爸在。這裡是醫院，妳生病了，我們來檢查。檢查一下就出來了，照個X光，不會痛的，翎翎乖啊！」

我看著我爸的臉。說也奇怪，他的臉孔在我眼裡看起來，像外星人一樣古怪扭曲，而且好模糊，他的聲音也是，忽遠忽近，飄啊飄的，聽起來又虛又空洞。

我其實也無從掙扎或怕痛，我太累了，說這幾句話，人就沒力氣了，又躺回病床上，閉上眼睛。

我這一閉眼睛就開始作夢，夢見許多討厭的事情。

我夢見劉德華老了、郭富城胖了、黎明娘了、張學友啞了，還非得唱〈無敵鐵金剛〉，我在夢裡抖了很大一下！

我夢見老馬揮著教鞭對我吼叫。

我夢見班上的女同學們全都站在邊上，對我冷笑。

我夢見猴子不理我，不跟我玩也不跟我說話！

我夢見我媽說：「妳眞沒出息……」

我夢見我爸拿著英文考卷掩面嘆息，說：「翎翎，勤能補拙啊！」

最後我夢見放學時分，自己站在夕陽西下的學校走廊上，杜子泉從教室裡出來，從我面前走過去。

我追著他喊，「杜子泉、杜子泉，我們一起回家吧！」喊了半天，他不理我。

我生氣了，抬腳踹他，沒踹到，自己跌了一跤，撲通撲通地像顆球一樣地滾下樓梯，摔得鼻青臉腫。

杜子泉在樓梯上頭看了，拍手哈哈笑。

我趕緊爬起來。「杜子泉，我摔跤你不來扶我，還笑我，死沒良心！」

他說：「誰讓妳動手動腳。」

我一想也是，誰叫我先動手呢，連忙轉怒為喜，陪笑道：「是我不好，對不起對不起。你別生氣，我們一起回家吧！」

他搖搖頭，「妳自己回去，我有事。」

「什麼事？什麼事？」我追在他背後，像條哈巴狗般地傻呼呼跟著。「你要去哪裡？也帶我去，好不好？」

杜子泉伸手一指，只見方欣華從走廊那一頭款款過來，「從今以後，每天放學，我要送她回家，妳不能跟。」

我看見方欣華，就像見了仇人一樣，咬牙切齒。「杜子泉，你為什麼跟她好？她不是好人，你知道不知道？她欺侮我，她亂改我的考卷、改低我的分數，在老師面前告我的狀，還鼓動其他人一起不理我！她這麼壞，這麼糟糕，這麼不講理，你怎麼還跟她要好？」

杜子泉搖搖頭，「妳才壞，妳才糟糕，妳不講理，妳還打人，妳最暴力！妳本來成績就差，老師也不喜歡妳，要不是妳媽媽，我才不想和妳坐在一起。方欣華和妳不一樣，她是爲我好，妳是一直害我！」

我聽這話，如遭雷擊，心一涼，很連續劇性地咚咚咚往後倒退幾步，戟指怒目，大聲說：「我哪有害你，我、我、我是喜歡你！」

「妳這麼笨，也配喜歡我？」他理直氣壯地說：「程秀翎，聰明的人和笨的人是不能在一起的。我們是兩個世界的人，妳還是快點清醒吧，不要成天作夢了。」

他說完話，就和方欣華手拉手地走了。兩人有說有笑，背影在夕陽底下拉得老長，他們走得很遠了，我還看見方欣華轉過頭來，朝我扮了鬼臉……

我看著那兩人走遠，胸口一痛……一痛就痛醒了！

「呃啊，杜子泉，我饒不了你——」我大喊一聲，睜眼一看，痛的不是我的胸口，而是我的手臂，護士阿姨正往我手上戳針呢，那個針筒那麼大、那麼粗，針尖那麼細長，看起來眞是駭人！

我想要掙扎，卻被我爸按住，「不怕不怕，忍著忍著，很快就好、很快就好，勇敢點，沒事沒事！」

我覺得，大人在許多事情上面，經常缺乏人性。針不是戳在自己身上、刀不是開在自己肚皮上的時候，說什麼忍啊、很快啊、勇敢啊、沒事啊，說這些話好像不要錢一樣（的確也是不用錢），但換到自己身上又是另外一回事。幾年以後我陪我爸去拔牙，打了三管麻醉，但我爸哀嚎的聲音，醫院外三條街都聽得見。

我是個不能忍的人，於是，發出殺豬一般的慘叫，好不容易熬過了這一針。

等護士阿姨出去，我慢慢平靜下來，左右看看，發現自己原來是住在兒童病房裡，旁邊兩床的病人，一男一女，年紀都比我小，指著我笑，「哈哈哈，大姊姊怕打針！」

我怒，我氣，我心虛，我忍耐。我想，君子報仇，永遠不晚，你們兩個最好打針時不會哭，不然到時候我笑得比你們兩個加起來還大聲！

同學會結束的第二天，我就打道回台北去了。早上起來，還去看了一下躺在猴子的車廠裡，被拆卸得有如一堆廢鐵的愛車。

猴子從車底下爬出來招呼我，一手一臉的機油，「怎麼，不放心？我正在修妳的車呢！」

「你慢慢修吧，我下午要走了。」

「這麼快，不再多待幾天？」

「學校裡還有寒假輔導。」

猴子拿了塊黑抹布擦手，愈擦愈黑，「妳要怎麼回去？」

「搭高鐵。」

「票訂好了？」

「沒有。我打電話問過了，今天的現票還不少，到站再買。」

猴子點點頭，又問：「那妳怎麼去高鐵站？」

「進市區去搭接駁車。」

「多浪費時間啊，」他說：「要不這樣吧，我送妳去。」

我感激地說：「猴子，你眞夠朋友，謝了！」

「千萬別說謝，我跟妳什麼樣關係啊，一說謝就沒意思了。」猴子盤算著，「我吃過午飯就去接妳，妳東西準備準備，可別拖拖拉拉的。」

我回家去，收拾行李，把袋子拿到門口放。

我爸在院子裡蹲著，拿著塑膠小杓和小噴水壺灌溉他那些寶貝的花啊樹啊和小草，彎著老腰瞇著眼檢查枝葉的顏色。我靠過去，站在他身後。「爸，我要回台北了。」

他瞄了我一眼，慢慢地直起身子站起來。「跟妳媽說過沒有？」

「沒有。」

「人都要走了，怎麼不跟妳媽打聲招呼？妳媽人呢？」

「在廚房。」我咬了一下嘴唇，低聲說：「我不要跟她說話。」

「又鬧脾氣啊！」爸爸說：「翎翎，妳都多大了？二十幾歲快三十歲的人了，爲人師表，怎麼還老是孩子氣？」

我不吭聲。

他往角落的一叢桂花樹根上澆杓水。「妳媽的脾氣妳又不是不曉得，刀子嘴，豆腐心，說話口無遮攔，但心裡不放事，前一分鐘說的話，下一分鐘就忘了。該說的說，不該說的也說，這是她的性子，改不了。可是她不是不愛妳，也不是有意難爲妳。妳看看，妳回家的這幾天，妳媽在廚房裡成天忙東忙西，做的都是些妳愛吃的菜，上市場買的，也都是妳喜歡的水果點心……妳愛什麼，不愛什麼，她通通知道，都幫妳準備好了。她就是說了兩句不好聽的話，妳當女兒的，好跟妳媽計較？」

我還是不吭聲，眼睛瞧著一旁蘆薈肥肥厚厚的葉子。

爸放下杓子，輕輕推我一下。「去跟妳媽說幾句話去。」

「不知道要講什麼。」

「說妳要回台北了，說妳下回放假再回來看她，要她多照顧身體。」

「她才不想聽那些。我過去，她又要嘮叨我了。」

「讓她嘮叨，一個人一張嘴，能說的有限，說夠了也就沒事了。」我爸說：「妳別這樣臭著張臉給人看。我告訴妳呀，當爸爸媽媽的，看見孩子笑臉就高興，見了哭臉就擔心，自己的大事，轉頭就忘了，兒女的一點小事，心裡記掛著，怎麼也忘不了。妳想，妳也忙，一年能回來幾趟？這下要走了，臨別時給妳媽看張臭臉，讓她擔心半年一年，心裡多不好受！去，跟妳媽說兩句話，撒個嬌。回家時開心回家，出門時也要開心走。妳是大孩子了，別讓老爸爸老媽媽爲妳操心。笑，笑一個！別嘟著張嘴！妳小豬啊妳？笑啊！」

爸催促著，我只得咧了一下嘴角，露出笑臉給他看。

「行啦，笑得挺可愛的。去吧去吧！」

我回頭往屋裡走，走到餐桌前，就見我媽捧著幾個大大小小的塑膠保鮮盒從裡頭出來，一抬頭見了我，大聲說：「妳、妳呀，妳過來，把這些帶回去。」

「這都什麼？」

「看不出來還聞不出來？吃的啊，傻ㄚ頭。」媽指著袋子裡的東西跟我說：「乾香菇，好的很貴妳知道不知道？妳帶回去，熬高湯時丟一點，什麼味精雞粉都不用放就有香味了。記得，下鍋之前要發一下水，別乾乾的丟下去，懂不懂？這盒是妳愛吃的炒米粉，早上炒好的，剛剛放涼了。妳拿回去，不吃擺冰箱，吃之前要先熱過，別吃冷的，對胃不好。我說妳呀，知不知道怎麼熱東西？記住，用電鍋或用微波爐都行……不，少用微波爐，那個東西聽人說對身體不好。」

「喔。」

「還有滷味，豆干啊，素雞、海帶……這塊是牛腱，滷好了，要吃的時候切開來。會不會用刀？切東西時小心一點。妳那雙手細皮嫩肉的，拿粉筆還行，拿菜刀那樣子我看了都怕，小心別把自己指頭給剁了，長不回來的啊！」

「知道了。」

「這袋是紅棗。每天早上上班時拿兩顆出來，劃一刀，丟進熱水杯子裡，泡開了喝。紅棗水對女孩子身體好。妳啊，回來幾天，天天熬夜，也不知道在外頭是怎麼過日子的，氣色難看。當老師整天站著說話上課，沒體力怎麼行？我跟妳說，多喝紅棗水，補元氣，妳媽我以前就靠這些紅棗熬過來的。紅棗妳不會買，不要隨便買，外頭很多賣的是黑心貨，吃下去沒補到身體，反而喝了一肚子毒。記住，要是吃完了，打電話回來跟我說，我跟妳爸去給妳買。我們這邊的中藥店都是老鄰居了，不會騙人的！記住了沒有？記住了沒有？」

「記住了。」

我媽看看我，「記住了又忘了，回頭妳到家了我再打電話跟妳說一遍。」

「我記得住啦！」我說。

媽把食物一盒一盒蓋上，又找了袋子來給我裝好，手上一面忙這些，一面說：「回頭我再給妳找找其他對象……」

我大聲了，「媽！」

「不准任性，不許妳說不要！」我媽說：「這次我叫妳去，妳就得去。」

「妳不要這樣好不好？」

「怎樣？我怎樣了？我擔心妳不行？妳都幾歲了還鬧彆扭？先把人家話聽完再生氣好不好？我跟妳說，人啊，執著是件好事，可是不能任性。執著是什麼？有機會，不放過。任性是什麼？不管有沒有機會，只順著自己性子去做。執著和任性，妳要分得清楚。妳的事情我還不知道？不就說了嘛，妳喜歡人家姓杜的，可是喜歡是一回事，有沒有結果又是另一回事。把雞蛋都放在同一個籃子裡，妳賭什麼啊？我跟妳說，沒有結果也不是什麼丟人的事。妳喜歡人家，人家就非得喜歡妳不可？不是嘛！他看不上妳，是他沒福，可是妳不能跟他這樣耗上啊！我給妳介紹對象，妳不管願意不願意，都得去見見，覺得好，試試看，覺得不好，那就算了，可是妳得給自己機會，是不是？機會是什麼？去試，就是機會。」

她說完，把袋子推給我。

我嘆了口氣，慢慢地說：「妳爲什麼老逼我結婚？我單身難道不好嗎？」

「如果妳眞想要單身，也下定決心單身，知道一個人過日子是什麼滋味，不後悔，願意爲一個人過日子的後半生打算，那麼，我就再也不逼妳去相親去結婚。可是妳是眞的想要單身，還是不知道該怎麼辦，所以只好單身？」她說：「女兒，我告訴妳，這時代不一樣了，女孩子不一定非要結婚才能擁有幸福，結了婚也不一定能得到幸福。但妳這個人最怕寂寞，不喜歡孤單……妳和杜子泉還有沒有以後，誰也不知道，但就算你們兩個沒有以後，妳一個人，也要知道怎麼過下去。跟一個人走，不跟一個人走，都是可能，沒有嘗試，沒有結果。」

我媽說話，難得語重心長，聽在耳裡，有種說不出的滋味。我接不上話，只得保持沉默。好在尷尬的時間不長，我爸拉開紗門朝屋裡喊，「翎翎，猴子來了，車停門口啦！」

「知道了知道了，這就出去！」我媽大手大腳把袋子往我懷裡塞，人往外趕，「快快快，別拖時間，人家都來接妳了，妳還在家裡說閒話……走走走，快點走，到了台北記得打個電話回來報平安，還有什麼話，我們電話裡說。」

我就這麼被她手忙腳亂地送出家門，匆匆忙忙，慌慌張張，連一句「保重身體」都來不及交代就被推上車。

我不知道別人怎樣，但我這個人，喜歡回家，也喜歡離家。回家時我會感受到溫暖，而離家彷彿出發冒險。但我最不喜歡的，是踏出家門的那瞬間，回頭看見爸爸媽媽站在門口邊，一個穿著黃黃舊舊的圍裙，一個手上還拿著把澆水的小杓，兩人都顯老了，頭髮灰白，肩膀有些微微前傾，以前高高的個子，如今像縮水一樣地慢慢矮下來，抬著手，輕輕擺兩下，嘴裡說「再見再見」，眼睛看著我離開……那幾秒鐘的感覺，眞是令人難受極了，難受到令人想要落淚的程度。

等忍過那幾秒，就又好了。

我把臉從窗邊扭回來，正想要對前頭的猴子說兩句話，卻發現旁邊還坐著別人。

杜子泉。

他手搭在窗邊，撐著臉，面無表情，也不看人，也不說話，藏在陰影底下，看起來就像一道影子，分辨不出是什麼心情。

我倒吸了一口氣，推了前頭駕駛座一把。「猴子、猴子，怎麼回事？杜子泉要去哪裡？」

「程秀翎，妳做事怎麼還這麼冒失？沒看清楚人就上了車。」駕駛座的人頭也不回地說：「把我當成猴子，妳也太沒禮貌了吧？」

聲音是個女的。

我瞪著後照鏡往前看，那眼睛、那鼻子，那張嘴臉，那個聲音……人生哪，不是冤家不聚頭。

我咬著牙齒問：「怎麼會是妳開車？猴子呢？妳怎麼開他的車？妳偷了他的車？」

「妳腦殘啊妳，」方欣華說：「我偷他的車做什麼？他這什麼車啊？日本車，又小又擠，塞死人了，我還開不慣呢！」

「那妳幹麼開他的車出來裝成是他啊！」我嗓門大起來。

「誰裝了？猴子家裡來了客人，他走不開，我正好過去請他檢查車子，他拜託我送你們去高鐵站……要不是看在老同學的分上，要不是說話的人是猴子，妳以爲我喜歡當免費司機啊？我裝誰了我？我易容了嗎？我裝成猴子有什麼好處？程秀翎，妳的腦袋長著一直都是裝飾用的是吧？妳有被害妄想症啊？小人之心度君子之腹！」

方欣華這個人從來就是口齒伶俐的傢伙，抓到人把柄，就咬著不肯放。從多年前的對戰經驗我就得到一個教訓：除非我燃燒小宇宙，否則絕非此人對手。

但我一旦燃燒小宇宙，就可能失控暴走。

我快三十歲了，不是十三歲，這個年紀，再不懂得自我控制，就該去精神科報到了。

我決定不跟此人認眞，免得耗減陽壽。

但我一把注意力從方欣華身上移開，就自然跳到杜子泉身上去。我們兩個坐在後座，一左一右，寡言而沉默，臉上面無表情，連呼吸都是輕的。

有幾秒種的時間我在想：爲什麼？

爲什麼杜子泉會跟我同一天去台北？

他爲什麼也在這輛車上？

這難道眞是巧合？還是其實另有原因？

我很困惑，我不知道我心裡到底希望這是巧合還是另有原因……如果是巧合，那麼一切都沒戲，如果另有原因，我眞希望那不是我腦袋裡不受控制的妄想細胞在作怪。

但無論是前者還是後者，我都沒有開口詢問。

其實，也就一句話的事，但很奇怪，面對杜子泉，我有一種多說多錯，不如不說的恐懼。想想那天我撞了他的車，在車廠與他的對話吧，沒頭沒腦、莫名其妙，我就發誓要把自己嫁掉，還答應要把結婚帖子寄給他……那天說完話後我多想拿塊磚敲自己腦袋啊，要不，也得拿去敲敲杜子泉的腦袋，不爲報仇，頂多把他打到失憶症，我是多麼希望他能徹底忘掉我說的那些連篇鬼話！

這輛車上坐了三個人，卻一句話都不說，那氣氛之彆扭窘迫，可想而知。

「程秀翎，妳在台北教書？」打破僵局的是方欣華。

「嗯。」

「我也住台北。」她說：「妳在哪裡教？」

「內湖的國中。」

「喔，那妳說說，那一帶學校風氣怎麼樣？」

「妳有小孩要上學？」

她沒好氣地說：「我看起來像是有國中小孩的媽嗎？」

「那妳問這個做什麼？」

「問問不行？有備無患。」

我靠著椅背，「公立學校素質都差不多，環境也都可以，但我不保證沒有校園霸、凌、事、件。」我把重音放在後面那幾個字上頭，咬字清晰，唸得特別清楚。

方欣華笑了起來。「記恨，是不是？妳眞小心眼。」

「欺負人的人，跟被欺負的人談小心眼？」我頂回去。「我也許小心眼了些，但至少沒那麼無恥。」

我們針鋒相對地互相衝了起來，杜子泉瞄了我一眼，大概是覺得我們的爭吵很低智商，仍然不說話。

方欣華很快就放棄與我鬥嘴。「杜子泉，你在台北哪裡上班？」

「古亭捷運站附近。」

「住哪裡？」

「以前讀書的學校附近。」

「我們不是同一個學校？那裡房價貴，租金不便宜吧？」

他咳了一下，「我家在那裡有個房子，沒有租金負擔。」

「這樣說來，你住的地方離我那裡挺近的，我住青田街，知道嗎？以後有空，常來我家玩。」她說：「我們台北的老同學也不少，以後大家約一約，定期聚會，你覺得怎麼樣？」

「很好。」

方欣華和杜子泉聊起來，一個話多，一個話少，但一搭一唱，倒也能接得上。我剛剛還在希望有誰說說話，別讓氣氛太僵，現在悔恨地想，眞該在他們兩個嘴巴上各貼一片大膠帶。

我超討厭這樣的自己。跟不上別人的腳步，無法融入團體，心裡羨慕，卻手足無措，一開口就是錯，幾百年前的舊事，永遠忘不了。

可是我就是這樣的一個人。

方欣華、杜子泉，他們都成了大人了，但我長來長去，還是個小孩子……

車子在高鐵烏日站外頭停下來，我和杜子泉下了車。杜子泉提著行李，敲了下前座車窗，方欣華搖下車窗，嘴邊含笑。

「謝謝，麻煩妳。」

「哪裡的話，老同學嘛！」她把目光朝我看過來，我立刻背轉過身去，裝模作樣地慢慢穿外套。

「程秀翎！」她在車裡喊，「到了台北，咱們保持聯絡啊！」

我含糊地應了聲，也沒讓人聽清楚是好還是不好。

方欣華把車開走了。

我咬牙切齒地找出手機，撥給猴子。我敢打賭，整件事情，他要沒從中做手腳，我頭給你！

猴子手機關機，我打了幾次都沒有通，等我放棄的時候，抬起頭來，杜子泉已經不見了。我追進車站，見他在一個櫃檯前排隊買票，那個背影啊，就是一副與我無關，各人管各人的姿態。

舊情人、老朋友，做到這種地步，到底是我很失敗，還是他很無情呢？

我很快整理好情緒，在另外一個櫃檯前排隊。下午的人潮漸漸多了，隊伍拉得長，前頭又有幾個人在問東問西，更拖時間。

等我快排到隊伍頭的時候，杜子泉過來，把一張票遞給我。

「……你幫我買好票啦？」我立刻高興起來，趕緊脫隊，伸手想接過票券。

他把票收回去。「六百三。」

「啊？」

「我信用卡有優惠，九折。」他說：「六百三，妳付現給我。」

算得眞精啊。

我打開錢包數鈔票，五百塊是現鈔，接著是十塊錢銅板，數了五六個，又沒了，只得拿五塊和一塊錢湊數。好在我有很多很多的一塊錢，大概有四、五十個吧，平常放在我的錢包裡，很重，現在一下子都數給他，輕鬆多了。

杜子泉看我數十塊錢時，臉色還正常，我數五塊錢時，也還鎭定，等我把五十幾個一塊錢銅板一大把一大把地捧給他時，他的臉色幾乎可以說是鐵青。

他問：「哪來這麼多一塊錢？一塊錢妳不花掉，留在錢包裡做什麼？重不重啊。」

「積少成多，現在不是用掉了？」我把銅板通通塞給他，「拿去，票給我。」

我這個人，心腸不好，看他在那邊數硬幣，心裡居然很痛快。

杜子泉花了很多時間把銅板分門別類，收進不同的零錢袋裡。他的皮夾，鈔票從來都是平平整整攤開的，千元和千元在一起，五百和五百在一起，一百元自成一束，絕不互相摻雜。發票和信用卡簽單是按日期排放的，還用迴紋針夾起來。

他從小就這樣。

別人說他做事有條理，但在我看，簡而言之，就是兩個字——龜毛。

我的世界，亂才是一切的根本。我嚮往的最高境界，叫作亂中有序。我跟這個有病的龜毛人實在不是一般的不同調。

但說也奇怪，我看著他在那裡收拾錢幣時，心裡想著的，卻是許多年前的小事情。

我想起國二那年，因爲肺炎，我躺在醫院的那些日子。

在醫院裡的日子眞不好過，照三餐打針，手上永遠插著點滴頭。這樣熬了兩週，確定沒有被感染和感染的危險後，才安排轉到普通病房。

那大半個月，除了爸媽還有親戚鄰居之外，沒有其他人來看我。學校的同學好像都消失無蹤了，連張卡片也沒有……我躺在病床上，瞪著天花板，想起上學期劉堇從樓梯上摔下來，跌斷了腳，她住院時，老馬去看過她，同學們也都去看過她，我們還買了花，寫了張大卡片，祝她早日康復。每個去醫院探望她的人，都在她的石膏腿上簽名、畫小花。

但現在我住院，別說同學朋友了，連一張卡片也沒有。

有些事情我其實後來也就慢慢明白了。

我媽告訴我，等身體好了，再回學校，我就要轉班了。她沒說爲什麼，我也沒問，但我們都知道原因何在。

想到不用再見到老馬的嘴臉，我有種鬆了口氣的感覺，但不知道爲什麼，又有點難受。我是不想這樣說再見的人，用這種爛方式退場，給大家留下不好的印象，不是我的風格。但事實是，如今，也沒有什麼人會在乎我有什麼風格了。

在醫院時，我絕口不提學校的事，躺在病床上，看我爸借來的小說和漫畫，盡量不去想這個時候其他人在學校做什麼，是考試，是上課，還是在玩耍？

這樣又過了幾天，到了月底，學期結束那一天，猴子來了。他是從學校下了課直接過來的，身上還是那套髒髒皺皺的制服，臉上還戴了副大白口罩，進了病房，遠遠地貼著牆壁站，一副很怕死的樣子。

「你戴口罩做什麼？」我正在看漫畫呢，書裡，凱羅爾不知道第幾次穿越時空，而那個號稱少年早夭的帥哥埃及王曼菲士活了三、四十集還沒有要死的樣子，眞教人心急。

猴子的聲音從口罩底下傳出來。「我媽叫我小心點，別被妳傳染了。」

「醫生說我已經好得差不多了。」我說：「我明天就要出院啦，已經不會傳染了。」

猴子聽了，一把扯下口罩，往床上一扔。「早說嘛，悶死我了。」

「膽小鬼！」我看到他，很高興，「還以爲你忘記我了，這麼久都不來看我！」

「我也想來啊，期末考前特別想來。我想我要是能在醫院染上感冒，就跟妳一樣不用考試了。」猴子用羡慕的眼神看著我。

「白痴，我暑假時要補考。」

「啊，眞倒楣！」他不羡慕了，語氣幸災樂禍。「看來住院也沒什麼好處嘛！」

「那你現在不想生病了？」

「放暑假了，生個屁病。放假躺病床，我虧不虧呀！」

分得眞清楚啊！我撇了撇嘴，又問：「我在醫院裡住得好悶，說點別的事情吧！學校裡怎麼樣？」

猴子從旁邊的水果禮盒裡挖了顆蘋果出來，也不洗洗，往衣服上一擦就咬了吃。「學校更悶！還不就是那樣，上課啊、考試，老巫婆又罵又打，成天找我麻煩……翎翎，妳說，那個老妖婆是不是月經不順啊？」

我皺起眉頭。「你才月經不順呢。」

猴子不以為意，大口大口嚼蘋果，吃得好香。「我媽說，女人每個月都得病一次。她每次亂買東西回來，就跟我爸說她不順。我看哪，妳也是！」

「猴、子！」我暴吼。

他縮了一下肩膀。「好啦好啦，別生氣，算我說錯話了行不行？妳別這麼認眞嘛！」他說：「我跟妳說，我今天來，不是要跟妳講這些的，我有正經事。」

「少來，你就只會胡說八道。」

「是眞的。」他收斂了嘻皮笑臉，放下蘋果，舔了舔厚嘴唇，慢條斯理地說：「我要跟妳說，暑假過完，升上三年級，我就要去讀技藝班了。」

「什麼？」

「我被淘汰啦。下學期我們就不同班了。」

在我讀書那個年代，國中是有分班淘汰制度的。資優班成績最好，再來分A班B班，A班之間，還有＋班和－班的差別。

而在A班B班之後，最後一種，號稱C班。C班有一個好聽的說法，叫作技藝班，其實大家都知道，那就是放牛班。

成績不好、混的，被大人們歸類在沒有出息、沒有未來，得過且過、自生自滅的那一群，就被塞進這一班。

很多時候，人是這樣被分出高下來的。

學校的教室安排，資優班和A班的教室，一定在面對中庭的一、二樓，採光好、空氣佳，不用爬太多樓梯，又離辦公室和各科教室近，又安靜、又方便。

B班的位子可能高一、兩層樓，得多爬點樓梯。

C班永遠被安排在遠離校園中心的小角落，隔壁就是廁所，牆上是拖把、地上是抹布，別說採光了，空氣永遠濕濕陰陰的，混著洗廁所的消毒水氣味。

我媽以前每次罵我成績不好，就是那兩句話。前頭一定是「妳要是不好好讀書」，而後面有兩種發揮，一是，「以後去加工廠當女工」，另外一句是「把妳送到放牛班去」！

放牛班和當女工能被我媽拿來相提並論，可見其毀滅性。

其實，十幾年後，當我站在講台上，每天扯著嗓子講課文、寫黑板、罵學生、逼催作業，爲了班上段考平均成績不佳而煩惱（典型皇帝不急急死太監的寫照），或是被心急如焚不聽對錯的偏執家長劈頭蓋臉一頓痛罵時，我就會想：唉，教什麼書啊，我好好讀書的結果，給自己找了多少罪受？早知道，還不如去加工廠當女工呢……

但在我只有十四歲時，是多麼畏懼當女工和進放牛班啊，這兩條路在我看來，就像是人生的終點站一樣。

其實，猴子會被分走，一點也不奇怪。他老在上課睡覺，要不就是躲在教室後面偷吃便當，到處找人講話，老坐不住。他不想讀書，覺得課本沒意思，如果可以，他更願意在教室外頭撿垃圾，也不是坐在教室裡算無聊的數學，抄永遠都聽不懂的文法，或是把答案一樣一樣地填寫在考卷上。

但是身爲最好的朋友，我是多不願意他被分走啊！

我撐著身體坐在病床上，突然覺得，這個世界是多麼殘酷而現實。成績不好的人，和沒有出息的人，就這麼輕易地被畫上了等號。

猴子說，他被淘汰了。

「淘汰」這兩個字多麼殘酷，可是在他說來卻如此容易。一個人要用怎樣的心態去接受自己不如別人的事實？要如何堅強，才能面對大人的歧視和區分？

我從來就是那種表面上大而化之，但其實很敏感軟弱的人。聽猴子這麼說，我臉色就難看了，再來，慢慢地把臉低下去，看著腿上印著醫院院徽的被單。

猴子倒還是精神十足。「我功課不好妳也知道。老馬也說，我在班上拖累了大家的平均成績。老馬愛的是資優生，像肚子餓方欣華那種的……她不喜歡我，我也不爽她。被淘汰也好，那個班，再待下去，遲早有天我會受不了！」

我想了半天，慢慢地說：「我媽媽跟我說，下學期，我也要換到別班去了。」

「哪一班？」

「不知道，但反正不會是老馬那班。」

「也是啦，妳鬧了那麼大的事情嘛。」猴子把蘋果吃完，又挖了顆大水梨出來。「老馬氣都氣死了，剛開始幾天，她每次上課都罵妳呢！」

「她說我什麼？」

「就說妳……」猴子是個粗中有細的人，話到嘴邊，硬生生按住了。「妳眞想知道？我看妳還是別知道的好。翎翎，妳不要和老馬計較。老馬那個老妖婆，看起來年紀比我們大，又是老師，但其實心胸狹隘。我覺得她之所以不喜歡妳，其實是因爲她不喜歡妳媽。我聽人說，當初她也想當主任，但妳媽上了，她沒有，她看妳媽不順眼，也看妳不順眼。這次發生了這件事情，老馬嘴巴上罵著，心裡不知道多高興呢，恨不得妳和妳媽一起完蛋。我覺得啊，這女人說的話大可不用聽。」

我聽出了一點端倪。「怎麼，學校情況很糟？我媽怎麼了？」

「妳不知道？很恐怖耶！方欣華她爸爸媽媽都到學校來了。她爸媽說，妳仗著是老師的女兒、主任的小孩，在學校裡當老大，欺侮同學。方欣華她媽是記者，她爸是議員……妳啊，眞是惹到不該惹的人了。」

「後來呢？」

「後來……校長和妳媽都出去鞠躬道歉啊！妳媽好像被罵得很厲害，聽說跟妳爸買了禮盒去方欣華家裡道歉，在人家門外站了老半天，方家都不開門。」猴子想了想，「我聽人說，妳媽今年考績鐵定完蛋，還有，出了這種事情，她以後大概很難升調了吧。」

「這些話你都聽誰說的？」我有點不相信，更不願意相信。

「聽那些老師們說的啊。」

「騙人，老師怎麼會和你說這些！」

「唉，妳眞不懂耶。」他說：「我都在男教師廁所後牆外頭抽菸啊，在那裡抽菸最好了，老師躲在廁所裡抽菸，我在外頭抽，裡外都是菸味，沒人注意到我。他們抽菸的時候老喜歡講些學校的八卦，我在窗下聽，聽得很清楚。」猴子停頓一下，注意到我的表情。「怎麼，妳都不知道這些事？妳媽沒跟妳說？」

我搖搖頭。「她跟我爸說問題已經解決了，沒事了，叫我下次不要再這樣。」

「……那大概是他們不想讓妳知道吧，」猴子說：「妳看，妳都病成這樣了。」

我悔恨地搖頭。「我那時候如果能控制住自己就好了。」

我幹麼要抓狂呢？我幹麼要發瘋呢？我幹麼要打方欣華呢？我可以忍耐下來，我也可以掉頭就走。方欣華能做什麼呢？去跟體育老師報告？那我也可以說我自己的狀況啊！她有理由，難道我沒有理由？誰曲誰直，還說不一定呢？我爲什麼非得要失控暴走呢？一旦控制不住自己，訴諸武力，就算我是對的、受委屈的，在別人看來，我也是加害者了。

我是多麼地輕率莽撞且傻啊！

我怎麼就忍耐著讓方欣華欺侮我呢？爲什麼要忍到不能忍耐的時候才爆發呢？我爲什麼要怕老師怕到不分是非的程度呢？成績不好，老師不喜歡我，然後我就把自己看得很低很低，很膽小很膽小，低到受人欺侮也不反抗，膽小到明明自己是對的，也不敢挺身堅持的程度。

是誰把局面搞到不可收拾的程度？是誰拖累了爸媽，讓他們去承受後果？

發怒沒有讓我把事情解決掉，反而更擴大了。我無法收拾殘局，還得讓別人替我處理爛攤子。

我害了自己，也害了別人……

我抓著被單，想想事前事後的因由，人都快哭出來了。

猴子看我這樣，不禁有點緊張，安慰地說：「沒關係沒關係，翎翎，反正妳以後和方欣華不會再在同一班了。她和肚子餓都留在老馬的班上，老馬把下學期位子都排好了，他們兩個就坐在講台前第一排，一左一右。我看，老馬一定愛死他們了……」

猴子空著手來，連嗑了八顆蘋果和梨子，又吞了一整盒西點和兩大塊鹹蛋糕，最後捧著吃撐的肚子，心滿意足地回去了。

他走之後，護士阿姨把藥丸放在小塑膠杯裡送過來，盯著我吃了，又給我量體溫做檢查。我翻了幾頁漫畫，覺得眼皮沉重，睡意來襲，正想要睡，爸過來告訴我，「翎翎，部隊裡出了點狀況，爸爸得回去處理。一會兒妳媽就下班了，她會帶晚飯來給妳吃。有什麼事情，就問護士小姐，知道嗎？妳可不要離開房間出去亂跑啊！」

「好，那我午睡一下。」我打了個大呵欠，閉上眼睛，不過片刻就睡著了。

這一覺睡到晚餐時分，廚房阿姨推著配膳車過來，往訂飯的床位分發晚餐。我聞到飯菜香，肚子餓了，睜開眼睛，一翻身爬了起來，就見杜子泉坐在床邊的椅子上。

他手裡拿著一本漫畫，正津津有味地讀著。漫畫封面上，一頭衝冠紅髮的櫻木花道抱著籃球，瞪著虎虎生風的眼睛看著我。

我腦袋有些發暈。

杜子泉哪、好學生呀、漫畫啊、醫院啊……這湊在一起，都是些什麼鬼啊？幻覺啊！

讓一個人清醒的方法有很多，我沒怎麼衡量，就選擇了最直接也最激烈的那一種——「啪」地一下狠狠賞了自己一巴掌！

那聲音清脆響亮，可見我打自己的力道有多重。我「喔」地喊了一聲，撇過臉去，捧住自己的臉頰，口中斷斷吸氣。

再回過頭來，杜子泉正看著我，「怎麼了？」

「沒、沒什麼。」

「沒事妳幹麼打自己的臉？」

「喔、喔，有蚊子！」我趕緊找了個藉口。「蚊子停到我臉上來了，吸我的血呢！」

他用一種「其實妳是白痴吧」的眼神看著我，「妳不能把牠拂開了再打？」

我乾笑，呵呵呵、呵呵呵，笑得那個心虛啊，趕緊把話題帶開。「你怎麼來了？」

「我媽讓我來探病。」他指著一旁小桌上的水果籃，「這是給妳吃的，蘋果和水梨。」

「又這些啊！」我心直口快地說：「我爸媽那些同事和朋友老送水果來給我，還有餅乾，還有蛋糕，還有營養品……水果太多，又不能放，吃不完，只好分給別床的人……」我後知後覺地想起不應該這樣講，趕緊偷看一下杜子泉的臉色，果然，他臉上不好看。

「不過，我最喜歡吃蘋果和水梨，」我趕緊改口，「多少都不嫌膩。」

杜子泉瞅著我，臉上陰惻惻的，很有演恐怖電影的味道，但他什麼都沒有說，又拿起漫畫翻起來。

他看漫畫，就不理我了。

氣氛眞僵啊……

我一面像被千刀萬剮似地後悔自己爲什麼專挑不該說的話說，一面絞盡腦汁地思考著到底該說些什麼才能把情勢扳回來。

我想說，杜子泉，發生了那件事，在你眼裡，我是不是很暴力很下流？

我想說，你千萬不要覺得我很暴力很下流，我一點都不暴力也不下流，我就是……我就是生氣了，我就是控制不住自己。人都有控制不住自己的時候嘛，你也知道的，你拿小塑膠尺打我手心時，也很控制不住自己啊。我都不覺得你很暴力很下流，你也千萬別這樣想啊！

我想問：方欣華這幾天是不是還纏著你？你現在是不是比較喜歡她？我打了她，她受了委屈，現在最得同情，是不是？可是，你不能同情她啊！你要想想，我跟你是什麼交情、是什麼關係，我們是青梅竹馬，兩小無猜長大的，要是放在瓊瑤阿姨的小說裡，我們就是婉君和三兄弟了你知道不知道？你要是喜歡那個心眼多、手段厲害的方欣華，就是、就是……就是無情無義、狼心狗肺、不仁不義！杜子泉，你可千萬不能成為那種玩弄女人感情的臭男人啊！

我的世界裡，永遠是內心戲比現實更有趣、更詭譎多變、更翻雲覆雨，然而這些內心戲，到了最後，都藏在我那開開闔闔的嘴巴裡，沒能吐出來。

杜子泉從漫畫書後面抬起眼睛，瞄了我一眼，「嘴巴動什麼啊？要說什麼就快說啊！」

「呃、呃……我就要出院啦，就這兩天。」我最後說出口的，都很無聊。

「那剛好。」杜子泉又把眼睛沉回書頁之間，「我幫妳把暑假作業帶回來了，先放我家，等妳出院再拿給妳。」

我有點悲傷地想，這傢伙，分得可真清楚啊，我人都住院了，躺在床上病奄奄的，先前離死神也就只差一步了，他還在講什麼暑假作業。有點人性的人，在這種時候，應該要自告奮勇說「我幫妳把暑假作業帶回來了，會幫妳把作業寫好，妳好好養病，什麼都不用擔心」！是說到底要病到怎樣的程度，才不會有人記得寫作業這回事呢？

「妳媽說，暑假妳還要補考。」杜子泉的臉藏在漫畫後頭，聲音倒挺清楚的。「妳缺課的地方，要自己自修。我都算好了，等妳出院，就到我家來讀書。國文史地這三科不用我教妳，妳自己沒問題。英數和理化我幫妳補一下。我猜，補考和期末考的重點不會差得太遠，把重點弄通，也就差不多了。」

「你幹麼還要幫我補課啊？」

「我不幫妳補，妳要怎麼辦？妳一個人算得懂數學嗎？看得懂英文嗎？弄得懂理化嗎？」杜子泉放下漫畫，「妳要是自己能搞定，我就不管妳。」

「我不是這個意思。」我停頓一下，想了想，又想了想。我那些內心澎湃的起伏情思，到了這一刻，能說出來的，其實都是最簡單直接的。「我的意思是，下學期我就不和你同班了，以後，你不用再受我連累了，老馬她也不會因爲我不寫作業或分數不好而責怪你了……杜子泉，你自由了，你用不著再管我了。」

他原本放下漫畫聽我說，聽著聽著，又把書拿了起來，半天沒出聲，只顧著往下翻。又看了兩頁，突然「啪」地一下把漫畫闔上，往床邊的小鐵櫃上一放，說：「無聊！」

我不知道他是說我說話無聊，還是評論漫畫。不管怎樣，反正都不是什麼好兆頭。

我想，我對杜子泉一直有種如慕天神一般地敬畏和崇拜情結存在。他不說話時，我可以說得天花亂墜，但他只要一吭聲，哪怕是一聲咳嗽或吸一吸鼻子，我都會忍不住心慌意亂，尤其是在我說了什麼好像不該說的話之後，或是做了什麼自己負擔不起責任的蠢事之後，我特別敏感、特別緊張，特別注意他的反應。

杜子泉也沒什麼反應，他放下漫畫，坐在那裡，眼睛往旁邊床位亂瞟，看了半天，眼珠子還沒轉回來，嘴上說話了。

「程秀翎，妳住院多久了？」

「三個多星期，快一個月了。」

「妳在醫院，成天就看這些？」

「啊？」

他指了指小鐵櫃上散亂的漫畫和小說，加強語氣，「這些！」

「醫院很無聊，不看這些，也沒別的事情可幹。」

「妳的課本呢？自修呢？書包呢？」他問：「都丟哪裡去了？」

「在家啊。」誰會帶書包來住院！

我說的句句屬實，但說也奇怪，每當我說什麼老實話，杜子泉看起來就會更不高興。「妳這一個月躺在床上，每天無所事事，除了看閒書，什麼也不做？」

老實說，有時候我眞覺得這傢伙就是個腦殘的瘋子，沒辦法用正常人類的思維思考事情。

「我生病了啊！」

「少來，我看妳好得很。」他沒給我好臉色看。「程秀翎，妳的脾氣我還不了解嗎？妳一離開學校就爲所欲爲了。老師管束不到妳，妳就想摸魚打混。妳自己說，如果我不幫妳補課、不逼妳寫作業，妳是不是又要放縱一整個夏天？早上睡到日上三竿，花兩個小時吃早餐，又花兩個小時吃午飯，午睡到天黑，看電視到半夜，成天躺在地上滾來滾去吃零食看漫畫，是不是？」

我嚇了一跳。不是因爲杜子泉突如其來的指責，而是他說的那些……怎麼聽起來這麼熟悉啊？怎麼那麼符合我墮落的假期生活型態啊？怎麼聽起來這麼有誘惑力啊？

說來說去，杜子泉還眞是了解我！

我一面感動地想著，一面很無力地嘴硬。「我哪有那樣了！」

「還敢說。妳每年寒暑假不都這樣過的！」

「可是，你、你怎麼會知道……」我緊張得有點結巴。「誰跟你說這些的？」

「這還用誰說，我家就在妳家對面，我房間窗戶就對著妳窗口，從我房間就可以看到妳房間，妳幹什麼我每天都看得一清二楚。」他愈說愈生氣，「程秀翎，我可不可以拜託妳，下次別有事沒事披頭散髮躺在地板上打滾好不好？妳那個樣子，實在很可怕、很沒家教，很像是夜市裡的烤、香、腸！」

他說這話時語氣激憤，好像我是躺在大庭廣眾的百貨公司大廳裡打滾，好像我是躺在他房間的地板上打滾……

什麼東西！什麼披頭散髮！什麼夜市烤香腸！什麼杜子泉啊！

我瞬間暴怒，正揪著床單想要衝他大吼一輪，但話才到嘴邊，我那永遠慢半拍跟不上節奏的腦袋，突然罕見地閃了下靈光。

然後我就冷靜下來了。

我看著杜子泉，他也正瞪著我，他那樣子，與其說是眼高於頂、用鼻孔看人，還不如說是準備好了要來跟我大吵一架。

不像啊，不像啊……怎麼看都不像平常的杜子泉啊。

我認識的那個杜子泉，從不會說這種話，故意製造事端，跟人發生爭吵。他就是那種「老子不屑你，連屁都懶得對你放」的性子。

先前寒假時，我被他抓著寫作業，剛開始還認眞，有天實在熬不住猴子的誘惑，開溜跑出去找猴子看電影，沒上他家報到。第二天再去，無論我在外頭怎麼按門鈴，他都不開門。好不容易接了電話，我低聲下氣道歉，他也只丟一句「廢話少說，寫不寫作業隨妳便」就掛了。

後來要不是我抱著必死的決心，每天程門立雪地杵在他家門口，像罰站一樣耗了一個星期，他根本不可能再開門放我進去。

你說，這種龜毛人，怎麼突然管起我在醫院是看漫畫還是寫作業？關心起我的暑假要怎麼過？在乎起我離開學校是否為所欲為、摸魚打混？

有些事情不說不說也沒什麼好說，但是說著說著也就說出問題來了。

我想了半天，沒吼他，沒對他生氣，也沒瞪他，我就看著他、看著他，看得他好似全身發癢一般，坐立難安。看到最後，才慢吞吞地把話接下去，「杜子泉，你做人大方點，喜歡我就直接說嘛，用得著成天躲在房間裡偷窺我嗎？我在地上亂滾你都看到了，那你是不是也偷看我換衣服？你這個人，外頭看起來人模人樣的，其實一肚子壞心眼。我像烤香腸又怎麼樣了，你才是個變態偷窺狂呢！」

現在，這個變態偷窺狂，和我上了高鐵列車，就坐在我旁邊的位子上。

落座時他還問我，「妳坐靠窗，還是靠走道？」不等我回答，又自問自答，「還是坐靠窗吧，妳喜歡看窗外。」

我想起不知道在哪裡看過的一句話來。人家說，離了婚的夫妻，應該要做朋友，而不是當敵人。因為哪怕是再好的朋友，都難免有貪圖對方的時候，不是貪圖錢，就是貪圖人，但離婚的夫妻已經看透了彼此的優缺點，互相了解，也沒什麼好能貪圖的了，沒有比這樣的人更值得當朋友。

我和杜子泉沒結婚也沒有離婚，但是萬物同理可證，搞不好我們做起朋友來比談戀愛更好。

交朋友有交朋友的做法。交朋友是要從淺入深，最大的忌諱就是不說話。

我得找點什麼話來說說。

「你這時候回台北做什麼？大多數公司行號都放假到下週一啊。」

杜子泉放好行李坐下來。「手上的案子麻煩，要多花點時間研究，更何況早點回去，免得塞車。」

「現在在做什麼案子？」

「冷泉公園的公共廁所。」

「那前一個呢？」

「蘇花管理局的公共廁所。」

我停頓了一下。「你怎麼……一直都在蓋廁所啊？」

「蓋廁所不好？」杜子泉連正眼都不看我一下。

「我不是這個意思……我的意思就是、就是……」我想委婉措辭，後來發現很多事情想要委婉措辭，就是含糊帶過。最委婉的說話方式，就是閉上嘴巴別講話。但是，我怎麼可能不說話！「我的意思是，你去德國留學幾年，回了台灣，怎麼老蓋公廁？德國的廁所比台灣的廁所好嗎？你出國這幾年，就只學了蓋洗手間？」

我話說出口，才意識到大大大不妙。但我這個人，就是專幹一些做了之後才知是錯，話說出口後才後悔不如閉嘴的蠢事來。

我那些話是什麼意思？諷刺他出國讀書沒用？嘲弄他只能弄些小東西？我是恥笑他呢，還是看不起他呢？

好在杜子泉沒跟我認眞。我猜他對著我這個人，就是想認眞也認眞不起來。他看了我一會兒，轉過頭去，嘴裡淡淡地說：「妳這個人呀，就是長肉不長腦袋。」

這句「長肉不長腦袋」，是一句熟悉的老話。它以前總掛在老馬嘴邊，而挨罵的對象，都是我。

國中二年級升三年級的那年夏天，老馬逐漸脫離我的世界。此後一年，有時，我會在學校的某個角落與她擦肩而過，次數屈指可數。

一年後，我畢業，上了高中，再過三年，讀了大學，去了台北……她和許多學生時代的往日回憶一樣，永遠成爲過去。

說來並不奇怪，對於這個曾教過我兩年的老師，我沒有多少尊敬和懷念。

我不知道在她那每一下都沉重的教鞭底下，是不是藏著一顆也愛護我的心？我不知道當她拿著我的錯去爲難杜子泉時，是不是對我抱著恨鐵不成鋼的無奈？我不知道當她在全班同學面前，冷冰冰地鄙夷我「有個主任媽媽果然不一樣啊」的時候，是不是爲了要讓我變得更好？

我所知道的事很簡單，就是——我沒有一秒鐘想念過她。

但我必須記住她。

十幾年後，當我站在講台上，手握粉筆按在黑板上嘎嘰嘎嘰地寫字時，回頭看見講台底下那群小鬼的眼睛，我只有一個想法：永遠永遠，永遠不要成爲別人眼中的老馬。

但老馬罵我長肉不長腦袋，並不全然是空穴來風。

國一時還好，可是國二開始，我身上長肉。

在那之前，我是那種模樣骨感的女孩，身形靈巧，成天又蹦又跳，一刻也停不下來。但後來我逐漸胖了，手臂大腿全肉呼呼地長了起來。一場大病，把我那原本帶點嬰兒肥的臉頰削瘦了幾分，卻沒有瘦到身體。我的手臂啊、腿啊、腰啊、胸啊，反而像吹氣一樣地長了起來。皮膚的顏色與以前不同了，白，然而透著點淡淡的，像珍珠般的光澤和輝色，是那種……逐漸成熟的顏色。

平常穿著制服時不明顯，只要換上輕薄而短的夏衣，身體曲線就凸顯出來了，胸部的起伏、腰到腿之間的弧度，連著肩膀胳膊和手肘之間的小小凹窩，都生得恰到好處。這些變化，彷彿一夜之間憑空長出來的，又像是隨著時日緩慢推演出來的。無論如何，當我對著鏡子發現自己與過去不同的時候，我突然明白，這就是長大。

長大讓我變得不一樣。

那種變化形諸於外，是一種對外在的刺激，就是向來神經大條的杜子泉也感覺得到。

他最明顯的一次反應，是我穿著台北阿姨送我的連身洋裝去他家上課時發生的。

那天上的是數學，講各種形體的角度計算。導完公式後，杜子泉挑了自修上的兩個題目出給我做。

題目有文有圖，文字敘述很長，圖畫部分更是複雜。說也奇怪，杜子泉講公式時，我還聽得滿明白的，但一放到題目上，就什麼都不明白了。

我埋頭計算了半天，咬著下唇思索，把題目底下的空白部分一行一行填滿，好不容易寫完，吐了一口氣，抬頭喊，「做好啦！」

我一抬頭，就見杜子泉正用一種詭異的目光瞅著我瞧。他的眼神一閃而逝，見我抬起臉來，立刻埋下頭去，但我還是看到了。

該怎麼形容那眼神呢？不猥褻、不變態，就好像我是參考書上頭一道最最複雜困難的驗證題，看得他一頭霧水，滿是困惑，但充滿挑戰，還心癢癢的。

我發誓那絕對不是幻覺，也不可能是我看走眼。

我這個人，對於功課以外的事，向來實事求是。凡有疑問，必要弄個水落石出，尤其是這麼要緊的事，更是不能放過。

我把手橫過桌面，拿指頭推推他的胳膊，「喂，你看我做什麼？」

杜子泉「唰」地一下抽走我做題目的計算紙。「沒什麼。」

「沒什麼你看什麼？」

他還嘴硬。「不要亂說，我沒在看妳。」

其實，我這個人很好敷衍的，只要給我一個答案，搪塞兩句，也就沒事了。可是，每次碰到杜子泉這種否認到底的態度，總會激起我固執硬槓的臭脾氣。

「才怪！你那角度看過來，就是看我。你趁著我做題目的時候看我，就是偷看我。你要不是看我，又在看什麼啊？」

「看牆壁！」他抽出紅筆改，「牆上停了一隻蚊子，我想等一下打死牠。」

「牆壁？」我扭頭看看四周。「你雷射眼啊？這麼遠，你看得到牆上的蚊子？那蚊子長得和籃球一樣大？」我不放過他。「杜子泉，你看我就光明正大看嘛，你偷看被抓，就承認啊！

男子漢大丈夫敢作敢當，你承認你在偷看我，是會死啊？」

那幾年我特別喜歡用「男子漢大丈夫敢作敢當」這十個字，還都用在杜子泉身上。他要說什麼不合我心意的話，我就先說「男子漢大丈夫敢作敢當」，然後譴責地說你怎麼可以這樣那樣……

次數多了，我總覺得，他那點男子氣概，都是被我給說出來的。

但這一次，十字真言說出來，沒激發他的男子氣概，卻讓他耳朵詭異地一紅。

杜子泉有個特別奇怪的地方，就是做了不好的事情，人家是面紅，他是耳赤，只紅耳朵，跟兔子只紅眼睛一樣，不正常。

他一面耳朵紅，一面把頭埋得更深了，但嗓門還是很大，一副低頭視死如歸的姿態。「好好好，我看妳，我是在看妳，妳滿意了吧？」

我這個人素來沒臉沒皮，聽他承認，並不覺得害羞，反而高興。湊上去問：「那，你是不是看我的新衣服？我這件裙子很好看吧？我阿姨買給我的，我今天第一次穿，就想讓你看。我媽說這件衣服很漂亮，但我覺得有點怪，你看，沒袖子、露肩膀，前面開得這麼低，後面還露背，穿起來涼快是涼快，可是，不小心就會露出內衣肩帶。我是不敢穿這樣在外頭走的，會不好意思……喂，你覺得呢？你抬起頭來嘛！你說呀！」

杜子泉慢慢地抬起頭來。

我從椅子上跳下來，在他面前，拉著裙襬轉了一圈，咧嘴對他笑，笑得既友善又親切。

他沒吭聲，只抿著嘴瞪著我瞧，愈瞧，嘴抿得愈緊，耳朵愈紅，看到後來，真像火燒一樣。

我過去推了他一把，「怎麼樣？怎麼樣？」

「什麼怎麼樣？」

「問你好不好看哪！」我追問著，「你不能光看不說話啊！」

「沒什麼好說的。」

我瞪著他，把話又繞回了原點。「沒什麼好說的，那你偷看我做什麼？」

杜子泉僵在那邊，一動不動，握著紅筆的手指捏得緊緊的，好像那不單純是枝筆。

幾年後回想起這件事，我覺得，杜子泉很倒楣。他碰上我這個人，跟碰上一堵牆沒有太大的分別。

我做什麼都很坦率，我喜歡杜子泉，我從不偷看他，我是明目張膽地看他。我瞪著他的臉看，好像他是我床頭的一個洋娃娃。他瞪我，我也不怕。

猴子用一句話就說明了我的癥結，他說：「程秀翎是塊木頭。」

我是木頭，直腸子，沒有羞恥心，我喜歡什麼，哪怕全世界都笑我呢，也裝不來不喜歡。我喜歡一個人，我就對著他看，我追著他跑，我想拿根繩子把他拴住，一頭握在我的手掌心上，他跑我追，他跑我追，追到後來，他就是我的了。

再回到那年夏天，我穿漂亮的裙子，在那邊逼供杜子泉，把「偷看我做什麼」掛在嘴邊當武器一樣地逼問他。

他被我逼得走投無路，突然「啪」地一聲把紅筆摔在桌上，抬頭衝我吼，「看妳怎麼會笨成這樣！程秀翎，妳又做錯了妳知道不知道？等腰直角三角形的最大角是九十度，妳的兩邊角加起來，怎麼會超過一百八十度？這麼簡單的題目妳也會做錯？妳根本沒有在認眞聽我講課！

心不在焉，不認眞讀書，老想著妳的新衣服、新裙子，想別人偷看妳沒有，妳的心眼怎麼會這麼骯髒啊？」

他怒氣勃發，立刻把問題從我們之間的小兒女糾紛，升高到讀書不認眞，心眼骯髒的層次上頭，我就跟不上了，只得坐下來乖乖聽罵。

「妳能不能……哪怕一天也好，認眞點、專心點，把心放在正事上頭，別老是胡思亂想的！」他還沒完，繼續數落我，「妳這樣下去怎麼得了？妳已經被分出A+班了，再混水摸魚，連A-班都掛不上，明年妳要怎麼考高中啊？」

有時候我痛定思痛，再三反省，問自己爲什麼會喜歡杜子泉喜歡成那樣，喜歡到指鹿爲馬、黑白不分的地步！但這傢伙到底有什麼好的？他嘮叨、挑剔，嘴巴壞，罵起我時那個流暢啊，眞是……令人無話可說。

但在戀愛的世界裡，不管是單戀、暗戀或者是明戀相戀，有條規則是不分男女，永遠通行無阻的——見著心上人就開心。

這規則用在我身上也成立。

我一看見杜子泉就心情好，整個暑假和他泡在一起，就算是算無聊的數學、鬼才弄得清楚的化學元素表，在進行式、過去式和未來式之間苦苦掙扎，也沒有關係。

這也表示，長久以來，我活在一種痛並快樂著的變態情緒中。

每天與心上人單獨相處，但每天都給他指著鼻子罵，那種微妙的滋味，一般人恐怕很難領略。有三個字可以貼切地、生動地、活靈活現地形容我的狀態——受虐狂。

受虐狂的最高境界，就是把吃苦當吃補，最終領悟被虐的眞義！

譬如現在，杜子泉罵我混、罵我心不在焉、罵我不認眞，用痛心疾首，媲美我爸語重心長的語氣說「妳要怎麼考高中啊」的時候，我坐在那邊，眼睛睜得大大的，無辜地看著他，看他怎麼生氣、怎麼罵人，看他怎麼修理我，看著看著，他的聲音漸漸小了下去。

他丟開紅筆。「我講這麼多，妳到底有沒有在認眞聽啊？」

「有啊，我在聽。」

「聽了妳還分心？」他指著題紙，「還做錯！」

「對不起。」我道歉的時候永遠是從善如流的。「題目太難了嘛！」

「這是基礎題啊，基礎題！」他放聲吼，「基礎題還難，那妳遇到變化題怎麼辦？」

我搔搔頭，「那就沒辦法了。」

「什麼叫作沒辦法？」

「沒辦法就是沒、辦、法。」我直白地說：「答不對，拿不到分。就這樣。」

杜子泉氣得嘴角抽搐，我眞怕他再抖下去，遲早少年中風。

我把題紙抽回來，眼睛看著題目，嘴上說：「其實，你也不用太生氣。我腦袋不好，成績也不好，專心是這樣，不專心也是這樣，其實都差不多。」

「少找藉口。」

「我沒找藉口，我說的是事實啊。」我說：「杜子泉，其實你也別對我費這麼大力氣。你說的那些，我媽說過，我爸也說過，你們三個人說的內容不大一樣，但道理是相同的，就是我不聰明，我不好。你放心，高中什麼的，我是一定會念的，只是不知道念什麼學校就是了。我想你一定念最好的學校吧？你這麼會讀書，每科都好，不像我這樣，腦袋少長了幾根筋，好幾科、壞幾科，好的那幾科永遠補不了壞的那幾科。」

「那妳就認眞點啊！」杜子泉這個人其實並不眞的脾氣暴躁。一旦火氣過去，他就會變得比較好說話。只要我不糾纏著他老問「在偷看什麼」之類的問題，他的小宇宙多半都維持在平和的狀態。

「我也有認眞啊。你看，我每天都來你家上課，聽你講這些數學英文什麼的，討厭的東西，我還撐著不打瞌睡……你以爲不打瞌睡很容易啊？打瞌睡是生理問題，人累了倦了就會想睡覺，天生如此。我一聽你講這些公式什麼的，我就又累又倦，還撐著不能睡，違反生理原則，跟憋尿一樣，很困難的好不好！」我理直氣壯地說：「還有，你一直提高中高中什麼的，眞的很討厭。辛辛苦苦準備考試，上了高中，又怎麼樣呢？也不可能整天玩啊！高中有什麼好的？還不是和現在一樣讀書考試，只是換個教室上課而已。」

他瞪著我看，那眼神，好像我是隻外星生物。「妳腦袋裡面除了玩以外，就沒在想別的事情了？」

「有啊，很多。」

「說一個來聽聽。」杜子泉彎下腰去桌子底下撿紅筆。

我想了一下。「……我在想，方欣華是不是還對你不死心？」

他「咚」地一聲，腦袋撞上桌底。力道之大，桌面上的紙筆都往上跳了一下。

杜子泉從桌子底下鑽出來，一面揉腦袋，一面氣急敗壞地吼，「程秀翎，妳到底有完沒完？」

「幹麼又對我發火？」我吼回去，「是你要我說一個來聽聽的。我說了啊，我就在想這件事情，想很久了，每天每天都在想，從方欣華跑來跟我說她喜歡你的時候，我就一直在想了。」

他瞪我，紅筆尾巴敲桌面，咚咚咚、咚咚咚，聲音又快又急，一副要發狂的樣子。

我在想，這傢伙生氣是常事，但發起狂來不知道是什麼鬼德行？我還沒見過呢，也許今天就要開眼界了。

但杜子泉不愧是杜子泉，最後他耐住了火氣，不敲桌面，拔開筆蓋，在我答錯的題目底下寫正確的解法，一面寫，一面說：「根本沒有的事情，妳不要亂想好不好？我跟方欣華差異很大，處不來。不過，她很聰明。」

「意思是我不聰明。」我點點頭。

他趕緊補過。「不要亂說，妳也有自己的優點啊。」

「譬如說？」

他沒回答，繼續往下寫。

我不死心，「譬如說？譬如說？譬如說？」

杜子泉寫完題目，把題紙推過來。「把我寫的解法看一遍，看懂不懂。不懂妳要趕快說，不然到後面妳會愈來愈不懂。」

我不理會他的交代，繼續追問：「譬如說啊！」

我把他逼得走投無路，最後，終於逼出話來。

「妳很開朗，不耍心眼，雖然人有點怪，但是不討厭，說話也還滿……有趣的……妳、妳……」杜子泉起先還說得流暢，到後來漸漸結巴，支支吾吾的，好像嘴裡塞了個飯糰一樣，有點含糊。「妳穿這件裙子……滿好看的……」

我總覺得我是個心胸狹窄的女人，記仇、記恨，不過，也容易滿足。

我沒想到眞能聽到他這麼稱讚我，就算是一句含糊不清的話，也令人高興。

我對他咧嘴笑，樣子有點傻。

和我的傻笑相較，杜子泉則是一臉無可奈何，他嘆了口長長的氣，說：「笑什麼笑？沒一題算對，還能笑得這麼開心。程秀翎，妳啊……長肉不長腦袋！」

這話言猶在耳，可是過去已成往事。

我別過臉去，對著車窗笑了一笑。玻璃上倒映著我的笑容，既熟悉又陌生，就像杜子泉說的那些話一樣。

人生就這樣，以前如何如何，都是過往的陳年舊事，現在如何，才是生活重點。

現在，他跟我並肩坐著，談笑自若，但兩個人再也合不起來。

我抱歉地說：「隔行如隔山，我對建築一無所知，我亂說話，你不要見怪。」

杜子泉淡淡地回答，「沒關係，反正我也不懂教育。」

然後我們就再也搭不上話了。

沉默中，他從背包裡翻出筆記本，放在扶手上，在紙上塗塗寫寫。我抽出我讀到一半的愛情小說，繼續翻下去。

小說裡，男女主角正在爲了無聊的誤會爭吵著，女主角負氣而走，男主角也另結新歡，他們絕口不提起對方，互相憎厭、不屑、憤怒，一副「此生與君不共戴天」的決裂姿態。但每個人，包括讀者和作者在內，都心知肚明，這一切，早晚會結束。

負氣而走的女主角，終究會回心轉意，另結新歡的男主角，遲早壓抑不住難忘舊情的眞心。在那些憎厭、不屑和憤怒底下，藏著的是一句又一句「我在乎你」和「我還愛著你」。所謂浪漫，就在這裡——人怎麼變，心不會變。

在那些故事裡，每一次的爭執、誤會和分手，都不是結束，而是和解、冰釋和重逢的引子。再複雜的問題和關係，到了最後，都會有一個令人滿意，或令人雖不滿意，勉強還能接受的答案。

男女主角終究會在一起，所有的愛都會繼續下去，曾經的仇恨會化解開來，紛爭會結束、遺憾會圓滿……可是現實生活中，經常不是那麼一回事。

小時候我眞的相信，人生和小說是差不多的事。無論開頭如何，到了最後，總有一個完美結局在等待著我，只要向前走向前走，挺過難關，再挺過難關……挺到後來，終究心想事成。

後來我漸漸明白，人生是許多故事片段組湊而成的沒錯，只是，未必都能有一個圓滿的結局。

不圓滿的結局，也是一種結局。執意追求圓滿，是一種愚蠢。尋找圓滿的人，最好放棄人生，沉溺在書頁間，催眠不變。

列車廣播進入台北車站前，我看完了最後幾頁書，杜子泉收起筆記本。那幾分鐘，氣氛有點僵，我們無話可說，也沒有事情可做，無法假裝分心他顧，還沒到站，不好站起來，坐在那裡，又氣氛侷促。

在那個倉促的當口，我想起一件重要的事情來。

我喊他名字，「杜子泉。」

他「嗯」了一聲。

「我想，我得向你道個歉。」我說，很誠懇、很老實、很眞心的。

說也奇怪，他居然沒有立刻回應，過了好半晌，列車都駛進月台間了，才聽見隔壁傳來一聲更輕的「嗯」。

列車停了下來，四周的乘客開始起身下車，拿行李的、說話的、叫小孩的、走動的，鬧成了一片。

混亂中，他反問我，「道什麼歉？」

「覺得挺對不起你的，」我說：「看我把你車子都撞成什麼樣子了。」

「……」

「要是一個搞不好，眞會鬧出人命來。這幾天我回想起來，實在害怕。」我停頓一下，慢慢地說：「這件事情，過去這麼多天了，當初我拉不下臉來和你道歉，實在是因爲……在人前面，不好意思。可是，我心裡是過意不去的。你一輛好好的車，給我那樣一撞，就算猴子怎麼修，也不可能恢復原狀。賠錢事小，我心裡過意不去事大。眞對不起，你原諒我吧。」

我在鬧烘烘的人潮中朝他滿懷歉意地點了點頭。

杜子泉坐在那裡，面無表情，眼睛也不看我，就瞪著前座的椅背，沒有反應，也不吭聲。

前後座的人都拿了行李下車了，就他還坐在那裡。

我站了起來，想要從他膝蓋前頭鑽出去，可是他把腳伸直，擋著路，不給我過。

我催促他，「走吧走吧，到終站了，該下車。」

他一動不動。

我拍拍他的膝蓋，「喂，你不下車，得讓我下車啊！坐在這裡佔著位子擋著路，是怎麼樣？你還要搭回台中去？動一動、讓一讓，行不行啊？你看，人家都走光了！」

他還是沒反應。

我不高興了。

「你是想怎樣？我都道歉了！」我說：「你那修車費我也賠了，還沒完啊？杜子泉，我一個女孩子，跟你說話，向你賠禮道歉，我也是低聲下氣的啊！你一個大男人，這樣甩臉色給我看就說不過去了。男子漢大丈夫，心胸寬一點行不行？別斤斤計較……」

「我斤斤計較又怎麼樣了？」他開口說話，語氣很不善。

「那就不好看了。」

「是誰撞了誰的車？是誰連撞了七次？」他反問我。「撞的那個人，怎麼都不覺得不好看呢？」

「我認錯了還不行？」

他咬了一下嘴唇。「不行。」

「那不然你要怎樣？」我說：「難道還得我跪下賠罪不可？杜子泉，你這樣心胸狹窄，不太好吧？」

「跪就不用了。」他說：「爲表誠意，妳給我補點什麼吧。」

「錢？」我嚇一跳，這傢伙什麼時候這麼見錢眼開了？不像他啊！

他一口回絕。「錢我不缺。」

「那你缺什麼？」我問。

他想了想，「缺了個女朋友。」說著，人站起來，從架上取了袋子，往外頭走。

我站在後面呆了一下。

我跟你說。人有時候就是這樣，犯賤起來，沒有限度。

而我經常犯賤。

譬如說，在這樣的時候，我居然會想，他是不是其實一直在找機會跟我復合啊？

電光石火之間，我回憶起先前在台中那幾天，我撞了他車的時候、在車廠討論修車的時候、開同學會的時候……心中百轉千回，反覆細索，在那些言語與語言之間的空檔、在那些細微的肢體動作之中，是不是曾經看到杜子泉表露出些許暗示的意思？

我站在那邊想呢，車窗外傳來輕叩，回過臉去一看，杜子泉不知道什麼時候已經下車了，正在外頭瞪著我看。

我嚇一跳，趕緊追出去。

他腿長步伐大，動作又快，我追出去時，他人已經上手扶電梯了。

我在後頭嚷嚷，「喂、喂，杜子泉，你等等！你等等啊！」一面道歉，一面借路，穿過人群，追在他後頭。「把話說清楚點，你在講什麼啊？」

他等我追上了，才慢條斯理地問：「妳耳背？聽不見？」

「我不是……我就是……」我結巴支吾了一陣，最後一攤手。「哎呀，這不重要，你把話再說一遍啊。你缺什麼？缺什麼？」

「缺一個女朋友，請妳介紹。」他說。

「……」他媽的！

我很想衝杜子泉大吼，「你當老娘什麼啊？讓你前女友去給你介紹新女友？那你要不要幫我介紹男朋友？王八蛋、臭雞蛋，你有沒有人性、有沒有良心，是不是人啊你？」

但我說過了，我的內心戲，永遠比現實來得豐富有趣。

現實是，我很虛弱地笑了一下。「介紹女友啊……這還用得著人介紹嗎？你這樣的條件，去路上搭訕一個，很難嗎？」

「難。」他說：「不清楚身家背景，難分好壞。」

「認識之後慢慢就清楚了。」

「我忙，沒太多時間弄這個。」他淡淡地說：「況且我眼光不好，經常挑到壞的。」

這話說得可眞狠啊！他的意思是先前跟我的那一段，踩到地雷了？這話應該是我說才對啊！我才是眼光不好，挑壞的，踩地雷的那一個！看看我在你身上耗了多少年啊？我的青春、我的年華，我那些最美最好的時光，都賠在你這個死沒良心的豬頭身上了！

我內心詞彙豐富地罵著，但照例嘴巴上沒種。

「喔，喔……」我含糊地應了幾聲，「那、那你想要找怎樣的女朋友？說個標準來聽聽吧！我也好幫你留意留意。」

我們上了樓，走出車站。台北的冬天特別冷，車站外頭風大，我縮著脖子站在那裡，手插在口袋裡，穿著大外套，人顯得有些臃腫。

夕陽西下，黃昏時分，雲彩間留著紫紅色的餘暉。

杜子泉停下腳步站著，回頭看我。

他的眼睛注視著我的臉，看得很仔細。

我吞了一下口水。

我又來了！我那該死的、天殺的、犯賤的妄想爛毛病又發作了！小心肝怦怦跳，跳的力道之大之猛，要不是我緊咬著牙關、閉著嘴巴，否則心臟一定從我喉嚨裡嘔出來！

我心慌啊我！我緊張啊我！有個聲音從心底深處像陀螺打旋一樣升起，那個聲音，模仿著杜子泉的聲音，溫柔地、微笑地、輕緩但又沉著地，重複地說：妳是什麼標準，我就是什麼標準，我找的不是別人，就是妳。翎翎，我對不起妳，我們重新來過吧……

恍惚中我看著杜子泉的臉，他的模樣，彷彿逐漸縮回去縮回去，個子下降、輪廓變換，肩膀上背著的，不是那個行李袋，而是一把棕黑色的小提琴。

背景浮動、畫面轉換，我好似又回到了台中，在杜子泉老家的天台上，他閉著眼睛，舉起琴弓，在燦爛且昏黃的夕陽間，拉奏著曲子。

「工作穩定，像妳這樣，當老師的最好。」現實中，杜子泉的聲音穿透琴聲，灌入我的耳裡。「長相差不多也就行了。最好比妳瘦一點，個子再高一點，腿長一點。重點是性格，性情要溫柔、成熟，別老惹事，做事有計畫、會思考，宜室宜家最好。」

回憶的畫面消退，縮小的杜子泉又長了回來，提琴聲被馬路上來來去去的汽車喇叭聲、人潮喧鬧聲取代，一切又回到了現實，恢復了原狀。

我聽見自己的聲音，在寒風中，清楚而明確。

「這樣啊，標準不高。」我說：「我幫你注意注意。我們學校裡很多適婚年齡的女老師，都在找結婚對象呢！你這種條件，一拍即合。」

他微微一笑。「那太好了。程秀翎，我的後半輩子幸福，可就指望妳了。」

第・七・章

我們在車站門口道別。他搭捷運離開，而我鑽進百貨公司，看東看西，在化妝品和服飾區亂轉。

我補了兩瓶化妝水，試了一款春天新色的唇膏，正準備結帳，一旁的專櫃小姐又湊了上來，拿出DM和樣品，向我推銷保養面霜。

「這是去年年底最熱賣的商品，全台缺貨，春節這幾天來櫃上寫預購單的人就有幾百個！」她熱誠地說：「小姐，妳運氣眞好，新貨昨天才從日本空運過來，剛剛到櫃，妳就來了。要不要試用看看？」

我沒答話，她就打開瓶蓋，挖了一塊乳液在我手背上塗抹起來。

「看，是不是很好推？不油膩，但很滋潤，成分天然，純植物精華，從人蔘、茯苓、杏仁、當歸、薏仁和蘆薈，還有其他六十多種漢方藥材裡面提煉出來，還加了喜馬拉雅山的山泉水。自然的東西對人體最好，對不對？擦一下就知道了。妳自己感受一下，是不是很容易被皮膚吸收？」

我對推銷素來沒有抵禦能力，正在凝神感受所謂的皮膚吸收，旁邊一個拉著小孩的太太擠了過來，很有興趣地插口，「這擦了有什麼用？」

「薏仁美白、蘆薈保濕……」專櫃小姐正滔滔不絕地說著，一看見那位太太露出一副興趣缺缺的模樣要往人潮外退，趕緊大起嗓門，強調地說：「另外，對於撫平皺紋、淡化斑點有很好的功效。我媽媽和我外婆都託我帶這一款乳液給她們用呢！」

那位太太又站住了。

所以說，推銷，永遠是攻心爲上啊！

我趁亂退出了櫃檯的一級戰區，結帳後，拎著紙袋往樓上走。在手扶梯上回頭往下看看，一整層的化妝品專區，人頭鑽動，然而所有的保養品訴求的，不過是美白和保濕。

美白是爲了讓人看起來年輕，保濕是爲了讓皮膚盡量不顯老……人生在世，沒有人不會老。可是，即使逆天，無論男女，都希望能青春永駐。因爲青春太短暫了啊，而且永不重來。

那一瞬間，我突然想起昨天晚上，在餐桌上，媽對老爸吼的那句話「你那寶貝女兒還以爲她是十五歲的青春少女呢」！這話當時聽來如此刺耳，可是，卻是鐵錚錚的事實。

我已經不是十五歲了。

十五歲的時光再也不會回來，十五歲的愛情也是。

每個人的過去，無論如何轟轟烈烈、如何精彩絕倫，都只是過去而已，過去也就過去了。無論花多少錢，買保養品往臉上塗抹、全身抽脂、整型塑身，也無法留住青春。

我又想起杜子泉方才拜託我幫忙介紹女朋友的事情。

一種米養百樣人。有的人，像杜子泉那樣，永遠活在當下，缺什麼，補什麼。而有的人像我一樣，活在過去，缺了什麼，就缺什麼。

我可不能再自欺欺人了啊！

我在衣服架子前挑選衣服，一面從口袋裡摸出手機，打回家裡去。

電話是媽接的，劈頭就問：「到家了？」

「剛下車，在百貨公司裡逛呢。」

「又亂花錢了！」我媽又找到事情來數落我。「妳控制一下自己好不好？收入多少，花錢多少，自己心裡要有個數，要懂得存錢，別一天到晚買買買、買買買，妳買的東西妳都有用嗎？」

「買兩件裙子，上班穿的。」我解釋著說。「妳別連這個都管我好不好？」

「妳一個女孩子，又是當老師的，一天能穿三套衣服嗎？買了多少衣服，衣櫃多大都不滿足！」

「媽，我不是來跟妳吵架的。」

「好啦好啦，」電話那頭，我媽笑了起來。「知道妳到台北，妳爸和我也就放心了。妳趕快回家去吧，別在外頭亂晃。我給妳帶的那盒炒米粉得冰起來，這種天氣，放一下子是不會怎樣，但放久了也不好。」

「我知道。」

「那就這樣，再見。」我媽素來是那種自己重點說完，就要掛電話的人。

「等等，等等……」我連喊兩聲，「媽！媽！」

「怎麼了？」

「我有話跟妳說。」

「有話快講啊！」

「就是那個、那個……那個啊……」我結巴了一下，「就是說，剛剛出門的時候，妳說……給我找人相親……」

「啊，那個呀！」我媽停頓一下，突然嘆了口氣，「妳不願意，是不是？算了，不願意就不願意，不用再說了。妳出門之後，我也想過了，勉強妳做不樂意的事情，妳不痛快，我也不痛快，何苦呢！就當我沒說過——」

我趕緊打斷她的話。「沒有沒有，我沒有不願意。我是說啊……」我想了想，斟酌了一下詞句，但怎麼想都覺得很難婉轉措辭，支吾一陣，乾脆一口氣說完。「我是說，妳還是幫我找找看，只是約見面的時間要斟酌。學校段考期間總是比較忙，最好不要排在那個時候。開學這一個月左右還好，之後有約的話，要先跟我說，我才好安排一下，免得撞期！」

電話那頭一陣詭異的沉默。

我問：「媽，妳有沒有聽到我說的？」

「……有，有，聽到了。」我媽拉長了聲音回答，聽不出喜怒。

「沒事的話，我要掛電話了。」說也奇怪，就算是對著自己的親媽，說完上面那段話，我還是有種奇窘無比的感覺。

兩、三個小時前，在她面前，我咬著牙、硬著脾氣，說打死也不去相親，但兩、三個小時後，我從頭到尾都變過了。

我媽停了一陣，才慢慢開口。「我說，翎翎啊，」她停頓一下，「妳是不是碰上杜子泉了？他跟妳說了什麼，是不是？妳怎麼回事啊？」

有句老話叫作「知女莫若母」，但也有一句話叫作「人心隔肚皮」。前者是說，生妳養妳的媽，最了解妳是個什麼東西，什麼讓妳高興、什麼讓妳傷心，什麼事情刺激得妳性情大變成了個神經病……

後面一句話是說，許多事情，就算事實擺在那裡，就算答案呼之欲出，就算面對的人是妳老母，妳也只能讓她猜，打死不會說出來。

百貨公司的廣播放送著熱鬧滾滾的應景音樂，周遭人聲雜吵，混亂中，我聽見自己的聲音，像含了兩管鼻涕那樣，有些憋，想擠出來又不能擠出來，強作鎮定。

「沒有沒有，沒什麼事情，妳不要亂猜。我就是要跟妳說這些話。好啦，我試衣服去了，不講了啊。妳和爸爸要照顧身體。有事打給我！」

掛了電話，我抓了一件套裝進了更衣室，把外套上衣一件一件脫下，又把新衣服慢慢套上身。

過了個年，幾天時間，大吃大喝，我胖了。套裝的尺碼小，腰很緊，對著鏡子看，肚子都勒出來了，上衣肩膀也不合，穿在身上，好像中世紀武士穿了身盔甲一樣，晃啊晃的，真夠難看的。

我對著鏡子調整，到最後無法可想，只得把套裝脫下來，換回原本的衣服。

如果人生也能像換衣服一樣，把不適合的脫掉，換適合的出去，該有多好啊？我想。把心換過、把人換過、把一切通通換過，走出去，又是嶄新的生活！

對著鏡子，我那兩管塞住的鼻子突然一嗆，眼睛一熱，人慢慢彎下腰去，赤著腳、裸著上身，抱著衣服掉下眼淚。

接下來的事，在我的記憶裡，就像五分鐘過後。夏去秋來，四季變換，國中畢業，上了高中。杜子泉毫無意外地考上了市區最好的和尚學校，方欣華考上的是市區最好的尼姑學校，而我雖然沒有到掛車尾的程度，但也沒有他們的實力。

我讀的是教會辦的女子高中。私立學校學費昂貴，只收現金，每到繳學費的前一晚，我爸總躲在房間裡，指尖沾著口水，把從銀行裡提出來的現鈔，一張一張數了又數，臉上是那種萬般捨不得唯有淚千行的惆悵。

而我媽則走務實路線，繳學費那兩週，我的零用錢歸零，餐桌上減少肉菜，不是芹菜炒豆干，就是青椒炒豆干，唯一帶點葷腥的，是紅蘿蔔絲炒雞蛋。

我正值發育期，食慾奇佳，無肉不歡，但稍一抱怨，我媽手指就戳過來，「吃吃吃，吃吃吃，成天只知道吃，吃肉有讓妳變得比較聰明嗎？繳學費和吃肉哪個重要？妳要是好好讀書，考個公立高中多好，一個學期才幾千塊學費，省多少開銷？妳自己看看，妳一學期要花多少錢？學費、雜費、教材費、考卷費、課後補習費、家長會費、班費，還有從頭到腳的治裝費！制服分冬夏兩季也就算了，連鞋子襪子也得按學校規定的買。學校裡的一雙皮鞋比外頭貴三倍，那鞋子到底是什麼皮做的啊？犀牛皮？大象皮？花錢沒個夠！」

我知道，在這種時候只能唯唯諾諾，千萬別跟媽媽爭辯，但紅蘿蔔炒雞蛋這種東西，吃再多都沒有感覺，晚上到了九點十點左右，人就餓了。坐在書桌前面，看著白紙黑字，肚子裡饞蟲叫喚，精神不濟。

到那時候，我爸就會走進房裡來，假裝檢查我讀書的狀況，偷偷往我口袋裡塞錢。

「餓了吧？晚點妳媽睡了，去吃消夜去。」老爸低聲囑咐，「出門時輕一點，別給妳媽發現了，吃完快快回來，爸給妳等門哪。」

我爸啊，是這個世界上最好的爸爸。

溜出家門，海闊天空，我立刻找猴子去吃消夜。

那個年代，鹽酥雞和炸雞排才剛剛流行，但更多時候，所謂消夜，就是吃麵。牛肉麵、排骨麵、麻醬麵、炸醬麵……加很多很多辣椒和胡椒粉，放鹹鹹香香的酸菜，切一盤豆干滷蛋和海帶的滷味，要更奢侈點，就向隔壁的臭豆腐推車點一盤放了很多很多酸酸甜甜泡菜的炸臭豆腐，又油又香，人間美味。

消夜桌上，除了我和猴子之外，還有一個常客，就是杜子泉。

我吃消夜時，正是他從補習班回家的時間。麵攤就在公車站對面，他一下車就看見我，然後他會穿街過來，書包一放，拉張鐵椅坐下，一面向老闆吆喝，「排骨麵，大碗！」一面拿起筷子，就把我碗裡最大的一塊牛肉撿走。

我怒吼，「這我的牛肉，你幹什麼？你幹什麼？杜子泉，你動作也太快了吧？」

「那是當然，」他毫不羞愧。「誰慢誰吃不到。」

我指著猴子的碗，「他吃最慢，你怎麼不去搶他的呢？」

杜子泉笑了笑，又迅速挾走我泡在湯裡的滷蛋。「妳碗裡的看起來比較好吃。」

天地良心，這萬惡的傢伙，連蠻不講理的時候，看起來都是一副很講道理的樣子！

其實我們三人之中，猴子才是那個吃飯如風捲殘雲的傢伙，他的舌頭是鐵打的，一碗熱湯麵在他嘴底下稀里呼嚕一陣，三兩下就吃得乾乾淨淨。他吃飽了，抹抹嘴，站起身來，「走了。」

「你家裡有事啊，吃這麼快！」我說。

「我爸晚上下班前交代，叫我關門時清點零件，向廠商叫貨！但我忘了。」他看著牆上的鐘，咂咂嘴，「也不知道現在還有沒有人上班，我回去打電話。」猴子掏了銅板付錢，回頭對我們揮了一下手。「下次吃消夜記得叫我啊！」說完就跑了。

他一走，桌上就剩下我和杜子泉了。

排骨麵上來了，杜子泉把目標從我的碗裡移到他自己碗裡，吃得很香，不說話，也不抬頭多看我。

上了高中後的杜子泉，和以前相比，差異很大。

他國中時期就在長高，但上了高中，拔高的速度更快了，像是童話故事中，一夜長成的通天魔豆。而與身高相比，他的嗓音則往下降key。因為降得太快太急，這段轉換的期間，聽起來沙沙啞啞的，像是一把走調嚴重、嘎吱作響的小提琴。

他的臉型也變了。

還是原本的五官沒錯，眼睛眉毛鼻子嘴巴都在其位，只是隨著年齡而些微變化。臉頰瘦下來，鼻梁看起來就高了，輪廓其實差不了多少，可是，少了少年時代的柔和和稚氣，多了好些我不熟悉的事物。

他最大的變化在於長鬍子。

鬍子這種東西，在男孩子的臉上，就像是田間野草。無論早上刮得多乾淨，只過半天，就又長出一小片來。到了晚上吃消夜時，從我這邊看去，嘴唇上、下巴上，一小撮黑青青的不整齊……

我習慣了杜子泉十二三歲時的白淨少年樣，對於他的長大，非常適應不良。我總覺得，隨著年歲增長，眼前這個人，好像逐漸脫離了我年少時的記憶，變成了另外一個，同樣叫杜子泉，但其實不是杜子泉的新人類。

唯一沒變的是他問我的那些問題。

「功課做完沒？考試怎麼樣？上課內容都聽得懂？」

這些問題在我看來實在非常煩人，可是聽他問起，心底會生出一種小小的確信感。我想，杜子泉還是杜子泉，無論他長多高、變得怎樣，即便他那曾經清爽的聲音如今聽起來像公鴨嗓，或者他以後會蓄鬚，長一臉絡腮鬍子，但只要他開口問我成績、問我功課，他就永遠是我認識的那個杜子泉。

我說：「還好還好，都還不錯。」

我沒說眞話。

很多事情，眞相並不複雜，就拿我的功課來說，上了高中，眞相就三個字——跟不上。

只是我不太願意承認這個事實，尤其是對杜子泉承認。

不爲什麼，就是覺得，他長大了，我也長大了，而長大的女孩子，在喜歡的男孩子前面，想留下的是能幹的好印象，而不是什麼都不行，手足無措的尷尬窘況。

有句話叫作「小時了了，大未必佳」，意思是小時候的聰明未必是眞聰明。只是我不明白，我小時候腦子就沒多好，長大了怎麼反而更糟？

總聽人說，長到一個年紀就會開竅，突然變得聰明起來。像我這種笨蛋，人力已盡，只能聽天由命。我從小就在等待開竅的時機到來，眼看青春期就要過完了，還不知道那個竅到底是開在身體的哪個地方！

而這些疑問、這些困惑，對著杜子泉，我一句也沒說，只反問：「你呢？學校怎麼樣？」

他笑了起來。

我的高中生活如果是老太婆那條又臭又長的裹腳布，杜子泉的日子，就是每天晚上連播兩小時的鄉土劇，豐富多采，跌宕起伏，永遠不缺巴掌、怒吼和淚奔等等戲劇元素。除了上課之外，他參加了西樂社，和同學合組一支十二人的管弦小樂團，時常背著琴盒去上學。

社團老師帶他們出去表演，起初是偶一爲之，賺個經驗，後來打響名聲，就變成常態性演出，每月雙週星期六下午在藝文中心外頭，都會舉辦常態演出，還經常受到校外單位的邀請，時程滿檔，日子過得很熱鬧，很有樂趣。

而他這個人，玩歸玩，讀書歸讀書，兩件事情分得清清楚楚，互不相擾。只有一次月考過後，講到成績，他耳朵紅了一下，慢吞吞地說：「忙活動，沒好好念書，退步了，第六名。」

我安慰他。「第六名也很不錯啦！想想看，你們班有多少人啊，你排第六，除了前面五個，把其他人都踩下去了！」

我說這話的時候，心中其實並不同情他。我想這傢伙是怎麼回事？考個第六名就擺出一副上對不起天、下對不起地，對不起國家對不起民族的小媳婦模樣，還紅耳朵呢，他眞以爲他是隻兔子啊！

換成是我考第六名，我爸我媽早就老淚縱橫地在門口放鞭炮了！

但我的好心勸慰，只換來杜子泉兩句淡然更正。

「不是全班第六，」他停頓一下，「是全年級。」

我冷下臉來，「啪」地一下把筷子往桌上狠狠一拍，拂袖而去。

我非得把「激憤」這兩個字表演得淋漓盡致不可，要不然，就得輪我向杜子泉承認，我上對不起天下對不起地，對不起國家對不起民族，更對不起辛苦賺錢，數鈔票給我繳學費的爸爸媽媽。我考的是全班第六名，倒數過來的第六名。

人生眞是處處是壓力啊！

但總的來說，這段時間，我並不擔心杜子泉桃花朵朵開的問題。

不是他人長大之後品質下降了，此人如果套句金融術語來說，就是支績優股，只有往上漲的空間，沒有下跌的可能。

不過，他讀那間和尙高中，就和被關押在監獄大牢裡沒什麼兩樣。沒有方欣華從中挑撥，沒有年輕高中女生的隨機環伺，我很堅定地相信，所謂乾柴烈火，缺了我這把熊熊烈焰，他就算想亂來，也生不了什麼事，因爲重點是沒有對象。

但很多事情是少知道少煩惱。一直要到我上大學，從先進的腐女室友那裡，吸取到好些在我家附近那種老派單純租書店裡，從未見過的特殊屬性日本漫畫，在圖文並茂的書頁間，明白了BL兩字的精義後，我才頓悟，就算是男人與男人之間，也什麼事情都有可能發生，而且發生得更理所當然，還更激烈，還更沒有後顧之憂——兩個男的再怎麼翻雲覆雨，也生不出小孩來！

除了壓力，人生還處處是誘惑啊！

不過在我大腦開化之前，這個世界，還是很單純很可愛的。

安心是一種麻醉藥，當妳放一千一萬個心的時候，也就是疏忽大意的時候。

那件事情發生在一個星期六的下午。

說來倒楣，我們學校有個老習慣，週考排名差的學生，星期六下午得強制留校自習。我成績不好，是留校名單中的常客，杜子泉他們在藝文中心的活動，我雖然總想去看，卻一次也沒能參加。

起初我還掙扎著、不甘願著，但時間一長，久而久之，我也就覺得這是命中注定的事，不能強求。

可是，那個星期六的中午，當班長把留校名單公布在黑板上頭時，我驚訝地發現，居然沒有我的名字！

而且，就那麼剛好，那是個雙週末……

放學的鐘聲一響，教室裡還迴盪著參差不齊的「謝謝老師」，我已經腳不點地地往教室門外奔去，朝藝文中心方向邁進。

活動三點整開始，我十二點四十五分就到達定點。時間充足，夠我回家一趟，放個書包、換件衣服、吃個午餐，甚至打個小瞌睡，但我不，我寧可背著重重的書包，頂著十二月中旬的寒風，穿著才過膝的校服裙子，忍著冷風刺著小腿嫩皮，在沒人的小廣場上餓著肚子傻等。

等啊等、等啊等，兩點半，藝文中心的人出來架設麥克風，兩點四十五分，穿著社團T恤的人員到場，杜子泉背著他那黑色的琴盒走過來，遠遠見到我，臉上露出了驚訝的表情，但他很快就收斂住了，只看了我一眼，回頭打開琴盒，開始調音。

表演並不長，也就一個多小時，因爲是常態的演出，團員間很有默契，中間還穿插好些說笑玩鬧的輕鬆片段，挑選的曲目有古典也有現代，中間還有一段安排了小提琴爲主的重奏，由杜子泉的小提琴挑大樑。

我原以爲他會選一首比較符合他龜毛人性格的曲目，譬如說那種很複雜、很深奧，讓人聽了覺得周公在眼前召喚自己的古典音樂，但他拉的居然是一首探戈，曲首緩慢慵懶，接著節奏轉快，激昂起伏，一陣熱烈糾纏，緩緩回歸曲終。

杜子泉表演時，毫不怯場，他在人前，也是一種鶴立雞群的姿態，演奏時，眼睛半閉，嘴角有種似笑非笑的味道，模樣很投入，握著琴弓的手臂肌肉線條緊緊的，運弓時的模樣和神態眞是好看。我在台下，眼睛瞪得老大，一眨不眨，只是看著他，耳邊聽見一旁女孩子們用興奮的口吻，竊竊私語地討論，打探拉小提琴的男孩子到底幾年級，叫什麼名字……

我臉上不動聲色，其實心底異常興奮，很想拉著她們說：「不用打聽了，想知道什麼，來問我吧！那個拉小提琴的，長得很帥的男生，是我……朋友！」我不是一個厚臉皮的人，不好意思當眾承認他是我的「男朋友」，雖然我心裡千百個很願意，但含蓄是一種美德。

只能說，在許多事情上頭，沒能說出口的那個字，才是畫龍點睛的重點。

杜子泉的表演贏得如雷掌聲，我雖然不是台上的一員，但心裡也有莫名的驕傲。

演出結束，人潮散去，他從台上下來，手裡握著小提琴，眼睛朝我一看。

我趕緊上前，臉上笑嘻嘻，稱讚地說：「啊，你拉的那首歌眞好聽，把其他人都比下去了。」

他這個人，對著別人時怎樣表現我不知道，但面對我，就是一個不知羞恥的傢伙，只給了我四個字。「那還用說。」

但他說這話時，臉上的神情是輕鬆的、笑著的，語氣淡歸淡，可一點也不含蓄，樣子就像是一隻驕傲的小孔雀。

「你知不知道，剛剛台下有好多女孩子都在打聽你呢！」

「喔。」

「我本來想跟她們說的。」

「說什麼？」他回到後台，彎身收拾東西。

我跟在他屁股後面，「說你的名字啊，說我認識你啊。」

「別無聊了，講那些做什麼？」

「就覺得，我跟你認識，感覺很……」我想了一下，用了一個詞。「與有榮焉？」

「妳又不是我社團的人，一點力也沒出，只在台下看，有什麼好感到光榮的啊？」他駁斥我，言語有些刻薄，但臉色並不壞，看著我的眼睛裡還帶著點笑意。

我無敵厚臉皮，看他笑，膽子就大了，傻兮兮地解釋，「可是，我們是一起長大的啊！一起長大，那種關係和別人是不一樣的，那是……同甘苦、共患難，兩肋插刀，在所不辭的情分啊。你有好表現，我爲你高興，換成是我，你也會爲我驕傲，是不是？」

杜子泉含糊地「哼」了一聲，但不是否認的語氣。他收了琴，回過頭來，慢吞吞地問：「妳今天怎麼不用留校自習，該不是蹺課了吧？程秀翎，妳膽子也太大了。等等回去，妳媽又要追著妳一頓好揍了！」

「別看扁人好不好！」我有點生氣了，「我難得表現好，不用留校，一放學就趕來看你表演，你還說這些讓人生氣的話。」我摸著肚子說：「我一直等在這裡，午飯都還沒吃……」

「餓了？」

「廢話，當然餓了。」我問：「你呢？」

「我吃過午飯才來的，現在很飽。」

「……你這個龜毛人。」

「講話大聲點，講什麼我沒聽到。」

我咬著牙齒說話。「沒什麼，你不餓就算了。那我回家吃飯去。」

「一起回去吧，反正同路。」他把手搭在我肩膀上，「我是不餓，不過，我想吃排骨麵。車站對面那間麵店，不知道有開沒開？」

「有開啊，它一天到晚都開著的！」我高興起來，纏著他問：「那我們一起去吃麵，好不好？」

他還沒回答，就聽後頭有人喊了一聲，「杜子泉！」

女孩子聲氣，很熟悉的聲音。

我回頭看去，方欣華站在那裡。

在人生的許多事情上，我得到明證——互補成就完美。在急死太監的小孩身後，經常站著過於能幹的父母。

我做事情向來溫水煮青蛙，心動比馬上行動更重要。而我媽的性子是劍及履及，言出必行，說話和做事之間，沒有一秒鐘的猶豫。

自從我軟化態度，把自己重新推入婚姻的待銷市場後，沒兩天工夫，她已經給我聯絡好了數次相親，態度之積極、目標之明確，值得房地產仲介和保險業務員們楷模效法。

不包含週末，一週五天，我就吃了三頓相親飯。然而這樣密集的行動，並沒有得到相對的收穫。

我第一個相親對象是金融業的單位主管，三十幾歲年紀，人看起來很穩健，一坐下來就開始跟我聊期貨和基金，一下子說南美的基金穩健獲利，一下子談歐洲證券市場的損益，他聊得意興橫飛，我聽得一頭霧水。

眾所皆知，我從來是個數學白痴，一講到超過錢包裡的金額，就陷入茫然狀態。茫然久了，就放空，放空久了，就迷濛。餐桌上的沙拉盤都還沒撤下，我眼皮已經重得快睜不開了，努力壓抑著想當眾打呵欠伸懶腰的慾望……那種感覺，就像國中時數學課上三角函數。

好不容易從餐廳脫身，我媽的探問電話立刻如影隨形地追了上來。

「怎麼樣，這人可以吧？人家跟他那邊的介紹人說，覺得妳挺好的，想發展看看。」

「不行啦，媽。」我一口拒絕。「他講的那些話，什麼債券啊、基金啊、投資的，我一概有聽沒有懂。差距太大，談不來，怎麼發展啊？還是幫我拒絕他吧！」

我媽理直氣壯地說：「談不來很正常啊！妳以為非得要找個談得來的人才能在一起？大錯特錯。我跟妳說，婚姻啊，過日子啊，就是談不來，才不會吵架，能談得來，就天天吵了。要不然，妳以為我為什麼和妳爸這些年來能相敬如賓？」

我愣了一下，不知道爲什麼，我媽以過來人身分說這話，感覺特別有說服力。

「但我從小看到數學就打瞌睡。這個人根本就是一個長腳會跑的數學課本，還是國三或高三的那一冊！我平常日子已經過得夠糊塗了，妳別讓我更混亂啊！」

電話那頭，我媽沉默了片刻。「也是，妳從來不用腦，跟一個用腦的人過日子，哪天被算計了都不知道。算了，再看看其他的吧。」

一號出局。

我第二個相親的對象是博物館的研究員。

按我媽的說法，我和他就是「感性對感性」，總不會再談數字了吧？但這人從一坐下來就不吭聲，只顧冷著臉吃飯。我自我介紹，說了半天，只換來對方一聲「喔」，我於是問他從事哪方面的研究，他瞄了我一眼，用不耐煩的語氣說：「我覺得女人不要插嘴太多男人工作上的問題。」

剩下的時間，輪我不吭聲，冷著臉吃飯，氣氛很僵。結帳時，他把他那一份的錢放在桌上，拍拍屁股走人。

我媽聽了過程，也覺得此人沒戲，但她向來是那種要罵人先罵我的性格，把我從頭到腳數落了一頓。「妳一定是給人臉色看了，不然，就是挑不該說的話說，再不然，就是動作暗示給對方不好的印象。我看妳別這麼早放棄，再試一次，再見一次面，說不定換個地方，氣氛對了，人家態度就好了。」

我吼回去。「媽，這人脾氣陰晴不定，不是好相處的對象。我們第一次見面，他來跟我吃飯，心裡有什麼不愉快的，也不應該擺臉色給我看。這種人，對陌生人都這樣，對自己人又怎麼會有好臉色？我告訴妳，要逼我再見這人一次也行，他喪禮上我見他！」

二號也出局了。

第三個相親對象，據說是個前景看好的政界新秀。他坐下來，談笑風生，言語有趣，絕口不提工作，只談家庭、成長環境，講起高中時參加籃球校隊和大學時追初戀女友的過程，情節起伏跌宕，聽得我津津有味。

提到工作時，他含笑問我支不支持某政黨，接著又問我對於公務人員優惠存款的看法。我迷惘地回答，「對不起，我對政治的理解，就像對天文星象的理解一樣，差不了多少。大多時候是我媽或我爸說什麼，我就聽什麼。那個優惠存款，以後會優惠到我嗎？」

他不但沒有因我的見識淺薄而不高興，反而很開心。「沒關係，沒關係，妳這樣挺好的。政治是很複雜的，弄不懂很正常。我也覺得政治家的夫人單純點比較好。如果以後有什麼問題，只要我跟妳說什麼，妳就聽什麼，那就沒問題了。」

我不知道是不是我個人神經過敏，但我覺得此人其實很不單純，於是以牙痛爲由，速速退出戰場。

這三次飯局，弄得我一肚子不爽，但比起後面的相親對象來說，這些人其實都還在水準之上。

我在相親的市場裡沉浮一個多月，不禁悲從中來。長久以來我所認識的男人們，譬如杜子泉，譬如猴子，譬如我爸，個個正常。杜子泉那傢伙雖然有點陰陽怪氣讓人捉摸不定，但他不會狗眼看人低，不會算計我，他看我臉上放空，就知道要換話題……

我失望了，但我媽愈挫愈勇。屢敗屢戰是她個人的宗旨，我次次相親不利，她毫不氣餒，繼續給我安排晚餐的約會。

而我的最後一場相親晚餐，是在三月中旬某個星期五晚上，對象是大學中文系的副教授，姓劉。

「這下好了，妳教國文，他也教國文，不會談不來吧？人家在學校裡很受歡迎，可見個性不差。再來，當老師的人生活單純，也不會算計妳。」我媽很高興地說。

「這麼完美，沒有缺點？」我有點不信。

「缺點嘛……就是年紀大了點，不過，也才四十出頭。」她含糊地說：「還有就是，前面有過一任老婆。」

「那他老婆現在呢？」

「現在不在了。」

「離婚的我不幹！」我一口拒絕。

「不是離婚了，是車禍死了。」我媽在電話裡警告我，「我跟妳說，等等吃飯，妳嘴巴管嚴一點，別把人家喪妻的事情拿來亂說，得罪人了可不好。」

「我不會說的。」知道原因，我反而有些愧疚了。「可是，我才二十八歲，他都四十好幾，相差不止十歲，年齡差太多了吧？要不，還是算了？」

我媽吼回來，「妳給我閉嘴！我給妳找對象，花多大力氣妳知道不知道？妳一天到晚嫌東嫌西，嫌人家講話沒意思、嫌人家臭臉、嫌人家老謀深算，妳怎麼不嫌嫌妳自己啊？差十歲又怎樣？妳沒看到那個叫什麼的，得諾貝爾獎的那個老博士啊，都八十幾了，還娶了一個小五十幾歲的女孩子，人家也二十八歲，人家也嫁啊，人家也沒嫌博士老或談不來，會算計人，妳怎麼就這麼多廢話呢？前幾天新聞才說，在婚姻市場裡，男人和女人是不平等的。女孩子過了二十七歲就逐日貶值，男人呢，四十幾歲了還行情看漲……妳都快人老珠黃不值錢了妳知道不知道，還挑！」

我深恨台灣的媒體，老是炒作各種話題，搞得我媽這個大門不出的女人，光對著電視螢幕看就什麼都知道，拿話攻擊我的時候，一套一套的，處處是實證，打得我毫無招架之力，不得不舉白旗投降。

我還是去相親了。

那餐飯起初不錯，我們談起學校的工作，抱怨學生不認眞、感嘆學校制度的刻板與僵硬，很有共鳴點。

之後劉教授說起自己的興趣在閱讀。

我趕緊附和，「我也喜歡讀書。」

「喔，妳喜歡讀什麼書？」他很感興趣地問：「妳最喜歡哪些作家呢？」

我呆滯了一下。

很多事情，外表看起來挺美的，一旦深入追究，就會得到完全不同的結果。

我是個平凡的女人，人生最大愛好就是閱讀和看電視。

我看什麼電視呢？韓劇日劇台劇，一概來者不拒。

我讀什麼書呢？租書店裡，歐美的、台灣的，以愛情爲主題的小說。

我最喜歡的橋段就是那種，兩個相愛至深的人，一個罹患絕症，忍痛傷害另外一人，最終不得已分離……那種內容我看一遍哭一遍，那才叫作經典啊！

但我除非腦袋壞掉，才會在中文系副教授前面推崇這些經典。

我含蓄地笑了笑（其實是嘴角抽筋），腦袋一片空白，好不容易擠出幾個字來。「我讀的書……比較……簡單。我喜歡看……網路小說……」

「什麼？什麼？」對方一臉困惑。

「就是……網路上寫的，那些故事。」我盡量輕描淡寫，「我們這個年代的人，正好碰上網路文學興起，所以看了不少這一類的小說，內容還滿有意思的。」

副教授拿下眼鏡，擦了擦，語氣沒剛才的熱情了。「我也聽說過網路小說，也看過幾本，不過我覺得那些東西不入流，讀那些書的人也不入流。」

「……」

「說也奇怪，這幾年的女學生都愛讀這些書，什麼網路小說、愛情小說，還愛看偶像劇，眞是亂七八糟。我覺得那些小說沒什麼水準，內容空洞，不過就是些男歡女愛什麼的。一個女的喜歡一個男的，這個男的不喜歡這個女的，喜歡另外一個女的，於是就鬧起來了，吵吵鬧鬧、分分合合，就是一個故事。說了半天，談到什麼人生眞諦嗎？沒有。給人帶來什麼啓發嗎？沒有。引領人生超越什麼了嗎？沒有。什麼都沒有，看完腦袋是空的，嘻嘻哈哈、哭哭笑笑，鬧一場而已，簡直浪費時間。我總勸那些女學生，請她們少看這些東西，不切實際、戕害心靈，愛愛愛，除了愛，就不能談點別的更有意義的東西嗎？」

他又戴上眼鏡，很鄭重地看著我。「我覺得，程老師妳也一樣，走正道不容易啊，千萬別誤入歧途。這樣吧，我開個書單，推薦妳看一些好作品，談人生、講超越，妳看了我介紹的那些書，對許多事情一定會有不同的想法……」

他滔滔不絕地說著，我低頭切著熱鐵板上的牛排，握著刀叉的雙手微微發抖。這瞬間我想起杜子泉來了。

說也奇怪，每次相親的過程中，我都想起他來。

我總忍不住把他拿出來和眼前的這些人比較。

我想起我大學時和他在圖書館讀書時的情景來。他讀正書，認認眞眞準備考試，我則把圖書館架子上那些和男歡女愛稍微沾得上邊的小說通通挖出來，高高地堆成一落，坐在那裡喜孜孜地看。

讀到什麼有趣的段落，我就推他一把，低聲說：「喂、喂，你看你看，這男的嘴好賤！」他偏過來看了一眼，沒吭聲，又挪回去。

讀到什麼傷心的段落，我就又推他一把，哽咽地說：「面紙拿出來，借我擦擦！」他遞過來一包面紙，沒吭聲，又看自己的書去了。

到了吃飯的時候，我就整理好劇情發展，整套說給他聽。誰愛上誰了、誰耍了什麼陰謀了、誰不能跟誰在一起，又跟誰在一起了……我說，他聽，偶爾也會插上一兩句。

杜子泉是不怎麼看愛情小說的人，也不熱中此道，但他認識我二十多年來，從不曾評論過我愛看的東西不入流，或我這個人不入流。

他也曾勸我少看點愛情小說，但他不說這些小說沒意義，他說的是，「妳這個人，入戲太深，看得太多，滿腦子都是歪的。」

「哪有，」我辯駁，「我很正常。」

他冷笑不止，「妳歪得厲害呢！上次我讓妳看《小王子》，妳是怎麼跟我解釋讀後心得的？妳有種當著大家的面說一次，沒人說妳歪，我頭給妳！」

我心虛了一陣，嘴裡發出「哼哼哼」、「嘿嘿嘿」的怪聲，沒敢跟他繼續爭論。我是自知理虧。

《小王子》是杜子泉的桌前書，從小到大，不管搬去哪裡，老見他排在桌上沒換過。我問他是不是很喜歡，他說是，我於是借來看。

書很薄，不過半個下午，我就看完了。讀完之後，他問我覺得如何。

我說：「看似深奧，其實淺顯。」

杜子泉來了興致，「怎麼說？」

「這是一本描寫兩性關係的愛情小說。」我認眞地解釋。

我很難用文字描述他聽完這話後臉上的表情，和看我的眼神。如果非得形容，大概不外乎是驚愕、詫異、不可置信和「妳是神經病」。

杜子泉花了很久時間，才能找回自己的聲音。「妳什麼意思？」

「作者很顯然是用童話故事的外皮，包裝一個慘痛的愛情故事。在這個故事裡，充滿了背叛和誘惑。小王子是個爛男人，玫瑰花是他的元配，狐狸是他的外遇。他拋棄元配，誘惑狐狸，最後又拋棄狐狸，想要回到元配身邊……杜子泉，原來你喜歡這個調調的愛情小說啊？你該不會是覺得你是小王子，我是玫瑰，方欣華還是誰是狐狸吧？你有膽這樣想你就試試看！狼心狗肺，不是東西！」

他拿眼睛盯著我瞧，看了很久很久，最後把書收回去，用誠摯的語氣問我，「程秀翎，妳有沒有想過去醫院照個腦部斷層什麼的？」

他是暗示我不正常，但沒有說過我不入流啊。

而現在這個跟我第一次吃飯的人，批評我讀的書不切實際戕害心靈，沒有意義！

我生氣啊！

我眞想直接把鐵板掀起來敲在劉教授頭上，對他嚷嚷：你懂什麼？誰說男歡女愛沒意義了？誰說愛情不入流了？你一心喜歡的人不喜歡你，喜歡上別人，對你來說是不是青天霹靂？你不喜歡的人偏偏纏著你，對你來說算不算是人生煉獄？愛是最切實際的東西，東方文學和西方文學裡面，最好的作品都和男女情愛都脫不了關係。《紅樓夢》有沒有講到愛情？《羅密歐與茱麗葉》講的是不是愛情？《梁祝》不是講悲劇的愛情？《孔雀東南飛》不是講一對被婆婆棒打鴛鴦的小夫妻？《傲慢與偏見》中，故事的發展就圍著男女主角的感情事件打轉！哪怕是《西遊記》也談愛情，是孫悟空打敗所有女人（妖精），得到唐三藏的故事！愛這種東西，是每個人一生中都會碰到的主題，連愛和被愛都不懂的人，講什麼人生眞諦、談什麼超越的意義和啓發，簡直放屁！

我最生氣的還不是他的批評，而是我氣到臉都快歪了，這人還在那裡滔滔不絕地對我進行道德勸說……

正在我磨刀霍霍地想著是該立刻翻臉呢，還是要忍耐著繼續坐下去的時候，手機響了。來電的是一個陌生號碼，不是我媽，不是學校，也不是我的朋友或同事，但不管怎樣，它是我的救星，救我暫時脫離水火。

「不好意思，我接一下電話。」我拿著手機離開座位。「喂？」

電話那頭並沒有立刻傳來說話聲，而是一陣嘻嘻哈哈的笑聲，是個女人的聲音。

我問：「請問是哪一位？」

「請問……是……哪一位……哈哈哈！」對方模仿我的聲氣說話，接著又是一陣哈哈大笑。「程秀翎，妳說話的那個語調是哪裡學來的？和以前馬老師說話差不了多少。」

我聽出來了，臉色一下子往下沉。「方欣華？」

「啊哈，是我！」電話那頭的方欣華表現得極開朗，像唱歌一樣地問：「程秀翎、程秀翎，妳在幹什麼？」

「吃飯。」

「一個人吃飯？」她說：「這麼寂寞？這麼無聊？來來來，妳來妳來，來跟我們一塊兒喝酒！」

我不高興地說：「妳在喝酒？妳喝醉了吧？妳從哪裡弄來我的電話號碼的？妳喝醉了，打電話來吵別人，這樣對嗎？」

「對不對我不知道……我只知道，杜子泉也在這裡呢！」

我一下子大聲起來。「你們兩個一起喝酒？」

「是啊，我們一起喝，都喝半天了。我說我要找程秀翎來，他說不行……程秀翎，杜子泉快醉倒了，他醉起來樣子很可愛啊，臉紅紅的，真叫人看得心癢癢的呀！妳不過來，我就把他帶走了呀！」

方欣華含笑對我們招呼……不，她是對杜子泉招呼。

杜子泉走上前去。

我覺得我也應該上前去，可是我沒有，因爲方欣華找的人，顯然不是我。

我在原地站著，腳尖往地上鑽著鑽著，眼睛死死地瞪著他們兩人看。

以前，我總覺得我不是那麼小眼睛小鼻子的女孩子，心胸算不上寬大，但也不至於爲了一丁點小事鬧脾氣。

在所有連續劇和愛情小說裡都有一套約定成俗的老梗，作爲女配角，尤其是那種嫉妒女主角的存在、處心積慮想要取而代之的壞人女配角，都有些毛病。她們出身高尚，擁有最好的機會，聰明、美麗、漂亮、自信滿滿、氣質絕倫，能夠輕易取得無數成功，甚至在故事一開始時，就站在離男主角最近的位子。比起出身寒微、一無所有甚至負債累累的醜小鴨女主角，怎麼看都更有勝算。

但故事繼續發展下去，這些勝算，慢慢往女主角這邊倒過來。

說也奇怪，如果這些女配角什麼也不做，好好地盡好自己的本分，在自己的位子站好，男主角總是會手到擒來的。

然而，她們總是犯上一個要命的毛病——嫉妒。

男主角和女主角講了兩句話，女配角就嫉妒了，無所不用其極地把男生拉走。

男主角多看了女主角一眼，女配角就嫉妒了，無所不用其極地想讓女主角當眾出醜。

男主角對女主角多關照了一下，女配角就嫉妒了，無所不用其極地要把女主角趕跑……每當她們嫉妒，聰明就成了愚蠢，美麗變成醜陋，自信轉成不安全感，氣質江河日下、日趨下流，最後，她先前擁有的優勢逐漸敗光，她愈急愈氣，愈氣愈急，終於有一天，她的不擇手段、故弄玄虛，都被一一揭穿。她無地自容，再也不被任何人相信，最終，美少女變成了醜小鴨，把男主角拱手送給了敵人。

什麼叫作聰明反被聰明誤？這就是。

我跟我自己說，前車之鑑，他山之石，我可千萬不要成爲女配角啊！我可千萬不能眼裡容不下一粒沙，我可千萬不能在不該拿喬的時候拿喬，在不該給臉色看的時候給臉色看，我絕不能故弄玄虛、不擇手段、使小心眼、鬧小脾氣啊！

可是，在距離他們兩人幾步之外，看著杜子泉和方欣華站在一塊兒，頭靠著頭，貼得很近地湊在一起，讀著方欣華手上的東西，說話、笑，互相看著對方的臉，相談甚歡的樣子，我心裡就不是滋味。

我猜啊，在我的身體裡面，其實有另外一個程秀翎存在。

她是個壞女孩，有著所有不好的缺點，驕傲、嫉妒、任性，還有許多壞心眼，想要人人注意她、稱讚她、繞著她打轉，不能容忍一點的被忽視。

她是個壞孩子，只是被我藏得很好，但有時候會忽然冒出頭來。

譬如國中那時，我一怒之下，揍了方欣華，還有，譬如現在這個時候……

我看著杜子泉的背影，他和方欣華站在一起，那和國中時，他們站在一起發表科展報告時的模樣已經不一樣了。他不再是小男孩了，方欣華也不是小女孩，他們都長大了，個子長高、模樣變化，杜子泉的肩膀慢慢地往兩邊長起來，寬了，硬了，而方欣華的容貌也不再像國中時那樣精明銳利，她的眼睛彎彎的，嘴角笑容柔和許多，她說話的聲音成熟而清亮……他們都和以前不一樣了，但是站在一起那麼搭配，就像少女漫畫裡面，學生會帥哥會長配上美女會副會長一樣地合拍。

這眞是我最恐懼的景象啊！

那一瞬間，我失去自制，心底的壞女孩程秀翎翻身跳了出來。

杜子泉還在和方欣華說話呢，我已經不耐煩了，重重咳了兩聲，「杜子泉，走了吧？」聲音很大，語氣僵硬。

他沒有看我，只擺了擺手，「等等，再一會兒就好。」

「我餓了！」我不依不饒地說：「有什麼事情以後再說不行嗎？我們說好了要去吃麵，你可別要賴啊！」

方欣華朝我看過來，臉上還是笑咪咪的。那種笑啊，眞讓人不舒服。

她對杜子泉說：「程秀翎要走了，要不，你先回去吧，反正事情也不急，我們下次再約了談。」語氣寬厚而體諒，和我那種任性的語調全然不同。

杜子泉想了想，搖搖頭。「今天講好，下個星期我們社團活動時，我就能和大家先打聲招呼，早做準備。又不是什麼複雜的問題，何必拖拖拉拉呢。」隨後轉過身來對我說：「妳等等，我只要十分鐘。」

「沒有十分鐘。」我賭氣了。

「那就五分鐘，五分鐘夠了。」杜子泉眼睛看著方欣華手上的小本子，手往我這裡虛推一下，有點安撫的意味。

「也沒有五分鐘！」我大聲說：「杜子泉，你愛走不走隨便你。你反正吃飽了，不餓。我不一樣，我餓得很，我等不及了。你不走我走了啊！」

我把重音放在最後那句「你不走我走了啊」上頭，字字咬牙切齒，很有點威嚇的意味。

我其實討厭這樣的我。這麼不講道理、不明事理，耍小孩子脾氣，硬逼著別人順從自己，無理取鬧……

可在這一刻，我跟我自己說，只要能把杜子泉拉走、拖走、帶走、拐走，怎樣毀滅形象都是值得的。我就是不要他和方欣華站在一起，一秒鐘也不要。

但我忘記了一件事。我忘記了杜子泉是怎麼樣的一個人。

他是那種，不吃我這一套的人。

他站在原地，停頓半晌，最後慢慢轉過身，走過來、走過來，直走到我面前來，臉色不變，語氣淡淡地說：「那麼，妳先回去吧。」

每當我回憶起過去，在這個當口、這一瞬間，我真想跳出記憶的藩籬，用力地搖搖少年程秀翎的肩膀，用鎮嚇的語氣警告她、威脅她，「別再說下去了！見好就收，見不好也要收啊！」

可是，未來的我、現在的我，不可能干涉十幾年前的那個我。那個幼稚的、孩子氣的、有些壞心眼的、不安的，眼睛裡容不下一粒沙的我，那個處心積慮想要得到、死纏爛打不肯放手、不懂得看人臉色，也不懂得說話的……不成熟的我。

杜子泉的一句話就讓我受了傷，他要我回家，他不跟我去吃麵了。他覺得跟方欣華說話比和我在一起還有趣！那種種感覺和錯覺，都讓我難受和憤怒。

十幾歲時的我，還年少，心很小，小得裝盛不了過多的嫉妒和懊惱。我氣方欣華、氣杜子泉，更氣自己。我氣自己沒有扭轉乾坤的力量，在這兩個人面前，永遠是那麼地幼稚和愚蠢。

而我既然不能一瞬間變聰明，就只能笨到底了。

憤怒讓一個人失控，這句話在我身上，屢屢獲得印證。

在失控中，我用很大的力氣，拉起嗓門吼過去。「我再也不要來聽你拉小提琴了！」我咬著嘴唇，那麼用力、那麼懊惱，我說的話，每一個字都是夾槍帶棒的。「其實，你拉得一點也不好聽，裝模作樣的，眞無聊，我在台下站著聽，聽得都要打瞌睡了！」

我吼完就知道我錯了。

其實，我在吼之前就知道自己錯了。

但人是怎麼回事呢？明明知道錯的事卻去做，明明知道不該說的話卻說出口，在最重要的人面前，表現出自己最壞最糟的一面，違背心意、恣意妄爲。在那一刻，我就從女主角降格成我最討厭、最不想成爲的壞人女配角了。

我都不敢抬頭看杜子泉了。

記憶裡，杜子泉沉默了很久很久，久到我以爲他當場石化，或者時間暫時停止。

我多麼希望能有個記憶的橡皮擦，把那些我說過的話給擦掉啊，我多希望一切都是拍電影，導演喊一聲「卡」，拍攝就結束了……

我多麼希望這個世界在那一瞬間毀滅啊！

可是，人生還在繼續，時間永遠向前推進，說出口的話不可能收得回去，潑掉的水卻永遠收不回來，沒有誰拿著攝影機跟著我，沒有「卡」、沒有「Action」，這個世界，永遠不會因爲我的一句話而毀滅。

杜子泉的聲音打破了沉默。他輕輕地咳了一聲，和我的撒潑發瘋完全不同，他的言語是平靜的、淡的，不跟我隨波逐流的。

他說：「再見。」言簡意賅，一個多餘的字都沒有。

說完，他轉過身，和方欣華走開了。

我目送他和方欣華的背影漸行漸遠，腳上重如千鈞，心中拿不準主意。我是要咆哮一聲「杜子泉，你他媽的給老娘滾回來」，還是要放聲一嚎「我錯了，少爺，饒我這一次吧」……但最後的結果，是我一聲沒吭，倒退幾步，人往回走。腳步又急又快，近乎飛奔。我一面往回家的路上跑，一面想像著自己手握九尾鋼鞭，穿緊身黑皮衣，腳尖一拐一踩，把杜子泉絆倒，跪壓在地，一面手中「唰唰」地抖著鞭子，狠抽他的背脊，一面含淚怒吼，「誰叫你跟方欣華一起走？你跟誰走都行，就不許跟她！」

我不靠這樣放縱的想像，實在沒把握自己能堅持一個人回家。

那天晚上我沒吃到牛肉麵，也沒吃晚飯，我面無表情地回到家裡，推門進屋，雙耳彷彿聾了一樣，誰喊我我都不應，自己進了房間，歪在床上，拿被子蓋住臉，也不哭，也不鬧，也不覺得肚子餓了，我就躺在那裡，睜著眼睛發呆。

我那如喪考妣的神情顯然嚇到了爸媽，我媽懷疑我又病了，往我嘴裡塞溫度計，塞藥灌水，緊張得不得了。

我爸則是另外一種想法。他往床邊一坐，摸摸我的額頭，量量溫度，咳了兩下，用安慰的語氣說：「怎麼，考得不好，心情難受，是不是？沒關係的。成績好壞並不重要，爸爸覺得，重要的是妳努力過、試過，沒放棄，那比什麼都來得要緊。只要妳盡力了，爸爸就不生妳的氣，懂嗎？」說完，用力拍拍我的肩膀，一臉的鼓勵。

我躺在床上，心想著，長久以來，我對杜子泉算不算盡力？我盡了力，他卻動不動老是生氣。他比我的老師，比我的考試，比替我繳學費的老爸還難伺候，跟這樣的人耗在一起，到底是在證明我非撞南牆不可的決心，還是證明我笨。明知結果頭破血流，仍執迷不悟。

還有，他說的那句「再見」又是什麼意思？是叫我自己回家去，還是說以後一刀兩斷、永不相干？

我用一種僥倖的心態，把結果推到前者去，可是，過了兩個月之後，我就覺得，答案其實是後者。

那兩個月，他沒有再出現在麵攤上，週末假日，也不曾在圖書館露過面。

每天晚上，我蹲點似地坐在麵攤上，望眼欲穿地看著對街空蕩蕩的公車站牌，不斷回憶著杜子泉和方欣華談笑的模樣，想著我那欲振乏力的成績，不禁悲從中來，對著麵碗流淚。

猴子永遠是個搞不清楚狀況的人，他看我哭，也不知道安慰，就事論事地說：「翊翊，排骨麵難吃妳就不要吃了，下次我們換吃滷肉飯好啦！」

我沒說話，麵攤老闆娘則惡狠狠瞪了他一眼。

期末考，我毫不意外地考得一塌糊塗。

發考卷那天，書包特別沉重。回到家來，我一屁股坐在書桌前頭長吁短嘆，想著該如何催眠我爸我媽，在神不知鬼不覺的狀態下，讓他們把成績單給簽了且徹底忘記這回事……低頭一看，書桌上躺著一封信。

信封上沒貼郵票，沒寫地址，但收信人的名字是我沒錯，那個字跡，熟悉得用不著辨認，是杜子泉的字。

他家和我家就隔一道矮牆，繞過矮牆走來，也不過就三分鐘的事情。你會給你隔壁鄰居寄信嗎？這傢伙腦子是壞了，還是有什麼話不能當著我面說？我瞬間惡向膽邊生，心想他要是寫信來跟我分手，我就立刻爬牆過去放火燒了他家，拿九尾鋼鞭抽死他，以洩此恨！

拆信一看，裡頭沒有隻字片語，而是兩張學生音樂表演入場券，主辦單位是方欣華的學校，目的是爲了慶祝校慶。參與演出的，還有杜子泉學校的音樂社團……

翻過來一看，劵底用藍筆寫了清清楚楚的兩個小字：欣華。

我衝下樓去問我媽，「這是誰送來的信？」

「不知道啊，回來就在信箱裡看見了。上頭寫了妳的名字，我就拿了。怎麼？什麼信？誰寄的？」

「沒事沒事。」我擺了擺手，「隨便問問、隨便問問。」

我媽這個人，嘴永遠比心跑得快。「該不是情書吧？」

「情書」這兩個字，在我爸聽來可說是如雷貫耳。我從上高中以來，老爸成天提心吊膽，總是在擔心。一下擔心我的功課，一下擔心我交了壞朋友，再一下，又擔心我談戀愛，整天盯著我，耳提面命地說：「好好讀書，不要分心，妳還小，別學人家談戀愛，等大了之後再說。」

我倒想談戀愛呢，可是，誰叫我想釣的那條魚總是溜得那麼快！

總之，聽到「情書」二字，老爸一下子蹦跳起來，臉色陡變，變得比我考最後一名還來得更恐怖，吼得那個大聲，房子都要垮下來。

「什麼？什麼？誰？誰？誰寫情書來？誰有那麼大膽子？找死！老子現在就去宰了他……」

「不是啦，爸，不是情書！媽，妳不要隨便亂講話好不好？」我急著解釋。

我爸還沒鬧完，「是不是對面那家的小杜？是不是？這小子，勾搭到我們家來了，老子現在就回部隊拿槍去對門斃了他！」

我爸暴跳如雷，我媽倒很冷靜。「你叫什麼叫？有話好好說不行？」回過頭來又對我說：「要是是杜子泉，我倒覺得不錯。」

我咬著牙齒說：「不是他，也不是情書，是音樂會入場券。」

「入場券不就是情書嗎？」我媽說：「妳爸爸當年跟我約會，總約我去看電影。聽音樂會和看電影是一樣的事！」

「不是約會，」我說：「是方欣華送的票。」

方欣華這個名字，自國中那場風波之後，幾年以來，沒在我家出現過。我和爸媽之間似乎有種不成文的默契，誰也不提此事，就連最喜歡翻我舊帳的媽媽，也從不說起。

我原以爲，時間過去，大家都忘記了，但如今講來，一看我爸我媽表情，就知道他們都還記著。

我爸坐了下來，拾起報紙，我媽掐菜的手又動了起來。

「方欣華，是不是那個……妳先前國中時，高分考上女中的那個？」我媽很含蓄地確認。

「嗯，她是女生的榜首。」杜子泉則是那年男生的榜首。

她「喔」了一下，沒說話，只拿眼睛瞟了老爸一眼。

「那她怎麼突然送妳入場券了呢？」爸爸問。

「她學校校慶，這是校慶音樂會。」我問：「她送票給我，我可不可以去聽？」

我爸和我媽對看了一眼，很有默契地沉默了半晌。

最後是爸做了結論，「挺好的，音樂會，挺好的。」我爸後面說的話，就像所有家有考生的老派父母一樣，在娛樂的事情上，總想與讀書、成績、正事拉得上關係的理由，哪怕那關係八竿子都打不到一起，只要能說服自己就夠。「妳去吧，去人家學校看看，感受一下讀書的氣氛，領略領略讀書的方法……」我爸說：「近朱者赤，多和好學生在一起，也能開拓視野。」

我拿著入場券上樓去，又躺到床上瞪著天花板發呆。

我才不在乎什麼感受讀書氣氛、領略讀書方法呢。牛，牽到北京還是牛，把我拉到方欣華的學校去蹲三年，我也不可能領悟三角函數和機率還有完成式、未完成式的分別。

我就是在想，杜子泉是什麼意思？

信封上的地址是他的字。他送票給我，一送兩張，那意思是叫我攜伴參加？他是表演者，坐台上的，進場用不著票，那我要攜誰去啊？

這顯然是個明顯的挑釁！

我想，我可不能如他的意，但我又不能不如他的意。他讓我處處吃虌，我難道就這麼算了？不可能、不可能、不可能。

我得帶個人去，得給我撐場面、壯聲勢，我得讓杜子泉知道，我，不是非得跟你在一起不可，我，還有很多選擇。你，不過是我眾多選擇裡的一個，還是最爛的那一個！

我想來想去、想來想去、想來想去，想了整整三天，最後，我帶猴子去。

我甩下劉教授走人的時候，心中想著：如果我媽爲這件事跟我翻臉，我就告訴她：此生做不成翁帆矣，反正劉教授也不是楊振寧。

我匆匆趕往方欣華說的地址，是間街頭的熱炒店。星期五的晚餐時間，生意興隆，裡裡外外都是人，空氣裡充斥著一股熱油爆香的氣味，每張桌上都少不了啤酒。

方欣華和杜子泉佔了靠裡邊的一張小矮桌，桌面上菜不多，啤酒空罐倒不少，方欣華的臉被酒意蒸得紅通通的，看見我，手一揚，人扶著桌子站了起來，大聲嚷嚷，「這裡、這裡啊！」

我走過去，什麼都不看，先瞄杜子泉一眼。他正伸手挾菜，筷子伸到一半，停在半空中，半張著不動，最後又慢慢地收了回來。

我想這傢伙醉得也太嚴重了，竹筷子夾蒼蠅，他還以爲他在演武俠片呢！但仔細一看，這人好像一點醉意也沒有，臉不紅，耳朵也不赤，和方欣華電話裡說的完全是兩個樣子。

我也不傻啊，我看一下，就知道是怎麼回事了。我他媽的又被方欣華擺了一道。此人玩我，道行高深，我和她永難相提並論。

方欣華也不提剛才電話裡的事，一推板凳，「坐下啊，坐下啊！」又挪過來一副碗筷，

「吃菜吃菜，不夠再叫。」

我咬著嘴唇坐下來，瞪著她問：「妳把我叫來做什麼？」

「聚聚啊，」她拿起啤酒想往我杯裡倒，我蓋住杯口不讓。「我剛剛結束採訪回來，累得半死，想到要一個人吃飯，覺得無聊，就把杜子泉喊來，又想到了妳……來啊，挾菜吃啊，要不要飯？這裡的豬油拌飯很香，古早味，妳也來一碗！」

我沒理她，只問：「妳有沒有想過，我有自己的事？妳一通電話把我叫來，就爲了陪妳吃飯？」

「妳能有什麼事？」她喝多了，但還沒到醉的程度，眼睛亮亮的，神智很清楚，尤其是在落我井、下我石的時候。「星期五晚上，宅在家裡，對著電視，看綜藝節目還是電影頻道，算得了什麼大事？」

我就等這句話呢！「誰跟妳宅在家裡看電視了，」我聲音不大，但很清晰。「我在相親呢，飯吃到一半，就被妳叫出來。妳毀我啊！」

杜子泉從頭到尾不吭聲，這會兒還是不吭聲，面無表情地繼續往盤子裡挾菜。我偷看了他一眼，心裡有種空落落的感覺，但掩飾住了，沒表現出來。

方欣華好奇地問：「眞的假的？妳相親去啦？對方是做什麼的？」

「大學中文系教授。」我覺得，我這個人沒什麼別的本事，裝假說謊製造虛榮的技術可眞是一等一。一句話之間，我就把劉「副」教授往上升了一階，由副轉正。

「喔，」她應了一聲，聽不出好壞，又問：「那人怎麼樣呀？」

「還不錯，很禮貌，滿幽默的，有涵養，」我開始找詞，總之，往我對劉副教授的印象反方面講就是了。「挺好的。」

方欣華是個實際人。「都是教授了，年紀很大了吧？」她有一種在雞蛋裡挑骨頭的精神，而且，老是能精準地戳中我的弱點，「結過婚了沒有？這個年紀還沒結過婚，妳就不用想了，一定很難相處。要是結過婚，該不是離婚了吧？」

「他太太過世了。」

「哎呀，再娶。」她笑起來，「該不是為了家裡的小孩找後媽吧？」

我到這裡就不行了。先前那一餐，我和對方的交談，還卡在愛情和人生的真諦這一段動彈不得，方欣華問起這麼實際的東西，我根本無法招架，只能亂掰。

「沒有沒有。他太太走得早，沒有小孩。」我說：「人家重感情，幾年來一直放不開，惦記死去的妻子，過獨身日子。」

「呿！少來。」方欣華一揚手，筷子差點戳中隔壁桌客人的腦袋，「什麼惦記死去的老婆過獨身日子啊，講得這麼動聽。重感情，真噁心！他要真念念不忘，現在就該蹲在家裡，怎麼還會跑出來跟妳相親？相親不就是想要認識新對象，結束獨身日子？」她拿筷子朝我虛點兩下，「妳啊，別把事情想得太美了。男人和女人之間，沒妳想得那麼簡單。」

我不高興了。「方欣華，妳有完沒完？」

「沒完。」她繼續說下去，「我知道，妳一定不喜歡那個教授。」

我唱反調。「誰說的，我覺得他很不錯。」

「那麼，就是他不買妳的帳，」她說：「或者妳不是他喜歡的那盤菜。」

什麼話最傷人？實話最傷人。什麼人最討厭？說實話的人最討厭。

我想我這一生都不可能成爲唐太宗之流的大人物了，我就是容不下魏徵。

我一拍桌子，碗盤都往上跳。「妳少胡說八道。妳不說話，沒人當妳是啞巴！」

「我沒胡說，」她也不生氣，也不朝我吼，平平靜靜地說：「道理一說就明白了。程秀翎，那教授要是看得上妳，妳要是看得中人家，兩人要是天作之合，妳現在應該在那裡和他吃晚飯，而不是因爲我的一通電話就匆匆忙忙跑來。妳來了。正說明妳和他都沒把對方當一回事。」她停頓一下，又說：「相親嘛，就是這樣，無論前後進行多少次，妳只可能和一個人在一起，其他的，都是失敗。」

我瞪著她，瞪了半天，還想說什麼反駁的話，但實在吐不出一個字來。最後我移開手，往玻璃杯子裡倒啤酒，咕嘟咕嘟地喝了一大杯。

方欣華見我喝酒了，也不對我落井下石了，接著幫我倒酒，倒滿一整杯，又把菜單往我這裡推，笑嘻嘻地大聲說：「點菜點菜，想吃什麼叫什麼！盡量吃、盡量喝，今天的帳，全歸我了。我們喝得醉醉的，什麼也不想，一醉解千愁！」

我們兩個喝得可眞厲害。方欣華的酒量算不上千杯不倒，但她最恐怖的地方在於不怕醉，持續力很強，沒有停下的時候，好像啤酒是果汁。我原本沒打算捨命陪她，可是不管幹什麼，只要碰到這傢伙，我就會發自內心地產生一股不輸人也不輸陣的瘋勁，再加上她勸個不停，喝到最後，我人就茫了。

茫這個詞，在我的認知裡，是接近醉但沒有到眞正醉的程度，有點昏，但不難受，睜開眼睛看，整個世界彷彿打了柔焦，光暈色調，都有一種令人發暈的舒服感，就像是梵谷的那張名畫《星夜》一樣，暗暗的夜空，流轉的星子，光啊影啊，一閃一閃的，時間緩慢下來，回憶如閃閃發亮的潮水般從身前流淌而過，我正想追上前去，有人用力抓住我的右手，把我扯了回來。

杜子泉對我口氣很壞地咆哮，「衝到街上去，想給車撞死啊妳？」

我愣了一下，左右看看，只見我和他站在街口，往來車輛如梭，從身前擦過。如果不是他抓著我，我恐怕就奔到街中央去了。

這一停頓，冷風一吹，我也就清醒了兩分。他拽著我往回走，我心裡不情願，腳下卻老實跟著。走沒兩步，杜子泉拉開旁邊一輛車的後車門，把我往裡頭一塞。我坐下來，就看見方欣華靠在另外一邊，咧著嘴，笑得傻兮兮的，用腳踢著前座的椅背，「杜子泉，開車兜風、開車兜風！」

酒精迷惑我的意志，我於是有樣學樣，也伸腳猛踹駕駛座的椅背。「肚子餓，開車兜風、開車兜風！」

杜子泉是在座唯一沒有喝酒的人，說起話來邏輯清晰，條理分明，他扭過身來，對方欣華好言好語地說：「兜什麼風啊，妳都醉成這樣了，車子晃一晃恐怕就要吐。我看，還是送妳回家去吧，今天晚上好好休息，下次有空再說。」

他這話說得好親密啊，更親密的是他說完這些話後，對我的態度。他別過臉來，直接送我一記威嚇性十足的大白眼。

什麼叫差別待遇啊？什麼叫次等人民啊？王八蛋！

我得說，方欣華並不是一個難搞的醉鬼，在講理上面，她一直做得比我好。我挨了那記白眼，心裡一陣猶豫，拿不準是要抬腳把杜子泉直接從擋風玻璃踢飛出去呢，還是識相地摸摸鼻子見好就收，但方欣華已經做了決定，她說：「那就回家去吧，謝謝你呀！」

「哪裡哪裡。」杜子泉繫上安全帶，發動車子往前開。

果然，車子一動，我原以爲消退的酒意就又衝上頭來，人暈暈的，眼睛花花的，還有股噁心的感覺，好像肚子裡什麼東西一陣一陣往上湧。我知道不對勁，不敢亂動，蜷起身子，盡可能地保持安靜。

但方欣華可不這樣，她精神很好，一點也沒有醉酒難受的感覺，一會兒看著窗外，大聲地唸著沿路的招牌，一會兒和杜子泉說話。他們說些什麼，我其實沒怎麼聽清楚，我正難受著，也不吭聲，但沒過多久，她發現我沉默，就湊過來，用唱歌一般的聲音嚷嚷地問：「程秀翎，妳怎麼啦？」

「不舒服。」我忍耐著說。

「妳要吐啦，是不是？妳可不能吐啊！這車不是杜子泉的，是他跟他公司借來用的……妳吐在車上，可就難清理了。」她說到這裡，和許多喝醉了腦筋不清醒的人一樣，進入跳躍式的思考狀態，猛一拍掌，大聲嚷嚷，「啊，杜子泉，我忘記跟你說了！你知道不知道爲什麼我一通電話就把程秀翎叫來了？」

杜子泉在前頭開車呢，大概是不想搭理我們這兩個酒鬼了，只含糊地應了一聲，「嗯？」

「因爲我跟她說……我說啊，」她把每個字都拉長了來講，「我說，程秀翎，杜子泉喝醉了，妳不來，我就把他帶回去吃掉了哈哈哈……」

她那聲「哈哈哈」之前的字都是實話，可是，加上「哈哈哈」之後，聽起來眞是刺耳！但哈哈沒完，她人又跳躍了，又一拍掌，轉過來對我凶凶地問：「程秀翎，妳明明喜歡杜子泉，怎麼不和他在一起呢？你們兩個幹麼分手？妳自己說，是不是妳哪裡對不起他？妳辜負他？妳幹了什麼好事，弄到非得要分開的程度？妳沒聽說過，沙灘上撿貝殼，撿一個丟一個，最後撿到的，都是最小最醜的……放著妳喜歡的人不在一起，妳這傻蛋去相什麼親呢？」

我雖然有點昏，但神智還算清醒，方欣華這話聽得我是怒由心起。什麼我對不起他，什麼我辜負他，什麼我幹了什麼好事……這些話堆疊起來，好像都是我的不是！

但眞的是我不是？

我從來就不是沙灘上撿貝殼的那個傻子！這個世界上，要說誰一心一意、貫徹始終的，那就是我了。

我從來就想要把杜子泉給拴住啊，但結果呢？我沒拴住他，是他把我甩了。

等事過境遷，別人回過頭來，卻說我的不是……

我冤哪！

我是受不得激怒的人，尤其是這樣蓄意的激怒，尤其是，明明不是我的決定，卻全推到我頭上來的激怒。從來，我一旦生氣，就很難控制自己，一無法控制自己，就會做出一些令我自己都懊悔不已的事情出來。這樣的前例，在我很小的時候就曾出現過，而倒楣的，從來都是方欣華！

我瞪著她，一肚子委屈，張口就要喊，車子卻在紅燈前停了下來，些微的煞車，人往前傾，一點點作用力，再加上身體的不舒服，還有那股噁心想吐的感覺，還有憤怒，一瞬間全混雜在一塊兒，接著，它們化成餘瀝，以排山倒海的力量，從我五臟六腑之間傾湧而出……

我吐得方欣華一頭一臉，我還吐得一車都是。

酒和食物摻雜在一起，那個穢氣味啊，那股臭啊，那個亂七八糟啊！方欣華「哇」地一聲大叫，杜子泉趕緊回過頭來，他那眼神，我真不想形容……我閉上眼睛，心中暗暗希望這輛車能煞車失靈，一頭撞上紅綠燈，或者後面的車子煞車失靈，把我們三個連車帶人撞上紅綠燈，通通撞死算了！

唉，我眞不想面對後果啊。

音樂會前，我上猴子家去，逼他洗頭洗澡，翻他的衣櫃，找可以穿出門，見得了大場面的衣服。

猴子很不情願，彆扭地不肯去洗澡。「聽什麼音樂啊，我在車廠裡也天天聽啊！廣播一開，音樂就來，國台語都有。我覺得聽廣播更舒服，還不用換衣服。」

「不去不行，」我著急起來，「音樂會和電台廣播可不一樣。」

「哪裡不一樣了？」

我說：「人家音樂會曲目高尚，和電台廣播不同。你聽的那個電台一天到晚賣藥，那些音樂咿咿喔喔的，太鄉土，沒水準。」

猴子一瞪眼，「妳說誰沒水準呢？」他不高興了，「唰」地一下把衣服丟到旁邊去。「我就沒水準行不行，我就不高尚行不行，我就愛聽賣藥廣播行不行？程秀翎，老子不去了，要去妳自己去。」

猴子的脾氣也衝，他一發火，我就沒辦法了，站在那裡看著他。

他還不放過我。「妳放假整天沒事，但我白天在車廠忙一天，晚上我就想回家吃飯、看電視、睡覺。音樂會什麼的，裝高尚的事我做不來，要去妳自己去吧。」

我是知道猴子的，當他這樣說話的時候，就是打定主意了，要想以理說服，千難萬難。但我從來就不是走以理說服的路線。

我委委屈屈地放低嗓門。「猴子你別這樣。你去，是幫我忙。杜子泉不理我了。你看，這兩個月他一次也不來跟我們吃消夜，週末也不去圖書館跟我讀書了……他跟方欣華好，不跟我好了。」

猴子是個心軟的人，一聽這話，原本的脾氣就再也發不起來了。「你們好好的，怎麼突然又不好了？」停頓一下，又問：「這和音樂會有什麼關係？」

「他讓方欣華寄門票給我，」我說：「他要和方欣華一起上台表演，要給我好看，他這個人太壞了。」

「既然這樣，那我們不去。」猴子生氣起來，這次是為我生氣。「我們不去看不就行了？不要受他的氣。」

「不行！我不能示弱。」我拿腳攢地，「猴子，我要去，我得讓他看看，沒有他我也過得很好。可是，我不能一個人去，我一個人去，不知道會幹什麼事情出來。你陪我去，你陪著我嘛！我知道你不喜歡什麼音樂會，但是，你不是去聽音樂會，是陪我去，給我壯膽的。猴子，你是不是我朋友啊？你是不是我兄弟？你是不是我大哥啊？你就這樣眼睜睜看我給杜子泉那傢伙拋棄啊？你就這樣眼睜睜看我讓方欣華欺侮啊？你不幫我，誰幫我啊？」

許多年後我想起來，總覺得，一個人要能做到我這樣無恥也不容易，但要能做到猴子這樣仗義，更難。

他眉頭一擰，牙根一咬，說：「好。去。」說完鑽進浴室裡，嘩嘩地開水洗澡。

但我很快就明白，帶猴子去聽音樂會，是一個錯誤。錯的不是他，錯的是我，還有我那無聊且愚蠢的心機。

我們的位子就在台前幾排，以全景來看，不算最好，可是，一抬頭，就能看見杜子泉。但整場下來，我並沒能把心力都放在杜子泉身上，實在是因爲猴子的問題太多。

猴子白天在車廠忙了一天，才進場坐下來，就說：「哎，椅子軟綿綿的，坐起來很舒服呀。」說完，連打了兩、三次呵欠。

我提醒他，「猴子，你可不能睡啊。」

「不睡不睡，我精神好呢！」

他這話是在會場燈光暗下來之前說的，燈光暗下兩分鐘後，他的眼皮就重了。

我輕輕捏了一下他的手背，猴子趕緊揉揉眼睛，又打了個大呵欠。

五分鐘後，我聽見他沉重的鼻息聲。

再五分鐘，他就睡到打鼾了。

其實鼾聲不大，但是規律，且抑、揚、頓、挫，四音俱全，更重要的是，他睡得東倒西歪，腦袋和鐘擺一樣，一會兒左偏，一會兒右倒。我想推醒他，結果手上一用力，他就整個歪到隔壁別人的肩頭上去了。

更糟的是，他還流口水！

隔壁座位坐的是個老師模樣的觀眾，年紀有些大，對猴子的表現很不以爲然，但又不好當眾大聲開罵，只得用眼神和小動作表現他的不滿。他看出我和猴子是一起的，猴子一睡不醒，他的眼神就朝我刺過來，那個目光啊，像刀一樣，充滿了不屑和恥笑的意味。每當猴子不受控制地歪倒過去，他就重重地「嘖」一聲，聲音是從舌尖和牙齒間搓出來的，語意不言自明。

我試圖推醒猴子，但他睡得那麼香，根本不受控制，腦袋搖的幅度更大了，好像睡在搖籃裡，鼾聲一陣一陣。

最後我沒辦法，只得把猴子攬過來，讓他靠在我的肩膀上，時不時給他擦口水。台下這一亂，弄得我根本顧不了台上的表演，演奏了什麼曲子、換了什麼人，我一概不知，等定下心來看看時，已過中場。

杜子泉他們這次沒穿社團的黑T恤，而是很少見的，穿得很正式。白色立領襯衫，黑西裝外套，沒打領結，配上黑長褲、黑鞋子，鞋子擦得亮亮的，亮到能反著光。

台上的燈光投射在他的臉上、身上，看起來那麼莊重、那麼正經，和我平時認識的杜子泉完全不同。他的眼神表情，拉小提琴時的模樣，好像是另一個人，有杜子泉的外表，卻不是我知道的那個他。他的小提琴在燈下亮晶晶的，他握著琴弓的手指眞長眞好看，他的目光是安靜而收斂的，他看起來就像是一顆從裡到外閃爍發光的寶石，那麼尊貴、那麼漂亮，人人都想要，但不是每個人都要得起。

我原本居心不良，是抱著一別苗頭的心態來的，可是一看到他，看見台上的景況，心中突然明白了幾分。

我想，撇開從小一起長大的情分不論，我和杜子泉，實在不是能相提並論的人物。

我和他，就像鄰座觀眾口中那聲輕蔑不屑的「嘖」聲一樣，高尚與下流、資優和笨蛋、天上和地下……把兩個完全不同的人硬湊在一起，怎麼能看？

人其實是很現實的，大家都喜歡玉女配金童、王子配公主，那才叫天作之合。

這世上也有美女配野獸的故事，可是，只有在童話裡，才算得上是浪漫。

現實生活中，人們怎麼評價漂亮女孩子配上有著油肚子的禿頭富商？他們說，那是鮮花插在牛糞上。

反過來也一樣。

優秀的、帥的，站在人前，人人都喜歡的男孩子，和一個傻的、笨的、不怎麼樣，不會發光的女孩子配在一起，那是什麼樣子？

青蛙如果不能恢復成王子的模樣，公主還會嫁給他嗎？

童話故事是什麼？說穿了，就是騙小孩子的玩意。

而我這樣子算什麼？我都這麼大了，還自己騙自己？

我終於清醒過來。

我想，不管願意不願意，人都得長大……

我也是。

音樂會結束，燈光打亮，我搖醒猴子。他一面揉著眼睛，一面伸懶腰，很舒暢地喊了一聲，「好好睡啊！」接著又摸肚子嗷嗷叫，「餓了啊！」

「正好，我也餓了。」我說：「我們吃消夜去吧，今天讓你跑一趟，眞不好意思，消夜我請！」

「這麼好啊……」猴子咧嘴想笑，突然停了下來，張望左右，「肚子餓呢？他在幹什麼？散場了，收工啦，他不一起回去？」

「找他做什麼，人家忙呢。」我催促著，「走吧走吧！」

猴子被我推著往外，一面走，還一面不死心地回頭看，「要不然，我們去後台找他？他大概不知道我們來了吧！」

「知道又怎樣，不知道又怎樣。」我說：「猴子，你還不懂啊？肚子餓和他的同學，還有方欣華她們，晚上一定有慶功活動，吃消夜啊、玩啊什麼的，花樣比我們多得多了。你也知道的，方欣華和杜子泉他們讀的學校都是好學校，和我們不一樣，那些學生也和我們不一樣，我們去後台，夾在人群之間，誰也不認識，格格不入，說不上話，多讓人尷尬啊。」

猴子想了想，眼睛轉了一下，也就鬆口了。「妳說得也對。要不然，就等明天吧。」

「明天幹什麼？」

「明天我找個時間，繞去肚子餓家，跟他說音樂會很不錯。」猴子認眞地說。

「怎麼樣個不錯法？」

「就是不錯啊……」他想了想，「很好聽，很、很高尙……嗯，很好很好。」

我一臉壞笑。「你哪知道什麼叫好聽啊，你都睡著了，睡得打呼，還往我肩膀上流口水呢！」

「那就是好聽啊！」猴子很誠實地說：「不吵嘛，讓人睡得香。翎翎，妳說，他們挑的那些歌，都是些什麼音樂？輕飄飄的，怎麼讓人聽了直想打瞌睡呢？該不是些催眠曲吧！」

我哈哈大笑。我笑一笑，心裡就好過了，就不去想那些有的沒的，天上地下、台上台下的差別了。

那天晚上，我和猴子去村子另一頭吃了鵝肉和炒飯當消夜，吃得撐撐的才回家。

回家路上，猴子一面打飽嗝，一面對我說：「我覺得，妳明天也去找肚子餓吧。」

「找他做什麼？」

「找他說話啊。」他說：「那兩張入場券不是他寄給妳的嗎？人家送妳禮物，妳應該謝謝人家啊。」

我把臉撇到一邊去，裝作沒聽見，自言自語地說：「我也沒求他送呀。」

「話不能這樣說。」猴子叼著牙籤，「我覺得，看事情最好不要單看一面，也不要太快下結論。就和我修車一樣，不檢測不知道毛病到底出在哪裡，不能光看車子的外表亂猜。心不能太急，急就會犯錯。先前妳說肚子餓不理妳了，寄入場券給妳，是爲了要給妳好看，我覺得妳這話說得有點不對。」

「哪裡不對？」

「肚子餓這個人，我是沒妳清楚，但我覺得他呢，該怎麼說……有點傲，就是那種不太能受氣的人。他要是眞跟妳鬧翻，根本不會理妳，還給妳寄入場券幹什麼？」猴子指著我，「可是，妳這個人的脾氣我很清楚，妳呢，就是……眼睛歪著長，腦袋很大，但裡面很空，想事情做事情總和別人不一樣。人家明明是對妳好，妳老疑神疑鬼，要妳去證實妳又不願意。像剛剛我叫妳去找杜子泉，妳就不肯，說什麼格格不入，怕尷尬，一大堆理由。其實，妳就不想面對他吧。」

如果是別人對我說這些話，我一定會不高興的，就算不能不高興，也不會給對方好臉色看。可是，說這話的人是猴子，我們之間的交情超越朋友、超越同學，是一種進化的關係，那種關係，血濃於水。有時候，我覺得，在我的生命裡，猴子就像我親哥哥一樣，他說什麼我都不會生氣。

我咬著可樂的吸管思索著，最後對他咧嘴一笑。「猴子，你可眞了解我啊！」

「那當然啊。」

「可是，了解我並不表示你能說服我。」我說：「我跟你說，我是想通了。我不是想通杜子泉到底是不是要跟我翻臉，而是我想通了，有些好東西，不該是我的，或是我不該想的，就根本不應該去想。你有沒有聽過一個故事？有個貧窮的農家女頂著一桶牛奶上市場去賣，半路上，她就想，賣了牛奶得來的錢可以拿去買雞蛋，孵化雞蛋，養出小雞，小雞長大，又生蛋，又生雞，如此循環，家裡就富裕了，就有錢買兩件漂亮的好衣服，打扮得美美的，參加村中的慶典，把男孩子們迷得團團轉，一個個走到她面前來邀舞，而她故作矜持，擺架子，一個一個搖頭拒絕掉……她一面想，一面搖頭，頭一歪，頭頂上的牛奶就潑倒了。」

猴子抓抓頭，「有點熟悉，好像聽過。」他問：「講這做什麼，牛奶什麼的，和妳沒有關係啊。」

「有啊。」我說：「你看，那個農家女，和我像不像？不切實際，充滿幻想，總想著一步一步走下去，以後就能如何如何，想得太多，就把假的當成眞的了。但其實未來根本不掌握在我手上，或者該說，那條路，就像過獨木橋一樣，稍有差池，就摔下去了。我以前老覺得，只要我巴住杜子泉，他就是我的，我喜歡他、我喜歡他，我把他喜歡死了，他就不能喜歡別人，可是，事實不是這樣的。事實是，不管我有多喜歡他，我對他死纏爛打，他要不是我的，終究不會是我的。這是個眞理啊，只是我一直看不透。」

猴子聽得一愣一愣的，他想了半天，才說：「可是，妳喜歡他這麼久了，說什麼看透，妳還是喜歡他啊！你們要是不在一起，那妳怎麼辦？」

這是個好問題。我還眞沒想到。

但我想了兩秒鐘，答案就出來了。

「那我就和別人在一起啊，」我說，語氣很開朗的，「去找一個喜歡我的人，跟他在一起啊！」

我話說的時候那麼堅強，但離開猴子，回到家，躺在床上，我就氣短了。

我坐在床上，瞪著對面的杜子泉家，看著他黑漆漆的，沒有亮燈的房間，心裡那個空落落啊，五味雜陳，什麼滋味都有。

對著猴子的時候，我看得眞開。對著自己的時候，我什麼都看不開。

我就想大哭一場，最好是抓著杜子泉大哭一場，一面罵他「渾蛋」，一面吼他「狼心狗肺」……不不不，那太丟人了，我該咬著牙齒故作堅強地說：「祝你和XXX百年好合，海枯石爛，永垂不朽，死在一起！」

我一面火冒三丈地構思著致詞的內容，一面又悲情而抒情地想像著自己的未來：沒了杜子泉，我一個人過日子，身邊不乏又帥又好的男孩子獻殷勤，但我對每個人若即若離，心裡總是缺了一大塊，誰也塡不滿，最後，我在青春鼎盛的顚峰時期，因爲心碎而死，死了化成倩女幽魂，而杜子泉則在我掛點後突然醒悟，發現自己大錯特錯，發現他愛的人其實是我，於是削髮出家，去西天取經……

那天馬行空的想像，內容之老梗、無聊、愚蠢、噁心、賺人熱淚、感人至深，感動得我自己忍不住一把鼻涕一把眼淚的，抽泣不止。

我正哭著呢，突然，有什麼東西「咚」地一下彈到紗窗上。

聲音不大，不知道是什麼。

我膽子小，尤其怕黑，暗夜異聲，教人頭皮發麻。眼淚一下子流不出來了，人也不哭了，嚇得抱著被子縮到床裡的角落。

然後，又一聲。這次，那東西敲到了玻璃窗戶，聲音響了些，聽得出來是有什麼東西敲我窗戶呢。

我哆哆嗦嗦地爬下床，把房間大燈打開，不敢開窗，躲在窗簾後面往外瞄，生怕黑暗中冒出一個妖怪，咧著白森森的牙齒，頭浮在窗口邊對我笑……

窗戶底下，小巷間，路燈暈黃色的光打在路面上，照出一個人影來。

不是什麼妖怪，也沒有白森森的牙齒，杜子泉站在樓下，一手扠著腰，正抬著張臭臉，往我房間這邊看！

我連滾帶爬地下樓去，推門往外探。凌晨十二點半，和年輕人不健康的作息不同，我爸我媽，還有左鄰右舍那些老鄰居都走早睡早起路線，這個時間他們睡得正香，巷弄裡除了偶爾的幾聲狗吠貓叫之外，一點聲音也沒有。

杜子泉就站在門邊的路燈下，那個平常我們堆垃圾的地方。

他身上還穿著表演時的白襯衫，釦子解開了幾顆，沒扣那麼高，外套抱在手上，背上揹著提琴盒子，看來是剛回來，還沒進家門。

他把手裡的小石頭丟在地上，對我招招手。我慢慢走過去，一面走，一面想著該怎麼開口說話。

最後，我說出口的話，照例沒創意。「這麼晚了，你還沒睡啊？」說完我就想揍自己，他當然沒睡了，他要睡了，會來拿石子丟我窗戶嗎？會站在路燈下等我出來嗎？他夢遊啊他！我白痴啊我！

好在杜子泉沒跟我一般見識，事實上，他根本沒聽我在講什麼，自顧自地問：「妳今天去聽音樂會了，是不是？」

「去了。」

他想了想又問：「那妳覺得怎麼樣？」

「什麼怎麼樣？」

「好不好？」

「你問我？」我有點不敢相信。杜子泉大半夜不睡覺，跑來問我覺得音樂會好不好？各位同學，太陽明天要打西邊出來了啊！

「嗯，就問妳。」

「……我、我，我怎麼知道！」我向來是在正事上缺乏判斷，歪事上卻感覺很多的人。

「我又聽不懂音樂。不過猴子說很好，那些音樂，他聽了很好睡。」

杜子泉看起來有點要冒火了，他的眼睛，亮亮的。「他在音樂會上睡覺？」

「你們表演多久他睡了多久，睡得可好了，睡到我差點搖不醒他來。」

我想我聽見杜子泉咬牙的聲音，可是抬頭看過去，他的臉上，並沒有什麼異樣的神情。

「那妳自己覺得呢？」

「我說我不知道。」我有點不耐煩，「剛剛說了，我聽不懂啊。」

「聽不懂，總會看吧？妳看起來覺得怎麼樣？」

我有點不明白他問話的意思，這個人是喝多了呢，還是走夜路撞上電線桿腦損傷了？他把我從床上叫下來，就爲了問這幾句話？

可是，我對杜子泉向來有種唯命是從的崇敬感。這種崇敬，從小到大已是根深柢固，牢不可破，堅不可摧，就像是一套訓練有素、反覆反覆又反覆進行的洗腦作業一樣，久而久之，成爲我活著的意念和信仰。到了這時候，哪怕我剛剛還在哭著暗罵「杜子泉你負心薄倖是個大王八」，但他站在我面前，對我說話，問我問題，我內心那潛伏的崇敬感就又浮出水面……

杜子泉說的話都是對的，他叫我做什麼都有深意，我不能違抗、不能違抗！

我絞盡腦汁地回憶著音樂會的內容，但除了猴子流著口水的大腦袋，鄰座觀眾的那聲「嘖」，台上昏黃的燈光，還有燈光底下杜子泉那件白襯衫和擦得黑亮亮的皮鞋之外，什麼也想不起來。

我結結巴巴地擠出感想，「還、還不錯的樣子……」

這個回答，眞是沒程度。

好在杜子泉也沒跟我計較這些，他又問：「然後呢？」

「然後？然後什麼？」我謹小愼微地拿眼睛瞧他，想要探問出問題背後隱藏的意義。

他不耐煩地一揮手，「我問妳然後去哪裡了！」

「音樂會結束，我就回來啦。」

「那妳怎麼、妳怎麼……」路燈下，杜子泉咬著牙問：「妳怎麼沒去後台看看？」

「去後台看什麼？」我反問。

我猜我的反問一定哪裡有問題，因爲杜子泉的臉看起來有些歪掉，他的表情，就像每次要生氣前那樣。我不是說過嗎，我太了解他了，我說他要生氣，他就是要生氣了，不然你咬我啊！

好在他的脾氣沒立刻發作，忍耐著解釋。「其他人……我的意思是說，其他的表演者，都有朋友來後台，還會送花。」

「喔，」我懂了，我明白了。「我沒想到這個，會場外面，也沒看到有人賣花啊。」

杜子泉眞的火了。「妳就這樣雙手空空的去啊？」

「嗯，我就這樣。」

我的冷回答，把他點燃的火一下子又澆熄了，「那妳、妳至少來後台打聲招呼啊！」

「跟誰打招呼？」

他瞬間暴怒。「我！」嗓門一下子炸了起來。

我嚇了一跳，蹬蹬蹬地倒退幾步。

杜子泉好像也被自己的音量和反應給嚇了一跳，左右看看，見四鄰家的窗戶都還暗著燈，鬆了口氣。

「我我……沒想到……」我被他那激動勁兒嚇到，說話有點結巴，「忘記了……」

「妳什麼都忘，該不會連吃飯也忘了吧？」

「吃飯是記得的。」我想了想，點點頭。

「晚上妳吃了什麼？」

「和猴子去吃鴨肉和炒飯。」我說：「新開的店，在村子後面。」

他咬著牙齒問：「怎麼會去吃那個，怎麼不去吃麵？」

「不想吃。」我說：「天天吃麵不煩嗎？我吃膩了，不喜歡吃麵了。」

我沒有跟他鬧脾氣的意思，我就是……陳述事實，可是，我的事實，一下子又把杜子泉的脾氣給激起來了。

他拉高聲音，對我嚷嚷，「妳幹麼這樣？」

他這一吼，我頓時從莫名其妙轉爲清醒。我覺得，什麼這樣那樣，現在是怎麼樣？我不吃麵，改吃炒飯，不行了？我不吃牛肉，想吃鵝肉，不行了？杜子泉你大半夜的跑來我家，敲我窗戶，把我從熱被窩裡弄出來，路燈下，吹著冷風，問我這個、問我那個。也不知道他是哪裡放了地雷，一個回答不滿意就對我吼、對我發脾氣，什麼東西？

眾所皆知，我的脾氣不發作的時候是隻病貓，抓狂起來就絕對不會是隻Hello Kitty！我手扠著腰，氣鼓鼓地對杜子泉發作，「你才幹麼這樣呢！你是哪裡有毛病啊？音樂會很成功，你太高興，亢奮過度是不是？半夜不睡覺，把我叫出來，就爲了問我怎麼沒去後台跟你打招呼，給你送花，晚上吃什麼。你問這些做什麼？你管這麼多做什麼？你煩不煩啊？你是不是腦殘啊？」

「妳才腦殘呢！妳腦袋殘得比誰都厲害！」他也吼回來，「我就問妳這些怎麼樣？我就問妳爲什麼不到後台來，我就問妳晚上吃了什麼，因爲我在後台等妳半天，回來又在麵攤等了妳半天，我還以爲妳會來找我，妳怎麼都不來？妳不來，我不能問嗎？」

他那理直氣壯、義正辭嚴，站在理上的姿態，把我給鎮嚇住了。我看他發飆，就忍不住自我檢討，好像是自己不對，好像是我理屈，好像是我千般不好萬般無情，是我對不起他。可是，心裡這樣想，嘴巴卻跟不上，就像平常一樣，我說的話，和我內心的想法經常是兩回事。

我用一種硬頂的姿態，回了他一句。「那你幹麼要等我？」

杜子泉於是更生氣了。「因爲妳每次都會出現啊！」

「那你可以不要等啊！」大聲不要錢，他大聲，我也大聲。

「我如果不等妳，妳找不到人，又要鬧了。」

「胡說八道，我什麼時候鬧過？」

「還敢說，妳每次都爲小事情鬧不開心！譬如上次，方欣華過來，只跟我說兩句話妳就不高興了，給她臭臉看，給我臭臉看。我和別人多說兩句妳就這樣，我要是把妳丟著不管，那還不鬧得天翻地覆？」

什麼叫作哪壺不開提哪壺？這就是。「你還敢提方欣華！」

「爲什麼不能提她？她就是來跟我談校慶活動演出的事情，又沒有怎樣。況且事情都隔那麼久了，妳怎麼一講到她就像吃了炸藥？」他指著我說：「妳看妳這個樣子，還敢說不會鬧，妳騙誰啊妳。」

杜子泉說話，向來以靜制動、以柔克剛、以有理制沒理、以事實攻擊狡辯，我被他揪著小辮子，居然找不到話可以辯白了。

可是吵架這種事情，是無法用正常邏輯解決問題的。吵架就是東拉西扯，左牽右拖，用不講理攻擊講理，用無理取鬧解決難題。我瞪著他，咬牙切齒地說：「好，算你說得對，我就吃了炸藥，我就會鬧。可是，你不知道爲什麼我吃炸藥，爲什麼我要鬧！我是不喜歡方欣華，我討厭她，我告訴你，我不但不喜歡方欣華，還不喜歡很多很多女生，尤其是那些在台下看著你拉小提琴，指指點點，偷偷打聽你叫什麼名字的女孩子！如果可以，我眞想把你的手折斷、把你的腿打斷，不許你再上台拉小提琴！」

他被我那一連串哇啦哇啦的討厭給嚇到了，沉默半晌才說：「……程秀翎，妳是眞的哪裡有毛病吧？」

「我什麼有毛病，還不都是給你逼出來的！」

「我哪裡逼妳啦！」杜子泉一頭霧水地看著我，一臉的問號和黑斜線。

路燈下，他那張臉啊，白白淨淨、清清秀秀的樣子，眼睛又深又黑又漂亮，鼻梁挺挺的，嘴唇軟軟的，不生氣的時候，臉上總是一副似笑非笑的樣子，看著人的眼神總是很認眞的。他頂著這張臉看我的時候，我腦袋裡面就亂成一團糨糊，老浮現出四個字的成語，什麼禍國殃民啊、紅顏禍水啊、孽根禍胎啊，還有國之將亡，必有妖孽啊……好吧，最後一個不算四字成語，我錯了，你踹我啊！

我看著他那張好好看的臉，火氣慢慢按捺下來，低頭想了想。我想，人家總說，女孩子比男孩子開竅得早，這話說不定是眞有道理在其中。你看杜子泉這麼聰明，腦袋這麼好的男孩子，又會拉小提琴，又會解數學題，英文說得呱呱叫，成績永遠名列前茅，做人處事無懈可擊，但在大事情上卻反應駑頓，比我還笨。

我抬起頭來，對著他，用開導小孩子的態度，好好解釋給他聽。「當然是你逼我了。杜子泉，我喜歡你，喜歡好幾年了，可是你老裝傻，這還不叫逼？你要不喜歡我，要不就討厭我，這麼簡單的兩個選擇，你總得選一邊站吧？你老這樣，死活不說，搞曖昧、裝糊塗，你是什麼意思？你想腳踏兩條船？給我個答案你是會死啊！你明明知道我喜歡你，卻一句明白話也不講，當作沒這回事，還跟方欣華聊天，把我晾在一邊，一下子說要跟我去吃麵，一下子又跟我說再見，你到底是要跟我去吃麵呢，還是要跟我說再見？你想要我送花給你，你怎麼事前不來跟我說？你想要我去後台找你，你爲什麼不自己來找我？你以爲我眞是你肚子裡的蛔蟲啊，你以爲我會讀心術啊，你以爲你想要什麼我都能猜到啊？你什麼都不講，也不肯給我一個明白的答案，又想什麼都要，我要腦子不生病才怪呢！」

我一口氣把話說完，那個流暢啊，那個痛快啊，那個滔滔不絕發自肺腑啊，哇靠，眞是過癮極了！我一面喘氣，一面暗自佩服自己，講那麼快、說那麼急，還能不咬到自己舌頭，我眞是……太了不起了！

但我這堆澎湃洶湧的話，推到杜子泉前面，就像把大木槌子，一腦袋砸下去，把他給打傻了。他站在那裡，臉上愣愣的，嘴巴微微張開，半天發不出個聲音來。

過了好久，他才問了一句笨話。「那、那……那妳現在是要怎樣？」

「給我個答案啊。」

「什麼答案？」

看在男孩子缺慧根的分上，我原諒他偶發性的愚魯。「你喜歡我，還是不喜歡我？」

他的臉上慢慢恢復了血色，從驚嚇之中清醒過來，態度顯得特別謹愼。「要是喜歡呢？」

「那我也喜歡你，」這個晚上，我表現出前無古人後無來者的超級厚臉皮。「我們以後就是男女朋友了，你得追我。」

「那我要不喜歡呢？」他又問。

我臉色瞬間鐵青，比路燈的顏色還白，牙一咬，腳一跺，人掉頭往回轉，表演含恨淚奔，「再見！」

「等等，等等！」杜子泉立刻追上來，抓住我的手臂。「讓我想想，讓我想一想啊！」

我回頭瞪他，眼光盡可能地殺氣十足，加上充滿恫嚇的警告，「好，你慢慢想，想清楚再說話。說出去的話就是潑出去的水，杜子泉，你收不回來的啊！」

他眞的想了，低著頭，看著自己的鞋子，想了半天，又想了半天，想到我都快要憋不住了，才見他慢慢抬起腦袋。

他開口說：「我追不了妳……」

我臉色瞬間青掉，彷彿可以聽見我那少女的小心心「匡啷」一聲，像玻璃窗戶被砸得粉碎。

「爲什麼？」我顫抖地問，聲音都不知道是從哪個地方擠出來的。

「難度太高了。」杜子泉又想了想，「我看，這樣吧，還是老樣子好了，妳來追我。」

「什麼？」

「我說，」重複同一句話，好像讓他很尷尬，「妳繼續追我啊！」

「什麼？什麼什麼什麼？」我嘴巴開開闔闔，發出的全是同樣的聲音。「你什麼意思啊你？」

「妳沒長耳朵啊？妳聽不懂人話啊？」杜子泉咬牙看我。「妳不要裝傻啊！」

「我是不懂呀。」在大事上，我是那種眞不懂時絕不蓄意裝懂的人，揣著明白裝糊塗，這是高難度神人才能做的事，而我是沒程度。「講清楚點，講得我能聽懂的清楚點。」

杜子泉看著我，他那眼神眞詭異，好像兩道雷射光，恨不得在我腦袋上鑽穿兩個洞。「就是……我……喜歡……妳……」他話說得結結巴巴，每個字之間都停頓，「這樣。」

我有點明白了，努力做歸納。「你是說，你喜歡我？」

他瞪我。

「所以說，你不喜歡別人了？」

他還瞪我。

「所以說，你也不喜歡方欣華？」

他繼續瞪我。

我得出結論，「所以說，你要跟我談戀愛！」

杜子泉把頭轉開，很絕望地長嘆了口氣，「我受不了了，我要回家，太晚了，我都不知道自己在幹什麼了……」

「啊，別走！」現在輪到我喊了。天明明是黑著的，但我突然覺得彩虹滿天，心花朵朵開，這個世界一下子寬廣起來，全是粉紅色，閃得我都快色盲了。我那個開心啊、我那個歡天喜地啊，我恨不得就地來個三連翻，一蹦蹦到天上去，或者拿個大喇叭，對著左鄰右舍吶喊：各位鄉親，各位父老兄弟姊妹們，杜子泉是我的啦，他說他要跟我在一起了哇哈哈！

我不開心時沒形象，我開心時，那形象也好不到哪裡去。好像用上吃奶的力氣，也閉不起咧開到耳根的嘴巴。我拽著杜子泉，不讓他走，還問蠢問題，「那那那……那以後我們就是男女朋友了，對不對？」

杜子泉點頭時的態度，眞可說是壯士斷腕，視死如歸。

「那你不會再隨便跟我說再見了吧？」我受了太長時間驚嚇，得確認再確認。

他瞟了我一眼，「我回家去了，再見。」

「不是這個再見啦！」我強調，「是那個……分開、絕交，老死不相往來的那種再見。」

「妳不要再為了小事情鬧脾氣，就不再再見。」

「我不鬧你。」我趕緊保證，「我發誓，我喜歡你，我相信你。」和我高興得飛上天的模樣不同，杜子泉的反應有點笨拙，他好像不太確信自己說了些什麼、做了些什麼，臉呆呆的，反應慢慢的，耳朵紅透了，眞可愛。

他奇窘無比地說：「那很好，那、那……我眞的要回家了，太晚了。」

我對他咧嘴笑，「好啊，再見。」

他往後退了兩步，然後轉過身走遠，腳步有點晃晃的，好像喝醉了的樣子，步履蹣跚。

我想，他是太高興了。閉塞多年的龜毛人，喜出望外起來，表現總是異於常人。

可是，看他這樣走遠，我又忍不住擔心起來。

「杜子泉！」我在後頭喊了他。

他回過頭來，態度有點不耐煩。「又怎麼了？」

「你、你不會反悔吧？」

燈下，他那雙黑黑的眼睛，看起來眞亮。

「還是，你要再想想？等你想清楚了，再跟我確認！」我小心翼翼地說。

杜子泉又走了回來，他的嗓子壓得很低，緊緊的，好像憋著什麼，但聽起來不像是不高興的樣子。「妳怎麼老是這樣反反覆覆的。」他問：「誰要再想想？我爲什麼要再想想？」

「……我也不知道。」我搓了一下手，「就是覺得，就是覺得……今天晚上，好像，不是眞的。」

好像，不像是眞的。

之後許多年，每每我想起這個晚上，都有同樣的感覺。

好東西，一直想要卻一直得不到手的東西，那些在腦海中重複又重複作過的美夢，突然有朝一日成眞，踏踏實實地放在手掌心上，是什麼滋味？

喜出望外的同時，我也有一種「有可能一切都是夢」的錯覺。

當杜子泉背過身去的時候，我眞的有點害怕。

我怕他走著走著，突然轉過頭來，遠遠地朝我喊，「程秀翎，妳大笨蛋啊，妳被我騙了，哈哈哈！」

我怕等我明天早上醒來，發現這一切都是我昨天夜裡的夢。

我怕有人翻臉如翻書，我怕腦海裡的橡皮擦，我怕生出什麼意外，我怕天外飛來一顆隕石、一架飛機，把我、杜子泉，還有這美好的夜晚，一下子全都轟沒了……

我怕這一切都是假的，都是我自己騙自己想出來的。

我那個害怕啊！

杜子泉慢慢走過來，站在我面前。他的聲音低而澄澈，在晚風中聽起來，有種說不出的奇妙感，好像這個人在經歷過這樣一個晚上後，就長大了，成熟到遠遠超過我，遠遠超過我們應該有的年紀的地步。

他問：「那麼，怎麼樣妳才會覺得今天晚上是眞的呢？」

這問題問得好哇，但問我，我怎麼知道。

我抬頭看了他半天，看到後來，我都窘了。

我揉了一下鼻子，哈哈笑了一聲，推了他一把，「算了，你就當我沒講這話吧。」我支支吾吾地說：「我就是，神經過敏、精神緊張，你知道的，就是、就是……就是沒想到……」

我沒能把那句話說完。

因爲杜子泉突然往前又踩上一步，站得離我很近很近。他的臉啊，那張白白淨淨，奶油小白臉，書生一樣的臉龐，突然往我臉上靠了過來，在我眼前放大放大放大，然後，還搞不清楚怎麼一回事呢，我就被他狠狠地親了一口。

還親在嘴巴上！

那種感覺，該怎麼說呢？

嗯，如果非得讓我形容，那麼，初吻的滋味，就像是……被狗咬了一口吧。

第·九·章

我是被電話鈴聲吵醒的。

我有個毛病，人躺在床上，雖然不想起床接電話，可是鈴聲一響，就會下意識地避著眼睛數次數。

一到十聲，是朋友、同事、學校主管，也有可能是銀行信用卡，或電話推銷之類的，但響過十五聲之後，我就知道這鐵定是我媽，不會有別人。

我媽那種人，是堅持起來可以抱著電話響一下午，吵死你的人。

我不接電話，她不會認爲我不在，不會認爲我睡得正香，不會認爲我正在忙什麼無暇分身的工作，她就覺得：我是妳媽，我打給妳，妳就得接電話。

我呻吟著滾下床，裹著被子，游到客廳。

在週末慵懶的早上，電話那頭，我媽的聲音頗有震耳欲聾的清醒效果。她吶喊著問我，「程秀翎，妳給妳媽說清楚，昨天我打了妳一晚上電話妳是死到哪裡去了，都不接！」

宿醉讓我想吐，但我媽的吼叫讓我直接把想吐的感覺又吞了回去。

我按著腦袋，歪在沙發上，蜷曲得像一條蟲。「說話小聲點，我頭好痛啊。」

我媽立刻降低音量。「怎麼了？頭痛？生病了？看醫生了沒有？吃藥了沒有？有沒有吃我給妳的那些紅棗啊？吃了怎麼還生病呢？」

「不是生病啦，」我誠實地說：「只是有點宿醉。」

我媽的嗓門頓時拉高幾階，「如雷貫耳」這四個字，不該是用來形容某人鼎鼎大名，而是形容我媽的超級大嗓門。「妳個當老師的人，晚上不回家，在外頭狂嫖爛飲？」

「什麼狂嫖爛飲啊，我就喝了兩杯，有沒有那麼誇張！」我被她的措辭嚇出了一身冷汗，弄不清楚的人，還以爲我的生活多糜爛。「只是跟老同學出去喝了一點，就幾杯。」

「妳哪來的老同學啊？」我媽還不饒我，「男的女的啊？你們去哪裡喝啊？他要不要娶妳啊？」

「是方欣華！」我沒有經過大腦思考，就直接把杜子泉的名字拉掉。我有種不妙的預感，如果我把他也供出來，我媽可能會直接備辦嫁妝，翻牆過去對面杜家強行提親。「我們去熱炒店吃消夜，喝了點啤酒，就這樣，沒什麼。媽，妳不要大吼大叫好不好，有話輕點聲說，妳吼得我頭痛。」

我媽停頓一下，聲音變了，「喔，是方家那個孩子啊。」她問：「她怎麼樣，好不好？離婚之後，日子過得還行吧？」

「還可以吧，她不是在主持什麼新聞類專題節目嗎？放心吧，她那種人是打不死的蟑螂、殺不完的老鼠。」我不高興地問：「妳打來到底要做什麼？」

我媽想起重點，語氣一熱。「我是來要來問妳，昨天晚上怎麼樣了啊？」

「什麼怎麼樣？」

我下意識反問，一面不自覺地回憶起昨晚的事情來。

記憶是零碎分散的，片片塊塊的影像，好像很難連貫成一串。熱炒店、方欣華的電話、滿桌的菜、劉副教授的廢話、歪歪倒倒的空啤酒罐、馬路上連成一氣的車燈、面無表情的杜子泉，我吐了他一車……

我吐了他一車！

我臉都綠了，一下子說不出話來。

後來我是怎麼回到家裡來的？後面的事，怎麼我一點記憶都沒有了？

低頭看看自己，我穿著平時睡覺用的短棉T恤，洗了很多次，很寬很大，很破很舊，褪了色，但質料很舒服的那一種。

誰給我換上這衣服的？

我丟下電話，往房間裡跑，抖開床上的棉被，趴在地上往床底下張望，確認被子底下和床下面都沒有藏人，心中的感覺，與其說是驚魂甫定，不如說是後悔。

我後悔啊，多好的機會，怎麼就這樣錯過了？杜子泉怎麼沒進我屋裡？我們怎麼沒發生什麼一發不可收拾的錯來？

人家說，一失足成千古恨。但該失足的時候不失足，也眞叫人搥心肝。

我正痛不欲生地爲了沒吃到嘴的肥肉而扼腕著呢，手機響了，還以爲是我媽的追魂call，一看號碼很陌生，我便接起來，一接起，就聽方欣華的聲音清清楚楚地傳過來。「程秀翎，醒了嗎，妳還好吧？」

「還活著。」我想起來了。「對了，方欣華，妳怎麼知道我手機的號碼？」

「猴子告訴我的啊！」

猴子猴子，成也猴子，敗也猴子！

「那……妳知道，我昨天是怎麼回來的？」

「杜子泉送妳回去的啊。」她說：「怎麼，妳都忘記了？」

「忘記了……」我怎麼想都想不起來。「那你們又怎麼知道我家地址的？」我又問。「難道也是猴子告訴妳的？」

「怎麼可能呢！」方欣華笑嘻嘻地說：「是妳自己說的啊。杜子泉問妳妳家住哪裡，妳就把地址報出來了。不過，話說回來，妳醉的時候，眞是好多話呀！」

什麼叫作好多話？

我有種毛骨悚然的感覺。有沒有人可以大發慈悲地告訴我，除了地址，我還說了些什麼話？我有沒有說不該說的話？我有沒有做不該做的事？我該不會抱著杜子泉的大腿哭，喊著要跟他破鏡重圓吧？即便這可能是我潛意識裡很想做的事情，但也得分在什麼場合、什麼情況，和對方吃不吃這一套啊！

我用一種噎到的聲音發問：「那……你們有進我家裡來？」

「沒有哇，妳是自己走進去的。」方欣華說：「我們送妳到樓下，想扶妳上樓，妳不肯。杜子泉稍微堅持了一下，妳就拿包包砸他腦袋。」

誰來拿電話線勒死我吧！「我都不記得我做了些什麼了。」

「要我幫妳回憶嗎？」她的聲音聽起來笑嘻嘻的。「我打電話叫妳出來、我們喝酒、妳醉了、差點衝上馬路給車撞死……這些都記得嗎？然後妳吐了，吐了一車都是……」

「感謝妳的提醒！」我趕緊打斷，「這些我都記得，後來呢？」

「後來，妳罵杜子泉狼心狗肺、不是東西。」

我簡直不敢相信。「我眞的說了？」

「妳還哭著說他始亂終棄。」
「……」我說不出話來了，我還活著幹什麼呢？我乾脆去跳海算了。
「以上都不是眞的，是我騙妳的。」電話那一頭的方欣華顯然很高興。
「方欣華，妳個王……」
她截斷了我衝口而出的髒話。「妳只是反覆問杜子泉，到底要怎麼做，才能重回十七歲音樂會的那天晚上？」

路燈下被狗咬一口後的第二天，杜子泉又重回到我的小世界裡來。但如果你以爲他回來是要跟我情話綿綿地談戀愛，那就證明你太不了解他這個人。
杜子泉花了一早上時間，翻過了我這兩三個月來累積的那一大疊滿江紅的複習考卷，又把我的課本拿過來，檢查上課時筆記的痕跡，臉上表情和昨天晚上守在我家樓下那個紅耳朵小白臉完全不同。此刻他氣場強大，就像隻餓了半年的食人鯊在海底游來游去，搜尋獵物。
他偶爾會抬頭看我兩眼……好吧，我更正，他不是看我兩眼，是惡狠狠地瞪我兩眼，嘴裡碎碎唸，不知道是在自言自語些什麼。
我凡事不求甚解，對於他的白眼和喃喃自語，一概當成耳邊風。他一瞪我，我就對他傻笑。
中飯前，他把我那疊考卷收起來，推還給我。

把小鐵尺。

「怎麼樣？」我很小聲地問：「還有救嗎？」

杜子泉長長地吁了口氣，也不評論，只說：「先吃飯再說吧。」

我們在圖書館對面的麵攤胡亂吃了點湯麵。吃完飯，杜子泉拐進隔壁的文具店，買了一大把小鐵尺。

我看他那張肅殺的臉，就知道情況不好。「我個人是推崇愛的教育。」

他根本不正眼看我。

「你不覺得，用鼓勵代替體罰，更有正面意義？」

杜子泉森森地轉過頭來，「那我鼓勵妳去跳海。」

「……就當我什麼話都沒說。」

我們重回圖書館，他把題庫翻開，在習題上打勾，做了記號的我都得寫。凡寫錯，他就拿小鐵尺揍我，打完再講解，講解完再重做，再錯，再打。

我一面解題目，一面雙目含淚地想著，這傢伙其實有很嚴重的暴力傾向，他現在打女朋友手心都這麼狠了，以後會不會毆打老婆和小孩？

我一分心，錯得更多，聽講解也恍恍惚惚的，杜子泉的小鐵尺三不五時往我手上招呼過來。「妳能不能專心在功課上？老是胡思亂想什麼！妳就是老分心，才會算錯。」他指著我的答案說：「妳看，這一題，算式都對了，卻錯在計算上頭，五百除以二十五，答案怎麼會是四十五？小學生都會計算的除法，妳竟然算錯！妳別躲，給我把手伸過來！」

鐵尺唰唰地在我那白白嫩嫩的小手心上抽了五下。

其實他下手不重，小鐵尺拍在肉上，也不怎麼痛，就是被打了，我心裡不好受。

心裡不好受，情緒就壞了，可以解出來的題目，也沒心思去解了。我咬著指甲，拿著筆猛戳紙上的題目，戳了半天，才寫了兩題半，對錯沒把握。

「杜子泉，」走投無路，我就求饒了。「我眞的做不出來了，我腦袋都亂掉了。」

杜子泉頭也不抬，在筆記本上，唰唰地畫著線，「聯考時，妳也能說腦袋亂掉了，做不出來嗎？」

「……」我是那種碰到問題，就想跳過，跳不過，就開始自暴自棄的人。「講什麼聯考啊，」我說：「要不，我不考聯考了，不讀大學了。」

他稍微抬頭，瞄我一眼，又垂了下去，繼續畫線。「不考聯考，妳想做什麼？」

我想了一下，興致來了。「我去找個工作。」

「什麼工作？」

「你覺得，我去猴子家打工怎麼樣？」

「他家是修車的，妳會修車嗎？」

「可以做不用修車的工作啊。」

「比如說？」

我思索了一下，隨便抓個名詞用。「我去他家當會計好了，我算錢。」

他「哼」了一聲。「算了吧，就憑妳這點爛數學，連自己的零用錢都管不好了，還想幫人家管錢？」

「那要不然，我去便利商店打工。」我說：「你下課回來，我正好下班，我們就去約會。」我還想說，等你畢業了我們就結婚！但這話只能心裡想，不好意思說出來。

「想得很好，」杜子泉說：「可是，很難做到。」

「爲什麼？」

「我要去台北讀書，幾個月回來一次，怎麼約會。」

「那我也去台北工作。」

他又「哼」了一聲。「妳要考不上大學，妳爸媽會允許妳一個人上台北找工作？」說到這裡，他把語氣放重了。「程秀翎，妳有時間胡思亂想這些有的沒的，怎麼不花點時間，好好把這些科目搞懂呢？我本來不想說妳的，可是，妳看看妳的那些考卷、妳的課本，妳上課根本沒用心，考試也是，老想著胡亂應付。妳做什麼事情都是三分鐘熱度，選擇性對付。喜歡的科目很喜歡，不喜歡的科目就通通放過，妳別說做事情了，妳這樣的態度讀書，能讀得起什麼東西來嗎？我跟妳說，妳要不讀書，要不放棄，那是妳自己的問題，不用問我的意思。妳要是不想讀，我也不管妳。妳不考大學，要去工作，那妳就去，可是，我把話說在前頭，我的路就是這樣，我往前走的時候，妳要是不能跟上，我也不會停下來等妳。」

他說這話的時候，態度嚴肅，斬釘截鐵。

我呆在那裡，看著他那張白白淨淨的臉，心裡很不能適應。

昨天晚上，這個人，在燈下，結結巴巴地跟我說，他喜歡我，我們以後就是男女朋友了。

今天，他又告訴我，我要是不能跟上，他不會等我。

我不是覺得生氣，我就是……突然害怕起來。

他說喜歡我的時候，我對人生眞是篤定。可是，他說不能等我的時候，我對未來就一點頭緒也沒有。

我忍不住慌張起來。

是人都知道，我和杜子泉在功課上的差距、在程度上的差距，不止一座馬里亞納大海溝。他沒有說過沒把握的事情，他沒有做過白費力的計畫。他說他要上台北讀書，說了，就等於是做到了。

但我經常做沒把握的事情，做白費工的努力。

我盯著他看，希望他能說點放水的話，哪怕是於事無補地安慰一句「不要擔心，妳好好加油，還來得及」也好，那樣我至少會好過點。

但他什麼也沒有說，筆尖在計算紙上移動，打出一個又一個方格。

我丟下筆，把椅子往後一推，「我去洗手間。」

我不是有生理需求，我是得找個地方哭。

我原以爲，經過昨天晚上，一切柳暗花明。後來才發現，原來一山之外，還有一山高。

那天下午，我第一次明白，很多時候，兩個人之間，不是只有互相喜歡而已。未來有太多變數，有很多問題，跟妳喜不喜歡他、他喜不喜歡妳，沒有直接關係。

杜子泉優秀，我不優秀。以前我總覺得那是個小問題，只要他喜歡我，管我是不是考最後一名。但現在我懂了，現實擺在眼前，喜歡管屁用。

我不能因爲他喜歡我，就要他處處配合我。

事實是，我掌握不住這個人。

爲了這個掌握不住，我在洗手間裡鼻子發酸，眼淚往下掉，擦都擦不乾，不知道從哪裡來那麼多淚水，心裡堆積著無數委屈。

我覺得我這麼努力、這麼堅持，這可不是幾個月的事情，是幾年幾年又幾年，整個青春的等待、無數的期望。到最後，就敗在一個變數上？

不行，絕對不行！一千個不行，一萬個不行！

等我哭完，已經是一個多小時後的事情了，圖書館要關門了，閉館前的廣播重複播放著：請您檢查隨身攜帶的物品，並歡迎您下一次再來接受我們的服務……

鏡子裡，我的鼻子都是紅的，眼睛是腫的。

我把水潑在臉上，用力擦一擦，從女廁所出來。

杜子泉已經收好了東西，肩膀上背著兩個背包，左邊是自己的，右邊是我的，站在飲水機前面，手裡握著他喝水用的小鐵杯，看我出來，就把杯子遞過來。

我喝了水，水溫溫的。

我們離開圖書館，走路回家，一路上都沒說話。

快到村口時，杜子泉停下腳步，把我的背包交給我，拿回他的鐵杯。

我把包包背起來，不知道爲什麼，總覺得那包特別沉重，壓得我的肩膀挺都挺不起來。

「程秀翎，」他喊了我一聲。

我停頓了一下，頭壓得低低的，「嗯？」

「把頭抬起來。」

「……」

「看我。」他說。

我慢慢抬頭，對著他的眼睛。

杜子泉的聲音硬邦邦的，「不要哭。」

他不說還好，一說，我又想掉眼淚了。

我拿袖口擦眼睛時，他把一本筆記本塞給我。「我給妳做好計畫了，妳拿回去，照表讀書。」他說：「讀完就畫掉，沒讀完的地方要記下來。不懂的就問老師，不敢問老師就問我。每天晚上十點，妳到我家來，把考卷也帶來，花一個小時複習。我給妳出作業，熬夜也得寫完，我會檢查，妳知道不知道？」

我翻翻計畫表，一格一格的，國文數學英文地理，每個科目、每個章節，按一週七天的時間排了開來。「……這樣做，我的成績就會好起來？」

「不知道，但現在不做，以後誰也不知道。」他說：「妳不要再隨便說放棄了，老把放棄掛在嘴巴上，遲早妳就放棄自己了……好了，就這樣。別低頭！看我！看我！」

我習慣聽命令了，趕緊把垂下的頭又仰起來。

黃昏這個時間，對杜子泉來說一直有加分作用。夕陽落在他臉上，反著光，看起來特別有神。

他低頭看著我的臉，看了半天，突然伸手擦了一下我腫腫的眼睛，語氣軟化下來，因爲反差太大，聽起來格外彆扭。「不要哭了。妳今天……很努力。」

說完，又咬了我一口，然後轉頭就走，走得很快，一直走進他住的社區裡去。

我站在那裡發愣，腦袋有點轉不過來。

努力和被咬爲什麼會被杜子泉畫上等號呢？

我嚴重懷疑他打算帶我走上糖與鞭子的SM路線，在痛苦和極樂之間徘徊，給我希望、給我失望，再給我希望，再給我失望……

可是我那滿腦子粉紅色思想的變態受虐人格，還滿欣賞他這一套的。

於是，我也就欣然接受了。

我在杜子泉住的大樓底下繞來繞去，轉了十分鐘，深呼吸無數次，最後走上去，手指貼上電鈴按鈕。

我還沒按下呢，大門就開了，杜子泉走出來。

我看到他，他看到我，都是一臉掩飾不住的驚訝——我是作賊心虛，他是開門遇到大老虎。

驚訝令人尷尬，而我最怕尷尬。手足無措間，我故作輕鬆地笑了笑，找了句話來打破僵局。「好巧啊，在這裡碰上。」

說完我就想去撞鐵門。巧個屁，我都在胡說些什麼啊，豬腦袋！

杜子泉向來處變不驚，很快地恢復了鎮定，淡淡地應了一聲，「喔。」沒有一個字的廢話。

然後又是一段漫長的尷尬，每一秒鐘都像刀一樣凌遲我的血肉，我奇窘無比，張著嘴，腦中一片空白，唯一的想法就是最好此刻五雷轟頂，把我炸了吧！

可是，天氣很好。

我仰頭看天的同時，眼角餘光忽然看見杜子泉的站姿有點奇怪，他脖子上貼了一大塊痠痛貼布，有點微微的歪，偶爾一動，眼睛就瞇起來，眉頭緊皺。

「怎麼啦？」我實在沒話可說，只好就地取材，「你睡覺落枕？扭到脖子？」

他停頓了片刻，聲音乾乾地說：「不是。」

「那是怎麼了？」

「昨天送妳回家的時候，在門口……」他又停了停，沒講清楚，最後含糊地帶過，「小事情，只是扭到。」一面說，一面伸手按了一下頸子，眉頭又皺了起來。

我想起方欣華說我拿包砸他腦袋的事情來，心虛了。

我買包包，特別愛買大的，不為什麼，就是裝得多，像黑洞一樣，什麼東西都能往裡頭扔。書啊、講義啊、學生的考卷和資料啊，還有那些永遠忘記去兌獎的發票、每一期繳費後的帳單、瓶瓶罐罐、手帕毛巾……寶貝也在裡頭，垃圾也在裡頭，不是寶貝也不是垃圾的東西，也通通在裡頭。

上大學之後，杜子泉每隔幾週幫我整理一次背包，他總把東西全部倒出來，一面分類，一面數落我：不愛乾淨、不愛整齊，全天下沒有比妳更亂無章法的傢伙了！

「吃完的早餐塑膠袋，為什麼不扔垃圾桶？」

「留著說不定之後有什麼東西要裝。」

「那妳裝了什麼？」

「就是沒裝什麼才留著啊。」

「那這些鬼畫符的廢紙呢？這不都是垃圾嗎？」

「上面抄了同學的電話號碼，不能扔。」

「號碼爲什麼不記在電話本上？」

「本子忘記帶了。」

「那回來寫啊！」

「回來就忘記寫了。反正沒關係，號碼在紙上，紙在包裡，要打的時候，在包裡找就好了嘛！」

話是這麼說，但我向來是要找什麼，找不到什麼的人。而我的包，就在日積月累之下變成大石頭。

我現在肩膀上這顆包覆鉚釘的巨石，自己背都嫌重，更何況以醉漢之力，猛砸在別人的腦袋上……

我心虛地暗想：我眞的沒有動過活宰杜子泉的念頭嗎？

我在那邊摸著良心自問呢，他已經有些不耐煩了，「妳來有什麼事嗎？」

我摸了一下褲子，手心濕濕的，忽然想起來了。「我、我是送清潔費來給你的。」我找到了理由，說話恢復流暢。「我吐了你一車，眞是不好意思。車子是你公司的，總不能髒髒的還回去吧，清潔費該我付。」

他沒把話聽完，人就往旁邊走開。「不用了。」

「怎麼不用，這是我的責任！」我搶上幾步，拽住他的手，強調著說：「我的責任，我是絕不推卸的。你說，清潔費多少？」

「不用了。」

「一千五？兩千？」我堅持，打開錢包數鈔票。「兩千夠不夠？還是多一點？」

杜子泉吼了起來，「我說，不用了！」因爲用力，又拉扯到頸部肌肉，他的五官整個揪起來，齒縫間嘶嘶地吸氣。他指著停在路旁的車子說：「昨天晚上我就把車墊洗了。我自己洗的，不花錢。」停頓一下，語氣和緩下來，「妳也沒吐得多厲害。」

我的手指還捏著鈔票，可是遞不出去也收不回來，停在半空中，進退不得，一肚子的話，被這幾句輕飄飄地給擋了回去，含在嘴裡，吐不出來。

唉，我眞不該來啊！

聽方欣華講述昨晚的事情後，我就覺得我又欠了杜子泉一回。可是現在我眞不能欠他什麼了。十七歲的時候，我欠他，是因爲他喜歡我，我喜歡他，爲了喜歡的人，付出多少都是樂在其中，我們之間的那筆爛帳，可以永遠是筆爛帳。

但現在，一切都得算得清清楚楚。

我是爲了這點清清楚楚來的，可是，眞把一切都算清楚了，又有什麼意義呢？

我很僵地把手指慢慢收回去，把鈔票慢慢收回去，別過臉去，花了點時間，假裝收錢包，等扣上包釦，做好了打退堂鼓的心理建設，再次掛起笑容，語氣輕鬆地說：「既然這樣，那就算了。昨天晚上眞不好意思，下次我請你吃飯吧，我們不喝酒了，免得我又出醜。」

他沒吭聲。

我又說：「你看起來是要出去的樣子，那我不打擾你了，我回去了。」

他還是不接話。

他不講話，我的獨角戲也接不下去，眼見情況不妙，只得「哈哈哈」地乾笑了幾聲，那聲音之空洞鬱悶，連自己都覺得表現得很愚蠢。但愚蠢歸愚蠢，好歹是個轉圜的空間，我就那樣一面打著哈哈，一面轉身往街道的另一頭飄，想要速速退場。

我沒走開幾步，身後，杜子泉卻說話了。

他說：「程秀翎，妳來，就爲了給我清潔費？」

我回頭看，他雙手環胸站在車子旁邊，一副審問人犯的姿態，咬著牙齒，語氣不善。

各位同學，請相信我，我的腦子其實並不眞的很笨，光看我能考得取大學（請想想那個年頭的大學錄取率吧），考得上教師甄試，以千分之一、二的錄取率勝出，拿到公立國中的正職缺，就可以知道，我這個人也是有相當雄厚的潛力的。

但很奇怪，只要對上杜子泉，我那雄厚潛力，就會過熱當機。

譬如說，在這個時候，當杜子泉質問，我來，是不是只爲了付清潔費……我用膝蓋想都知道，他言下之意，就是我最好不只是爲了付清潔費而來。

但我能爲什麼而來呢？如果我不是爲了清算我們之間的欠債，還能爲了什麼呢？

我只花了兩秒鐘，就過熱當機了。

當機的我，給了他當機的回答。「是啊。」

杜子泉的臉色頓時臭到底。他二話不說，「啪」地一下把車門拉開，把車頂上曬的兩塊腳踏墊往後座一扔，彎身進了駕駛座，又狠狠地「砰」一聲把車門關上。

他關門的那個力道，車門如果會說話，一定會哭著喊：好痛啊！

然後他發動引擎，駛出車位，只聽見「轟」地一聲，把油門踩到了底，朝街道的那一頭飆走。

車子開過我身前時，透過車窗，我瞟見杜子泉的側臉。雖然是瞬間的事，但他那時的表情我不會錯認……複雜點形容，可以寫上千萬字，但要是簡單點說，就兩個字：可惡。

其實不用他表那個情，說眞的，我也挺可惡我自己的。

我目送杜子泉飆車離開，站在原地愣了一陣，想想沒戲唱了，也就默默打道回府。回家一看，屋裡還是那麼亂。我小時候總覺得這個世界上有一種隱形小精靈存在，他就住在我房間裡，老把我要的東西藏得找不到。我一直用潛移默化的態度，希望他能把力氣用在正事上——趁我不在家時，把屋裡打掃整齊——現在看來，顯然我從小就患有嚴重的妄想症。

我把包包往地上扔，外套丟在沙發上，人躺在床上，閉起眼睛，盡可能不去想杜子泉的那張臉。

想得太多，失落太多。

但我失落著失落著，也就睡著了。

然後我作了個夢，夢見高中生的我，每天晚上抱著考卷和課本到杜子泉家報到，和他核對讀書計畫，檢討考卷，複習功課……我那段本該是玫瑰色的純情少女時光，最後在他的鐵血教育下黯淡地結束。

那一年裡，杜子泉基本上全天候處在老馬附身的狀態，我每次看到他，總不禁想起連續劇和小說裡那些有著暴力傾向的惡男人們。他們在外，衣冠楚楚談吐不俗，擁有傲人的學歷和地位，但回到家裡，就燃燒小宇宙，訴諸武力，把老婆打得渾身傷痕累累，向外人說起，誰也不願相信……

所以說，反差愈大，變態愈大。而杜子泉不愧是變態中的變態。

但我們那個年代的人，有句老話，叫「打是情罵是愛」。我媽每次抄起藤條追著我開扁的時候，就把這句話掛在嘴邊。她還說：「妳要不是我女兒，我還不屑揍妳呢！要不是因爲我愛妳，何必在妳身上花力氣？我打妳做什麼，我打妳是因爲我要妳更好！」

所以杜子泉每次擺著張臭臉，拿小鐵尺猛抽我手心，罵我不用腦袋的時候，我總套我媽的話來自我安慰：要不是他愛我，他罵我做什麼？他罵我是因爲他要和我一起上大學……然後我就能不覺其苦，甘之如飴。

老實說，後來想想，杜子泉那算什麼鳥啊，我這種堅毅不拔、樂在其中的精神，才叫一代變態。

吃苦當吃補地耗了一年多，最後，我終於如願以償地掙扎著爬上了大學的榜單，還是在台北的學校——我不可能上別地方的學校，因爲志願卡上，我只塡了北區大學的校系。

唯一美中不足的是，我和杜子泉念的不是同一間學校。和讀高中時一樣，他念最好的學校，我讀次好的學校，我們兩校排名之間，還雜了很多很多其他的學校。不過沒關係，我很有自信，在歷經各種艱難的挑戰後，搞定了上大學這一關，杜子泉就是我手中牽著線的風箏、繫著拉繩的小狗，他不管跑哪裡去，我只要一扯繩子，就能把他拽回來。

我們北上，展開新生活。

在這之前，我一直以爲台北不大，至少不會比台中大。後來事實證明，台北比我想像中大，還大很多。就拿我們兩人的學校來說，雖然都在台北，但一個市中心，一個市郊區，兩校之間，隔的是一段跋山涉水的崎嶇路。

每次約會，我都得抱著必死的決心，從學校出來，爬進比沙丁魚還擠的公車裡，享受著踐踏人和遭人踐踏的滋味。車子繞著山路轉半天，繞得全車的人都快吐了，好不容易才進入市區，然後經過一連串堵車、塞車、堵車和塞車的過程，等到了杜子泉那邊，已經是兩個多小時後的事，差不多就是從台北到台中的時間。

但不管怎麼說，約會還是很美好的。雖然我們的約會不外乎是讀書和吃飯，吃飯後再讀書……

杜子泉的課業壓力很重很重。我想，這也難怪，建築系出來，以後要蓋房子、蓋大樓，一個不小心，房屋塌了，就是人命關天的問題。

而我讀的是中文系，簡單來說，就是培養古書裡的蛀蟲，爲了一個音和一個字型的演變進行考究。所謂古書，寫書的人都死了，弄錯字音，也不會有人從墳墓堆裡爬出來跟你索命……所以，我的大學生活，和杜子泉相較，就是天堂和地獄的差別。

身爲天使的我，很同情他淪陷地獄的生活，每次見到他，總不忘記帶來天堂的訊息，試圖豐富他單調的生活。

我告訴他，我參加社團了，國樂社。我學的是揚琴。拿兩根琴弓，叮叮咚咚地在琴鍵上敲出聲音來。

「我學的第一首歌是小星星。」我邊哼邊說：「杜子泉，揚琴的聲音眞好聽。等我學會了，你拉小提琴跟我配好不好？」

他頭也不抬，低頭看書，手中轉著筆，嘴裡回答，「不好。」

我問爲什麼？

他說：「妳程度太低，我怎麼配得起來？」

我大不服氣，說小星星這首歌三歲小孩都會唱，你拉小提琴十幾年了，配不起來，那是你程度低吧！

他不理會我幼稚的挑釁，把筆轉得嗒嗒響。

我看他不搭理，覺得無趣，只好自己把話接下去。「說也奇怪，國樂社的成員幾乎都是中文系的，只有一個人是工學院的。」

他沒吭聲，筆轉得那個流暢啊，跟神手轉溜溜球沒兩樣。

「機電所的學長，」我說：「他也彈揚琴。」

繼續轉。

「去年還有揚琴老師上山來教課，今年那個老師去南部了，找不到人來代，就鬧空窗了，好在學長學了好幾年，都快出師啦，所以他來教我。」

轉速慢了下來。

「學長叫我先學打鼓，打鼓和揚琴的原理是一樣的，不過，我學了兩週，到現在還敲不好。」

杜子泉突然把筆握住了，頭也不抬地說：「妳學什麼都慢。」

「誰說的，學長說我有慧根，」我反駁，「只要多花點時間練習，慢慢就會上手啦。」

他「哼」了一聲。「算了吧，社團活動一週頂多兩天，照妳這種三天打魚兩天曬網的個性，能練出個什麼來才怪呢！」

我正一頭熱，卻被他連澆兩次冷水，大不高興。「學長說他會陪我練，他有社團辦公室鑰匙，我們一週練四天，週末也可以利用……反正我住校，放假閒著也是閒著。」

杜子泉終於把腦袋抬起來了，正眼看我。「一週四天，外加週末？」

換我發鼻音了。「嗯哼。」

「那剩下的那一天，妳要幹什麼？」

「跟你約會啊。」

他的臉色臭得可以，狠踹了一下我的椅子，「那妳乾脆現在就滾回去練習！」說完，闔上書本轉身就走。

好氣魄，眞是拍拍屁股不帶走一片雲彩啊！

我受了他沒來由的一場排喧，怒氣沖沖地穿過半個台北，回到山上的宿舍去，咬著棉被一角，含淚發誓再也不理這個沒良心的小壞蛋！

但第二天下午，我才下課，剛回房間，正拿起國樂樂譜要出門去社團報到呢，宿舍電話就響了起來。

電話那頭，沒良心的小壞蛋語氣生硬地問：「下午還有課沒有？」

「沒有。」

「那妳下山來。」

「幹什麼？」

「跟我去讀書。」

「我又沒有書要讀。」我說：「我要去社團，和學長約好了要練習！」

這時，杜子泉的聲音聽起來有點陰風慘慘的味道，「妳現在要去練習？」

「對。」

「那好。」他涼颼颼地說：「那妳去吧，去練習。但妳要記住，妳要不今天來找我，要不就永遠別來找我。」

他把話說完，「啪嚓」一下就把電話掛掉了。

我對著響著忙音的話筒一陣咬牙切齒、擠眉弄眼，嘴裡不三不四地罵著中文、台語、英語和其他各種能想像得到的髒話。但你知道的，不管我嘴裡罵得多凶惡，臉上表情做得多足，到了最後，我還是下山去找他了。

在圖書館裡，杜子泉要了一份我的課表去複印。

此後直到畢業爲止，我再也沒有可以練習揚琴的時間，也沒再見過那個機電所學長……

爲此，我恨過杜子泉一段時間。

有時候，我也會拿這事和他鬧。

「你爲什麼非得把我叫出來念書？」我說：「我又不像你課業壓力那麼重！」

他對付我的態度，向來是四兩撥千斤，游刃有餘。「讀書是學生的本分。」

「但我是大學生啦，我可以決定自己什麼時候讀書吧？」我據理力爭。

杜子泉淡然瞟了我一眼，「當然可以啊，」停頓片刻，又補上一句。「等妳和我分手以後。」

我眞是咬碎銀牙和血吞哪。「杜子泉，你把我管這麼緊，控制欲這麼強，你是哪裡有毛病吧？」

面對我的指責，他認眞想了一會兒，居然點了點頭承認，「是有點。」

「啊？」

「我是有毛病。」他說：「我心理不平衡。」

「……」

「我就不能忍受，我讀書的時候，妳在偷懶；我在做作業，妳在睡覺；我在準備評圖，妳在玩社團。我不快樂，也不想看妳快樂，妳太快樂，我不快樂。」

他這麼明白承認自己有病，這叫我怎麼接下去啊？

「那你自己也玩社團啊！」我說：「你還組了一個小弦樂團，每次練習都把我拉去聽。爲什麼你可以拉小提琴，而我不行？」

「我課業壓力大，需要適當抒解。我要不抒解壓力，我就要爆發壓力了！」他理直氣壯地對付我，「妳課業壓力有我大嗎？妳想看我爆發壓力嗎？少廢話，妳給我坐在我看得見的地方，幹什麼都行，就是沒經過我同意不准走……我叫妳坐下妳是沒聽到？程秀翎，妳是要去哪裡？」

我氣得推開椅子往外跑。「去廁所！」

我其實想對他吼、想甩門就走，想把他的小提琴摔成兩三截，順便拿一截砸在他頭頂上，讓他知道老娘也不是好惹的。

但我不敢……

我天生小孬孬。

我在夢中恍惚著，看見年少的自己跟在杜子泉的屁股後面，就像是他尾大不掉的一條臭尾巴，他走到哪裡，我追到哪裡。

他在圖書館，我在圖書館，他在社團，我在社團，他在繪圖教室熬夜，我坐在旁邊點頭打瞌睡……四年時光看似漫長，但回想起來，卻短暫得教人惆悵。一直到快畢業的時候，我才明白，其實我才是那個被杜子泉扯在手裡的風箏，被鏈著跑的小狗，他用不著扯繩子，因爲我總跟在他身邊。

一覺醒來，天色已經暗了，外頭還下著雨，雨聲嘩啦啦地響個不停，下得很大，屋裡黑黝黝的，一點光也沒有。我躺在床上聽雨聲，聽了半天，才發現肚子餓了，想一想，一整天下來，居然滴水未進，什麼也沒吃。

我想，杜子泉給我臉色看，那是我欠他，可是，再怎麼樣，我都不欠我自己，何苦和自己的胃過不去。於是振作精神，翻身起床，梳了頭髮，披上外套，正要出去覓食，手機又響了。

我一面接電話，一面往外走。電話又是方欣華打來的，她也不跟我講什麼禮貌客套了，劈頭就問：「程秀翎，妳現在在哪裡？」

「家。」

「那妳現在就去宜蘭吧。」她沒頭沒腦地說。

我對方欣華眞是厭煩透了。這個人打電話給我從沒好事，總把我從這裡叫到那裡，她當我小狗啊！看看她昨天使喚我的下場吧，我吐了杜子泉一車，然後……然後我就不想再想了。

「妳今天跑那麼遠，去宜蘭買醉？」我有點不可置信，「方欣華，我勸妳少喝點吧！還有，我們兩個有這麼要好，妳怎麼老打電話來找我出去？這可不能養成習慣啊，我……」

「誰跟妳買醉了！」方欣華打斷我的話，老實不客氣地說：「我叫妳去宜蘭，是去看看杜子泉情況怎樣了，他從工地摔下來，人躺在醫院，昏迷不醒。他台北沒親戚，家人都在台中，才找到我。我跟妳說，我現在手上有事沒辦法過去，妳先過去看看，看情況到底嚴重不嚴重……喂、喂，程秀翎，妳有沒有在聽我講話啊？聽到就應個聲啊！」

有幾秒鐘時間，我嚴重懷疑自己方才是不是一邊在作夢，一邊在作法，要不然，杜子泉的報應怎麼會來得這麼快？但我就算對他作法，想的也是破鏡重圓，並不是要超渡他往生極樂啊！

我的聲音聽起來眞是虛弱，「他怎麼會摔得這麼厲害？」

方欣華的脾氣和我比起來可說不遑多讓，她不耐煩地說：「我哪知道啊，又不是我推他下去的。喂，妳到底去是不去？妳不去，我還得找人幫忙。」

「我去、我去！」我當然要去。

如果杜子泉摔得失憶了，我就跪在病床前，含著淚水說：我是你女朋友，我們說好了要結婚，我肚子裡有你的小孩了，你答應要負起責任……

但如果他摔得重傷了怎麼辦？如果他摔死了，怎麼辦？

這個念頭才浮上腦海，我就狠狠地抖了一下。

我搭計程車趕去車站，買了去宜蘭的巴士車票。一路上，全身上下好像有一萬隻小蟲子在咬，坐立難安，心口怦怦直跳，控制不住的寒意從腳底蔓延開來，渾身發冷，我一次又一次地低頭檢查手機，生怕漏接任何一通可能告知消息的電話，咬著嘴唇，雙眼呆滯地看著隧道的燈光，一盞一盞地從窗邊滑過，恨車開得不夠快，又怕車開得太快。

人生旅途中，最短暫的是過程，而最漫長的，是等待。

我想起白天時杜子泉問我的那句話。他問我，「程秀翎，妳來，就爲了給我清潔費？」如果他就這樣殘了、呆了、昏了、死了，永遠地壞掉了，在他最後的記憶裡，我是個什麼樣子？他記住的，是不是我那些支支吾吾結結巴巴的回答，還有腦袋當機時的呆滯表情？如果他就這樣殘了、呆了、昏了、死了，永遠地壞掉了，在我的記憶裡，對杜子泉最後的印象，就得停留在他飆車離去時，怒氣沖沖的側臉？

而那些埋藏在心裡許多年，始終沒能說出口的話，面對面時拉不下臉來承認的事實，丟出去卻得不到答案的問題，又該讓誰去承擔？

沒有道歉、沒有釋懷、沒有和解、沒有圓滿……只剩遺憾。

我用一種烏龜逃避傷害的思考方式對自己說：不可能，在這個故事裡，沒有這種結果！

巴士到站，我攔了輛計程車趕往方欣華說的醫院，跌跌撞撞奔進急診室，攔住迎面走過的護士，正要開口問，就聽旁邊傳來熟悉的聲音。

杜子泉詫異地問：「妳怎麼會來？」一面說著，一面往後看，「方欣華呢？」

他坐在急診室外的椅子上，四肢俱全，腦袋連著頸子，說話聲音中氣十足，並沒有血流如注、並沒有傷痕累累、並沒有身首異處，並沒有一副要死的樣子，也沒有失憶……

我說不出自己的心情，到底是慶幸他毫髮無傷呢，還是惋惜他怎麼不被天外飛來一磚砸昏腦袋，好讓我來得及把自己的後半生賴給他。

杜子泉不耐煩地追問：「我問妳話呢，妳聽不見啊？方欣華呢？」

好吧，是惋惜沒錯。

「她說她忙，來不了。」我走過去，仔細檢查他的頭臉，沒有受傷的痕跡。「杜子泉，你不是躺在醫院裡昏迷不醒，快死了？」

「妳個烏鴉！」他給了我很不客氣的一道白眼，「誰昏迷不醒？誰快死了啊？」

「你啊。」我說：「方欣華說你從工地摔下來。你怎麼那麼想不開，爬樓頂上去跳？」

「我跳——」杜子泉的聲音是從齒縫間擠出來的，「我跳什麼啊！誰想不開了？我上樑去看屋頂結構，老瓦平房，高度不到兩百二十公分，我就是在梯子上滑了一跤，摔了一下，被妳說得像是要自殺！」

「……那你沒事，通知方欣華來宜蘭做什麼？」

「腳滑的時候，扶了一下，把右手拉傷了，抬不起來。」他指給我看，「脖子也沒好，我得找個人來幫我把車子開回台北去。」

什麼叫自己嚇自己？這就是。我趁夜趕來，一路心驚膽戰，原來全是表錯情。

杜子泉見我無話可說，掏出手機檢查電話簿，「星期六晚上，誰都找不著。鬧了半天，結果來了個沒用的。」

阿彌陀佛，他好歹是摔了一跤拉傷了手，進了醫院，算得上是半個傷患。我程秀翎心胸寬大，從來不為難老弱婦孺，還有病人。

我深呼吸一口氣，平靜了心緒，毛遂自薦地指了指自己。「要不，我來開？」

「休想！」杜子泉回答乾脆，「妳怎麼來的，怎麼回去，我另外找人想辦法。」

人道精神，不殺傷患……我一面默唸，一面指著手錶說：「你也不看看現在都幾點了，除了我，你還能找得到誰？」

「找誰都好，就妳不行！」他說：「妳那開車技術，我算是領教到了。撞爛我自己的車也就算了，這車是公司的，板金上擦一下，人情就欠大了。妳不能幫我，也別害我！」

我臉臭了，嗓門大起來。「誰害你啦——」

我們正要爭吵，一旁有個人走過來，看看我、看看杜子泉，開口建議，「杜先生，這麼晚了，又下著大雨，路況不好，開車不安全……我看這樣吧，今天晚上你就別急著回去，在我們那邊住一晚，等明天放晴了再走。」

「這樣不方便吧？」

「沒有什麼不方便的，」對方很客氣地說：「我們開民宿的，就是房間多。我打個電話跟我老婆說一聲，讓她準備準備。」

杜子泉和人家交談時，我杵在旁邊，有些窘迫，不知道該擺出怎樣的表情才好，只得把臉轉到旁邊去，假裝在檢查玻璃門擦得乾淨不乾淨。

其實，我心裡的感覺很複雜，有些慶幸，又有些沮喪，我慶幸杜子泉並沒有眞的殘了、呆了、昏了、死了……可是他的毫髮無傷，卻顯得我無立足之地。

杜子泉和那人把話說完，目光朝我這邊掃了過來。

我也不是十七歲小女生了，識時務、知進退，知道什麼叫作自討沒趣，也知道什麼時候該拍拍屁股閃人，所謂該下台時需下台，下不了台空跳腳，這樣的錯，我是不會再犯的。我抓準時機，清了一下嗓子，淡淡地說：「那，沒其他事情了吧？沒事我就先回去了……」

他沒接話。

我搖著手上的鑰匙串，匡啷啷地響了兩聲，一面響，一面往急診室外頭走，一面走，一面強顏歡笑，心中暗想：杜子泉，你好歹毒的心思啊，需要的時候，把我大老遠叫來，不需要，又揮揮手把我趕走……我走我走，老娘今天走出這扇門，就不會再回頭，你永遠也不知道自己失去了什麼！

我的右腳往門外踏出一半，正要落地，就聽杜子泉在後頭說：「程秀翎，想溜啊？妳跑什麼跑？給我回來！」

我又拐了回來。

他臭著張臉站在那裡，瞪著我看，像是在衡量該如何發落我。最後他說：「這麼晚了，妳搭巴士回去，回到台北也不知道幾點鐘了……算了，妳跟我走吧，明天早上再回去。」停頓一下，又多此一舉地問：「在這裡住一個晚上，行嗎？」

我面無表情地說：「應該可以吧。」又問：「可你不麻煩嗎？」

杜子泉沒立刻回答，他的眼睛往旁邊看看，不知道在看什麼，過了半晌，嘴裡才說：「習慣了，妳又不是第一次找我麻煩。」

可說也奇怪，當我抬頭瞄他的表情時，他的臉頰，若隱若現似有若無地出現一個小小的凹窩。

民宿的趙老闆開車帶我們回去，杜子泉坐前座，兩人不時交談，談雪山隧道開通後對宜蘭造成的衝擊，談古厝的設計和用料，談建地利用，也談怎麼做民宿生意……

他們說的話，我都接不上，只能保持沉默。

車子左彎右拐，開了好半天，最後停了下來。我們下車，只見眼前住家燈火通明。

進屋時，我看見牆上的時鐘，已經是十一點半了。

我下午補睡的那場小午覺，到了這時候，消耗得差不多了。這個晚上，我一下著急，一下生氣，一下窘……眞是心力交瘁。

但等到進了房間，睜眼一看，我的倦意頓時飛到九霄雲外。

屋裡只有一張床。

趙老闆向我們解釋，「原來以爲不來了的客人剛剛到了，把其他房間都住滿了……眞不好意思，沒有多的房間。這樣好了，程小姐不介意的話，跟我小女兒睡吧，她房間裡有張子母床，可以再睡一個人。」

我說：「我不介意。」

杜子泉說：「最好不要。」

我和趙老闆都往他臉上看過去。

「她睡覺會打鼾，很嚴重，」杜子泉說：「一般人受不了。」

我傻在那邊。我睡覺打鼾？什麼時候？什麼時候？

「可以的話，加張床好了。」杜子泉問：「很麻煩嗎？」

「不麻煩，不麻煩，只不過，我們這裡的加床，不是活動床，是打地舖。」

「地舖也行，」杜子泉說：「我可以忍受打鼾。」

趙老闆把床墊枕頭被子都搬了進來，鋪在地板上。他走以後，屋裡剩下我和杜子泉兩個人。我還糾結在那該死的疑問中：我打鼾，什麼時候？

杜子泉在屋裡走了一圈，打開窗戶，往外看看，又推開浴室的門，往裡看看。最後他走出來，站在床邊，看著我說：「妳要睡哪裡？」

我這個人平常不怎麼樣，但在關鍵時候，最能表現出品德高尚。我指著地舖，「你睡床，我睡地板。」

杜子泉臉上不苟言笑，但語氣很滿意。他說：「很好。」一屁股就往大床上坐了下去。

他那當仁不讓的姿態，令我有些措手不及。我很想告訴他，按照世俗的規矩，還有人性的道德標準，身為男性，他應該懂得什麼叫作犧牲，什麼叫作忍讓，什麼叫作有所為有所不為，管他是扭傷了手臂還是折斷了脖子，在禮貌上，他也得把床讓給我，和我搶地板的歸屬權，那才叫作紳士風範。

我正惡向膽邊生，想著要把這壞傢伙從床上一腳飛踢下來，他突然伸手解開一顆釦子，一面解，一面看著我說：「喂，我癢得要死，妳來幫我！」

我被他那一看，腳步蹬蹬蹬地直往後退，再聽他那一說，臉上花容失色。

這一瞬間我才算想明白了，夜黑風高，人在異鄉，荒郊野外，孤男寡女，同宿一屋……床上和床下，其實並沒有太多分別。我在不知不覺間，竟陷入羊入虎口的境地。

我用力吸氣，「杜子泉，我看你是個病人，對你客氣。你最好安分點，不要亂來，要敢動手動腳，你麻煩就大了！」

他聽我這麼說，愣了一下，接著，目光從疑惑轉為可笑。「妳腦袋又歪了是不是？誰跟妳動手動腳了？我是說，我頭癢得要死……今天整個下午都在老房子裡爬上爬下，又灰塵、又流汗、又下雨，髒得我都不想講了，我得洗個頭！」

「那你去洗啊！」

「我手抬不起來，妳叫我怎麼洗？妳反正來了，閒著也是閒著，妳幫我洗吧。」他說：「就像以前那樣洗，洗乾淨點，洗完吹乾了，我才能睡。累死我了，一整天！」

就像以前那樣洗……

沒錯，我以前幫過杜子泉洗頭，好幾次，好幾次，次數多到我都記不清了。

但每件事情都有第一次。

可能是因爲杜子泉把我控制得死死的緣故，我在大學裡，成績可說名列前茅。這一方面除了歸功於我個人資質佳（只是開竅晚），再來，就只能說，杜子泉認眞讀書的時間實在太多。

大學生活，眾所皆知，就一個「廢」字。

眾人皆廢我獨醒，努力總能得到些代價。我的成績扶搖直升，每學期成績單寄回家，我爸看了，據說作夢都在笑。

我覺得，這就是典型一分耕耘、一分收穫的寫照。

但我的室友們可不這麼想。我一天到晚不在學校，又跟個男的像連體嬰一樣成天耗在一起，在腐女大學生們的想像中，我倆的生活，內容之猥褻香豔，可想而知。以致於每次我熬夜讀書後回到宿舍，縮在床上補眠時，都會招來其他人意有所指的勸告。

「年輕雖好，但也別過度消耗。採陽補陰，妳又不是天山童姥……」

我眞是欲哭無淚啊！

天地良心，我和杜子泉之間的進展，與高中時期相差無幾，拉拉小手，狗咬幾口，除此之外，眞沒什麼能說的。

我也常想勸他百尺竿頭更進一步，好好經營一下感情，促進氣氛，製造機會，但這話不容易直說，只能間接試探。

譬如說我會問：「情人節快到了，你不送我花？」

「用不著，」他一釘子碰回來。「妳就是朵花，大嘴巴喇叭花。」

我跟我自己說：不生氣，不生氣，書呆子就是這樣，直來直去，有口無心。

下一次我鼓起勇氣問：「我生日要到了，你打算給我個什麼驚喜？」

杜子泉淡淡地看過來，「我生日的時候，妳給過我什麼驚喜？」

我上對不起天，下對不起地，我這個人，只記得住自己的生日，至於他幾時生的，我從沒記住過。

最後我憋到一個不行，決定把話挑明來說：「杜子泉，人家談戀愛，花前月下，燭光晚餐，多麼浪漫！」

這傢伙指著我面前的書本回答，「書中自有顏如玉，書中自有黃金屋，妳好好讀書，別老是整天想吃飯！妳最近胖很多，腿都肥了，妳知道不知道？」

至此，我拒絕再和他進行任何友好的深度對談。我當他是根木頭，比較不會失望。

但他的種種不解風情，我都可以原諒。不是因為我心寬，實在是因為，他壓力大，讀書很辛苦。

我說過，大學生活就一個廢字。但這其中也有許多例外，譬如建築系學生的生活，在我看來，就只能用一個「慘」字來形容。

有時候我很疑惑，多少輕鬆的系所可選擇，杜子泉為什麼非得念建築？他該不是自虐虐人，玩上了癮，虐待別人，痛整自己，不絕其樂？總之，人家說大學是「由你玩四年」，但用在杜子泉身上，則是「蹂躪你四年」。

我們中文系的狀況是：大考前一週墮落荒唐，大考前三天昏昏欲睡，大考前一天猛然覺醒，大考前一夜幡然悔悟，大考當天早上自暴自棄……考完之後，重新來過。

但建築系好像成天都在搞期中考？

除了考試和報告之外，他們還時不時地搞一些叫作評圖之類的大拜拜活動。活動前三個月，杜子泉就陷入地球要爆炸的地獄之中，食不知味，臥不安寢，整天蹲在繪圖教室裡，燃燒他的青春小宇宙。話愈說愈少，表情愈來愈僵，人活得和殭屍沒什麼分別——臉是青的，眼圈是黑的，嘴唇是白的。整天翻來覆去，就是拿著三角尺和圓規在紙上畫來畫去，拿刀子割線條，塗塗黏黏、黏黏塗塗，推倒重來……

我太明白這傢伙的個性，他就是認真。專注一件事情，其他都不在乎。他可以耗在模型上，白天黑夜、黑夜白天，如果我不給他送飯，他就整天餓肚子，如果我不叮嚀他喝水，他就成橫越沙漠的駱駝了！

每次看到那樣的杜子泉，我總覺得心疼，可是，除了照三餐餵食他之外，我實在也不知道自己能幫忙做點什麼。有次我善心大發，想聽聽他的設計說明，但他才說了個開頭，講什麼橫向和縱軸的概念時，我就立刻陷入精神上難以自控的狀態——睡死。

這反應重創了他的自信心，但他從不反省自己講得過於艱深，反而差點一怒掐死我。

從此以後，只要我們的談話稍稍擦上專業領域的邊緣，我就立刻退避三舍。

總之，評圖或報告結束的那一天，杜子泉也差不多燒得只剩個人形乾渣。人站在我面前，但靈魂蒸發，連多說一個字的力氣也沒有。

我問他：「你還好吧？」

「好。」

「要不要回去睡覺？」

「好。」

「那你回去睡，我回宿舍去了。」

「不好。」

「……那我陪你回去？」

「好。」

杜子泉上了大二，就不住學生宿舍了，杜伯伯在學校附近買了間房子，他一個人住。我把杜子泉弄回家，他進了房間，燈不開，衣服不換，「咚」地一聲人往床上倒，頭才沾上枕頭就睡著了。

他人是睡了，但睡得不安穩，眉頭緊皺，時不時發出一些類似囈語的含糊聲音，整個人還處在緊繃狀態中，放在身邊的兩隻手時不時地移動，呼吸有些急促。

我啊，從來沒有見過這個樣子的杜子泉。

記憶所及，每一個時期的杜子泉，都有一些不同的變化，可是，在這些變化裡，我沒有看過他軟弱。

我總覺得，他跟我爸爸是很相似的一種人，雖然他沒有我爸職業軍人的體格，他的嗓門也不如我爸大聲，可是，他們都是頑強的人，像樹一樣。

草木有千百種姿態，同樣是樹，我爸是深山老林中的檜木，材質既堅韌，卻又柔軟，支撐著這個家、支撐著我，風雨侵襲，面不改色。

杜子泉不是檜木，他呢，就像是他家院子裡種的那棵小葉欖仁樹。枝幹挺拔、修長，枝條平展而優雅，看似清瘦，其實軒昂，質密而重，是美質良材。

在我們成長的過程裡，許多人都覺得杜子泉是溫室長大的小孩，聰明資優、反應敏捷，腦子好，做什麼事情都容易。這樣的人習於成功，從未失敗，久而久之，養成驕縱的習性，金玉其外，敗絮其中，受不得壓力，稍遇挫折，就如散沙般潰敗。

我知道他不是這樣的人。他走的路，也不是一帆風順。

但我太習慣看到他強硬的那一面，從沒想過，他也有難耐壓力的時候。

這個晚上，我看見的，就是杜子泉從未讓我見過的那一面，緊張、焦躁、不安，還有些慌亂和失措……這讓我驚訝，又讓我有點高興。我驚訝於他不是無敵鐵金剛的事實，而我高興的是：原來，杜子泉和我，都是一樣的人。

我們都年少，對於長大，對於眼前的許多事物感覺陌生、畏縮、害怕、沒有把握，然而無論如何，卻從不拒絕長大。

這全新的體悟，讓我內心溫暖。我用手指撫摸他蹙起的額頭，一下一下，輕輕地按著，從眉心往兩邊推開、推開、推開，直到他放鬆為止，然後我握著他的手，大拇指不斷揉著他虎口外側的皮膚，一下一下地畫著圓，直到他慢慢放輕呼吸。

等他睡醒，已經是凌晨了。

我坐在地板上，靠著床墊，不知不覺就打起了瞌睡，半夢半醒之間，被杜子泉搖醒過來。

他問：「妳怎麼在這裡睡著了？」。

我打了個大呵欠，坐直身子，只覺得腰痠背疼，伸了個長長的懶腰，「啊，太累了，坐著坐著就睡著了。」說話間，我清醒過來，「你醒啦，睡飽了？你餓不餓？要不要吃東西？我跟你說，晚上我下樓給你買了飯，但你睡得太好，我就沒叫你起來吃，放在冰箱裡呢，你要吃，得熱一下。」

我嘮叨地說著，杜子泉卻只看著我，眼睛亮亮的，不接話。

他不接我話是常有的事，我也不在乎，只問：「你是想吃飯呢，還是要再睡一下？」

他搖了搖頭。「不想吃東西。」停了一停，又說：「我睡飽了。」

「那你要喝水嗎？」從杜子泉身上，我發現，我有當動物園飼育員的本能。

「不要。」他拉拉身上的衣服，「我想洗澡，換衣服。」

「那你去吧。」我轉身往外走。「我給你弄熱便當。」

「可是，我不想動手洗頭。」他說：「這幾天，我一直在做東西，手好痠，很累……」

「那我給你洗頭！」我自告奮勇。「我的手不累也不痠，可以幫你洗，沒問題！」

杜子泉很高興。「那就謝謝妳啦！」

他脫了上衣，打著半身赤膊，坐在浴室裡的小板凳上，臉背對著我。

我小心翼翼拿溫水打濕頭髮，給他抹洗髮精，一面搓洗，一面按摩，我輕輕按他的太陽穴，然後就著泡沫，沿著後腦杓一點一點地往下推。

我一邊揉，一邊問：「怎麼樣？舒服嗎？」

「嗯。」

「杜子泉，你太緊張了你知不知道？」我說：「你剛剛睡覺，作惡夢了是不是？一直亂說話，不知道在跟人家吵什麼。」

「我夢見評圖了。」他說，聲音很含糊。

「評圖已經結束了。」

「沒有。」他停頓了一下，「對我來說沒有。」

「怎麼回事？」我問：「結果不好嗎？」

他沒說話，我站他身後，也看不見表情，但從他的無言裡，聽得出大概的意思。

「不好沒有關係，」我說：「下次好好做就好了，還有機會嘛！」

他沉默了很久，才慢慢地說：「主任不喜歡我的作品，他說，不知道我在做什麼鬼。我想解釋，他不讓我解釋。他說從作品上就可以看出我的程度，講什麼都是多餘的。」

「他怎麼能這麼說呢！」我很爲他打抱不平，「你那麼努力，都做到快死翹翹的地步了，他這麼說，太苛刻太不公平了。」我問：「那他怎麼說別人的作品？說他們都做得很好嗎？」

杜子泉想了一下，「好像也沒有。」

「嗯？」

「主任好像不是一個會隨便讚美學生的人。」他說。

「是喔……」我想了一下，「那不是跟老馬很像嗎？」

「啊？」

「老馬啊，你忘記了？」我說：「就是我們國中時，那個一天到晚刁難你的馬老師啊。」

「她沒有刁難我，她是在刁難妳！」

「刁難我不就是在刁難你嗎？」我又倒了點水在他的頭髮上。「反正他們這些人，都很難取悅。杜子泉，我覺得你挺倒楣的，你碰到的老師都是些狠角色。老馬是這樣，你現在的主任也是這樣。」

他沒說話，肩膀往下垂。

「可是啊，我覺得，你不用怕。」我搓洗頭皮，「你這個人，我很清楚的，就是逆境中更堅強。你很聰明，也很厲害，但有一點是除了聰明和厲害之外，更重要的。我覺得呢，你就是不認輸。你從來不垂頭喪氣，碰到什麼事情都很勇敢……你知不知道，我很喜歡你那樣！」

「哪樣？」他含糊地問。

「別裝傻啊，就是我剛說的啊，不垂頭喪氣，很勇敢。」我說：「你知道的，我是那種老垂頭喪氣，很不勇敢的人。你看我，每次碰到大考啊、挑戰啊，只要一點失敗，立刻就打退堂鼓了。可是你不一樣，你都不怕的，老往前衝，想解決問題。你往前，我就覺得自己好像也不能太後退……杜子泉，你別氣短啊！你知道的，我崇拜你啊！」

這些肉麻話，我說得好流暢、好自然，好不可思議。我一面說，一面心想，八成是因爲杜子泉現在背對著我坐，我看到的，是他黑黑的後腦杓的關係。他要是拿臉面對我，這些話，我可能就說不出口了吧。

他大概也沒想到我會這麼說，好半晌沒接話，只發出「嗯喔」之類沒意義的聲音。

「你好好做吧！」我繼續無恥地鼓勵他，「我知道的，你有才華，你做什麼都行，你沒有不行的。我跟你說，你要是下一回又挨主任罵，又覺得心情差，垂頭喪氣的時候，你就想想我吧！你想我多喜歡你啊，我多崇拜你，我覺得你什麼都好，沒有不好的。你這樣想，心情就會好了吧?是不是?」

他沒吭聲。

熱水暖呼呼的,薄荷洗髮精的味道香噴噴的,水蒸氣帶著香氣充斥浴室,杜子泉的耳朵和後頸都被熱水燙得紅紅的,顏色眞好看。

杜子泉洗完澡後出來,就又是個正常人了,大口大口吃飯,再也不提主任不喜歡他作品的事情了。

但從此之後,洗頭就成了他的一個壞習慣。

很累的時候,他就命令我,「程秀翎,到我家來,幫我洗頭,好好按兩下。」

我心情好的時候樂在其中,心情不好,就板起臉來。「我是你女朋友還是洗頭妹啊?你不想自己洗頭,就去理髮店啊!」

「外面人洗,哪有妳洗得好啊。」他回答得理直氣壯。

我跟你說,我就是命賤,受不得吹捧,尤其受不得杜子泉吹捧。他對我,從來吝惜好言語,偶爾講兩句好聽話,也都是糖和鞭子的結合體,所以被他一稱讚,我就有點樂昏頭,不知東南西北,傻呵呵地答應。

唉,那個時候……

而與那個時候相對的,是現在這個時候。

現在這個時候,杜子泉打著赤膊,坐在浴缸邊上。

我說:「你坐這麼高,我不好洗,去找個小板凳來,你坐凳子上洗吧。」

「哪來的板凳?」

「向老闆借啊！」

「要去妳去。」他說：「這麼晚了，爲了個凳子勞師動眾，妳眞找麻煩！算了，我要求不高，將就一下，隨便洗洗就好。」

我很想問，到底是誰將就誰啊？可是，對著這傢伙，有些話我眞說不出來。

我把洗髮精抹在他的頭髮上，倒點溫水，打出泡沫來，輕輕搓洗。

「怎麼會爬到屋樑上去？」我得找點話來說，什麼都好，就是不要沉默。「現在房子的屋樑不都藏在水泥裡頭？」

「趙老闆在五結跟人家買了間百年老厝，四合院的那種，想保留原貌特色改成民宿。前屋主加蓋過很多次，又把屋頂給封了，不爬上去看，不知道結構要怎麼補強。」他聳了一下右肩，指點我，「右邊，再右邊一點，耳朵上面，後面一點點……對了對了，就是那裡，癢得要命，多抓兩下。」

我照辦。「這樣行吧？」

「再用點力。」

我拿指甲用力刮，「這樣呢？」

「好多了。」

「你鐵頭功啊？頭皮怎麼這麼硬！」

「是妳手沒力。」他把責任推回來，又聳左肩。「左邊同樣的位子……」

「你使喚我使喚得很自然嘛！」我沒好氣，用力刮兩下，「那你一個人在德國的時候怎麼辦，沒有我，你使喚誰啊？」

這話說出口我就知道錯了，手浸在泡沫裡，僵住了，一動不動。背對我的杜子泉，也不應聲，洗手台上的鏡子裡倒映出他的臉，平心靜氣，面無表情。

我總是幹一些事後後悔的事情出來，就像現在這樣。過去的事情還提它做什麼？我不識時務地講了出來是什麼意思？是念茲在茲？是耿耿於懷？

我後悔我說出這些話，可是我也知道，無論如何閃避，遲早會問出這些話。

那是我心頭的一塊病啊！

我和杜子泉分手，就是因爲他出國讀書。

大學畢業那年，按照規定，我分發到高中實習。學校是剛升格成完全中學的新學校，聚集了許多年輕老師。我的指導老師姓文，年紀不過三十，未婚，長得溫文儒雅，又英俊又斯文，對我既客氣且禮貌，他那模樣，不要說女高中生了，連我看了都有點心猿意馬。

杜子泉出乎意料地沒有繼續念研究所，反而去當兵。他考上預官，原以爲少尉官的日子不會太難過，結果卻被分發到金門去……臨走的前一天晚上，送我回家，最後一句話是，「敢兵變老子，妳就試試看！」

我被他突然飆出的髒話嚇得半死，但你知道的，我天生犯賤，聽他語帶威脅，居然覺得該死的甜蜜。

雖然按照規定，每三個月就能去省探一次，可是往返費時，我又忙著實習，焦頭爛額，非常緊張。我每次過去，在路上就想，見到他之後，該跟他說些什麼好呢？兩人若是相對無言，豈不是白來一趟！

於是我絞盡腦汁，把學校發生的大小事，加油添醋地通通告訴他。

我告訴他，不用擔心我，文老師對我真是沒話說，又體貼又溫柔，送花（教師節時，老師桌上的花束堆到可以拿去批發的程度，我於是不告自取地收下了最漂亮的幾把）、請吃飯（中午開會時，我晚到，他幫我簽字領便當）、送回家（就是從辦公室到校門口的那段步行距離）、接上班（就是從校門口到辦公室的那段步行距離），他還邀請我去他家玩（文老師買了房子，邀請所有學生去家裡玩），可是你放心，我從來守身如玉，絕不見異思遷……

我十句話裡九句半帶上文老師，這把杜子泉弄得很緊張。

他要是人在台北，一定不吃我這套，可這時候，他在外島，鞭長莫及，身邊同袍被兵變的消息時有所聞，想想狼來了說多幾次，搞不好真把羊叼走了也大有可能。

於是他著急起來，三天兩頭打長途電話來吼我，「妳給我安分點，等我回來，我們就結婚！」

我心中那份得意就別提了，可是嘴上還要惡狠狠地裝腔作勢一番。「你說結婚就結婚？你作夢吧！我以前不知道，現在走進社會，發現真相。你知道台灣未婚的男女比例是多少嗎？男生急著結婚，女生不急著結婚，這是個求大於供的市場，女孩子才是關鍵。我年輕又漂亮，炙手可熱，可以好好挑對象，未必一定要跟你在一起。」

他在電話那頭咬牙切齒地說：「跟我來這套？程秀翎，妳摸摸良心，自己說，從小到大，妳破壞了我多少次向外發展的機會？現在妳跑了，我怎麼辦？妳給我小心點，敢亂來妳就死定了，我把妳大卸八塊，投進水泥攪拌機裡去埋地基！」

我心想：果然吃一行飯說一行話，杜子泉不愧是走建築這條路，連威脅起人來都不說浸豬籠，而是埋地基……水準真高啊！

可他氣急敗壞的言語裡，有太多值得我期待的未來。於是，我每週放假，就往中山北路那條婚紗街上走，逛啊逛，對著櫥窗裡的白紗和婚紗照滴口水，數著日子計算人生。

但等他回到台北，事情又有了新變化。

他說要找工作，把生活穩定下來。

我覺得這很好，按部就班嘛！有了工作，經濟穩固了，才無後顧之憂。人不可能永遠都處在學生時代，伸手向父母討錢啊！

更何況，那時候的我，正拖著塞滿教具的行李箱，和所有實習教師、流浪教師一樣，南征北討到處考試，在數千分之一、二的激烈競爭裡捉對廝殺，正忙著，也沒時間想結婚。

但我考啊考啊的，卻始終沒能掛上一間學校。考試不是最磨人的，最磨人的，是失敗。兩年過去，我還弄不到一個正式缺，只能回台中考代課，幾個月一聘、半年一聘，總之，過一天算一天……弄到後來，信心都沒了，考試只是虛應故事。

杜子泉說過我幾次，可我不理會。我就覺得，當老師又怎麼樣，拿著粉筆，站在講台上，不過是一份職業。職業搞不定，人生大事總要搞定。

我把希望都放在杜子泉身上，他也沒讓我失望，退伍後就在學長的事務所裡工作，每天上班，在公司和工地之間往返，放假時回到台中，就來找我。

那眞是充滿失望，又充滿希望的兩年。我總覺得我和他之間，關係篤定，就只差上臨門一腳……我不急，我等，我等他什麼時候跪下來向我求婚，那一腳就補上了。

畢業後的第三年夏天，杜子泉來補那一腳了。

那天下午，我剛從高雄敗戰回來，情緒低落，拖著教具箱回家，就見杜子泉笑嘻嘻地站在家門外等我。

他那個深情款款的笑容，讓我有幾秒鐘心臟停拍。我看了一眼天空，夕陽正好。

我心中那份對上天的感激，難以言喻，不是有人說嗎？上天爲你關一扇門，也會爲你開一扇窗。我當老師的這道門一直都是緊鎖著的，但在婚姻上，也該找回來了。

杜子泉走過來，接過箱子，嘴裡說：「跟妳講一個好消息。」

我裝得若無其事，臉上表露出困惑，但心臟怦怦直跳，眼淚都快掉出來了。就是現在、就是此刻，此生，我都不能忘記這一天的傍晚，在我家門口，杜子泉向我開口求婚……

「我要去德國讀書了。」

「啊？」

他沒多解釋，只給我看一疊列印的文件，白紙上的文字，看起來很像是英文的某個遠方表親，只是我從沒把英文弄清楚過，它的表親我就更不熟了。

「這上面都寫了些什麼？」

「學校的錄取通知。」

我丟下行李箱，把那疊文件接過來，翻來覆去看了好幾遍，看得很認眞，但其實是如霧裡看花，一點也不明白。

我用力捏自己大腿，打起精神，維持住臉上的笑容，用泰然自若的語氣淡淡地問：「這樣啊，那你去那邊要讀多久時間的書？」

「幾年吧。」

「幾年是幾年？」

「三四年左右，」他想了一下，「也可能五年。」

「這麼久？」我說：「你是要讀什麼？」

「碩士。」

「一個碩士要讀五年？」

「德國和台灣不一樣，把建築歸類在工科。我到了那裡，有些東西得從頭讀起。」

「喔喔，原來如此。喂，杜子泉，你說，德國人講的是不是德國話？」

長年在一起，他已經很習慣我的白痴問題了，臉不抽筋氣不喘地回答，「是，但也講英文。」

「那你會講德國話？」

「能說一點。」

我嚇了一跳。「眞的假的，誰教你的？」

「我在大學裡修德文，退伍後兩年，也都在德國文化中心上課。」他說：「不過還說得不太好，聽課可能不太行，但生活上面最基本的溝通應該沒什麼大問題。」

杜子泉這個人表裡不一，很愛說謙詞，如果他說自己「不太好」，那意思就是「不錯」，如果他說「應該沒什麼大問題」，那就是「不是問題」。

我敬佩地聽著，心想：看看人家，想想自己，我花了兩三年謀不到一個教職，可杜子泉呢，不聲不響地就把語言啊學校啊什麼的都搞定了。這孩子，從小就是個有出息的模樣啊！

感嘆和反省只持續了三秒鐘，很快地我又高興起來，沾沾自喜地告訴自己，有沒有出息是一回事，看得出有沒有出息又是另外一回事。杜子泉這傢伙果然不負我的火眼金睛，我小時候就看出他是個潛力資優股，在他身上投注了全部少女的青春和血淚、死咬不放的結果，終於到了該分紅的時候啦！

「那你什麼時候要走？」我問。

「再半年。」

「那還早嘛！」我很高興地說：「好啊，沒問題，讓我準備準備。」

他愣了一下。「妳要準備什麼？」

「該準備什麼就準備什麼啊！」我被他的問話弄得很困惑，「出國讀書，一讀四五年，這不是小事情啊。我得先跟我爸媽說，還得要準備行李啊證件什麼的……德國天氣怎麼樣？夏天多熱，冬天多冷啊？哎呀，你這個申請辦得太好了！我跟你說，我對教甄興趣缺缺，考了兩年多，煩都煩死了！我想通了，我就不是個考試的料，考來考去，也塞不進一間學校，完全是自己整自己，自找麻煩，何必呢！對了對了，我們的事也得趕快辦一辦。你覺得，我們是傳統點辦好呢，還是速戰速決地辦好？我爸媽是一定希望傳統的，但如果你準備起來麻煩，速戰速決也行……你想呢？」

我掰著指頭一樣一樣分析，說得很高興，但抬頭一看，杜子泉臉上並沒有興奮的表情。

他眉頭皺得很緊，皺成三座小山揪在一起，看著我，沉默半晌，最後清清嗓子，慢吞吞地說：「妳好像弄錯了一件事。」

「什麼事情？」

「我要出國讀書沒錯，但是，妳要留在台北。」他說：「要去我一個人去，這件事情跟妳沒關係。」

以前，我總以爲像我和杜子泉這樣綁在一起十幾年，還打算要把後半輩子也拴在一起的兩個人，不發生什麼驚天動地的大事，不可能分手。

比如說，我被某大企業家承認是他失散多年的孫女兒，他給我準備了數千億的遺產，還有布萊德彼特或金城武當候選未婚夫。比如說，杜伯伯和我媽有一段漫長而隱諱的不倫之戀，我其實是杜子泉同父異母的妹妹。比如說，杜子泉得了腦癌什麼的，沒剩幾個月好活……

如果沒有這些外力橫加阻撓，誰能把我們扯散開來？

但後來我終於明白，兩個人要分手，只要有一個原因就夠了。不是不愛，而是倦怠。

杜子泉要撇下我去德國讀書這件事情，在我看來，無疑是天崩地裂，不管他怎麼跟我說明，我都不能接受。

每當夜深人靜，午夜夢迴醒來，我想到他將離開，而我得留在這個沒有他的鬼地方等待，就忍不住發瘋。

我打電話告訴他，我無論如何都得跟他一起走。

「……不要連睡覺都不放過我！」他「啪」地一下把電話給掛了。

然後我整晚大哭，哭到心碎，第二天早上去學校時，眼睛腫得比核桃還要大，聲音啞得像鬼哭，學校裡最難纏的孩子看到我，都自動閃避。

杜子泉起初還想和我好好說話，可是，當我知道他要離開之後，我就覺得我要失去他了。

往事浮上心頭，過眼雲煙，化成濃霧，細細回想，在我們成長的這十幾年來，我有太多次幾乎要失去他：老馬整我們的時候、方欣華出現的時候、考高中的時候、考大學的時候，多少變數，多少關卡，他總是步履輕快地走在我的前頭，而我卻腳步蹣跚地尾隨在後……上天爲證，我是用了多大的力氣才能跟住他。

我鞭策自己、鼓勵自己、罵自己、笑自己，一次又一次不斷地刺激自己，我逼自己前進，我追著他的背影向前走。因爲那年在圖書館裡，他是怎麼和我說的？他說：我的路就是這樣，我往前走的時候，妳要是不能跟上，我也不會停下來等妳。

我不能請他停下來等我，我得追著他前進。

以往無論如何，我總能橫越鴻溝、克服障礙，走關鍵的那一步，固執地用對等立場，站在他身邊。但是這一次，杜子泉邁得太遠了，他這一步，跨出台灣，跨出我的人生，到世界的另外一端去……他走了一步我跨越不過的大步，他留給我的不是一條挑戰性的鴻溝，而是一道實力的分水嶺。他讓我看見了就算是努力也未必能克服的障礙。

在這個關卡上，杜子泉看見的是光明，我看見的是黑暗。

我不太願意仔細回憶後面的那些日子。但他還在台灣的那幾個月，我所有的作爲，用四個字就能解釋清楚：無理取鬧。我跟他吵、我和他鬧，我拿最小的事情煩他、鬧他、惹毛他、哀求他、要求他，我要他帶我一起走，不走不行，不走不行！我懷疑他要甩掉我，我指責他只想自己，卻沒有爲我著想過……我用魯莽又粗暴的姿態，甚至可以說得上是醜陋的態度，糾纏他、打擾他。以前我總是處處討好他，但現在反正他已經一半不是我的，我就豁出去了，我就失控了。

我的前車之鑑，請諸君自誡，失控會讓一個好女孩子變成笨女孩，讓可以挽回的事情無法挽回，讓可以說清楚的道理難以溝通，讓可以在一起的兩個人，分道揚鑣。

杜子泉出國前我們最後一次見面，是以單方面的爭吵做結束。我在他家門口大哭，吼他，踹他家的鐵門，還不覺得腳痛。我說你怎麼能夠這樣子對待我，在我爲你做了那麼多之後……

杜子泉站在門邊看我鬧，目光黯淡，毫無反應，從頭到尾不講話。

他的沉默令我絕望。

絕望是恐怖的負面力量，足以令人喪失理智。在絕望中，我丟出了最後一道殺手鐧，說了從來沒有想過要說的話。

我恨恨地說：「杜子泉，你眞想走你就走，你走，我們分手，此後一刀兩斷，老死不相往來！」

他聞言，一怔，瞪著我看，微微咬著嘴唇，一臉的不可置信。

那一瞬間，我有一種變態的痛快感。我覺得這場爭吵是我贏了。從來，我不曾把分手當過武器，但它卻是我最重要的籌碼，是一切的底線。我把我自己丟到選項裡讓杜子泉選擇，他必須要選一邊站，只能選一邊站。

分手或不分手，丟下我或帶我走，一切就這麼簡單。

但我抛出底線，也沒能換到我想要的那個答案。

杜子泉沒有遲疑，他慢慢地說：「這話是妳說的，妳可不要後悔。」語氣平和而鎭定，沒有商量或悔改的餘地。

我氣得發瘋，掉頭回家，抱著院子裡的玉蘭樹哭得驚天動地。我爸站在一旁，很擔心地看著我，看我折它的樹枝、扒它的樹葉、摳它的樹皮。那棵倒楣樹自此之後元氣大傷，將養了好幾年，還是一副病奄奄要死不活的可憐樣子，後來又挨了我的狠狠一撞，終於壽終正寢……

我那時一面哭一面想，一定還有什麼方法能讓他改變主意。我得試、我得試，我得一試再試，我得堅持，不能放棄，就像我從來沒有放棄過喜歡他一樣，現在，我也不能放他走。

但我沒能再試，事實上，我根本沒有再嘗試或努力的機會。

下個星期我去敲杜子泉的家門，開門的不是杜子泉，是他媽媽。杜媽媽好言好語地對我說：「翎翎，子泉星期二就飛德國了。他沒跟妳說，是怕妳更傷心。妳不要哭、妳不要哭，妳哭，杜媽媽看了也難受……」

我怎麼能不哭？我哭到崩潰。我哭了好幾天好幾天，哭到腦袋快爆炸的程度，哭到眼皮睜不開也閉不起來的程度，哭到吐的程度，哭到再也哭不出來的程度。

還記得《小王子》那本書嗎？就像故事裡說的一樣，最後，小王子丟下他驕縱任性、無理取鬧，只有四根花刺，卻張牙舞爪想要對付大老虎的玫瑰花，走了。

有句老話說，上天爲你關一扇門，就會爲你開一扇窗。杜子泉離開兩週後，老天爲我打通了一條狗洞。北市國中教師聯招放榜，我被一所學校錄取了。我爸歡天喜地，我媽喜地歡天，大家都開心，只有我不笑。

我沒有笑，也沒有哭。可能是因爲先前哭得太過厲害，後來想起杜子泉，我心裡面的感覺五味雜陳，但沒有一樣是掉眼淚。

回憶往昔，如夢一場。

回到現實，我手又動了起來，把杜子泉的腦袋當麵糰一樣揉，一面搓洗，一面淡淡地問：

「說到德國，你在那裡幾年，過得怎麼樣？德國風景漂亮吧？你書讀得如何？」

我的語氣輕描淡寫，那麼自然、那麼流暢。說也奇怪，只經方才那一下遲疑和回想，在我眼中，許多事情又變得不一樣了。

我想，杜子泉和我，也許就是緣分已盡。你看我們以前多麼好，從小到大，談不上是形影不離，但也算是青梅竹馬，我也奇怪，無論多少選擇擦身而過，心裡只有他，沒有別人。那樣一心一意地眞誠付出，最後卻落得無言的結局。不能說愛不夠，只能說，是沒緣分。

愛不夠是人力，沒緣分是天意啊！

我程秀翎是什麼人，怎麼能夠和天意作對？

杜子泉的回答很簡單，「日子還好，風景也還好，書讀得……也還好。」

若在從前，聽他這麼說，我一定追根究柢，什麼叫作還好？日子還好是什麼意思？你每天都吃些什麼？都玩些什麼？住怎麼樣的地方？過怎樣的生活？忙嗎？累嗎？去哪裡玩了？看到了什麼？學校功課重嗎？老師對你好嗎？同學呢？成績怎麼樣？圖畫得怎麼樣？你們考試嗎？交報告嗎？課怎麼上的？下課了又怎麼辦……這些問題，我可以接連不斷地問上三天三夜。

可是，現在我不這麼問了。我說：「喔，還好就好。出門在外，不容易啊……這樣洗行了吧？乾淨了吧？還有哪裡癢嗎？沒有就彎身，我給你沖水了。」

水嘩啦啦地沖在他的頭髮上，把泡沫洗掉。

杜子泉的腦袋啊，這麼多年之後摸起來，還是那個樣子，他的耳朵、他的脖子，在熱水沖洗下，慢慢地紅了。

我一面沖洗，一面微微地笑了起來。

我拿毛巾幫他把耳朵和脖子擦拭乾淨。「好了，這樣行了吧？舒服了嗎？舒服就好。你要洗澡就洗，不洗的話，把頭髮擦擦，出來我給你吹乾。」

我把手擦乾，轉身出了浴室，正在找吹風機，就聽他說：「程秀翎，妳怎麼不問我，我交女朋友了沒有？」

我站在那裡，有一會兒工夫，一動不動，最後慢慢轉過身去，看著杜子泉。他毛巾搭在腦袋上，水往下滴，臉上都是水痕。

我點點頭，「是啊，我怎麼沒問你……可是，你覺得，這個問題，我應該問嗎？」我笑了笑，「這不是多此一舉嗎？」

「妳不是凡事追根究柢？多此一問，又有什麼了不起。」他語氣不善地說：「問一問妳是會死嗎？」

我不跟他吵架。「好吧，要問就問。那麼，你交女朋友了沒有？亞洲人還是德國人？美嗎？可愛嗎？善良嗎？對你好嗎？你喜歡人家嗎？你怎麼不把她帶回來呢？你結婚了嗎？你生孩子了沒有？男的女的？幾歲了？」我說：「這樣問，你滿意了嗎？」

杜子泉不理會我的挑釁。「剛剛之前，我都想告訴妳，我交了女朋友，還交了好幾個，哪裡的人都有，又美麗又可愛，又天眞又善良，還懂事，還溫柔，還體貼，從不對我大吼大叫，不吼我、不罵我、不對著我哭、不朝我吐、不動粗砸我、不纏我、不賴我、不跟我賭氣、不開車撞我、不想要我的命……」

誰說往事隨風？看看這傢伙，小心眼、小家子氣、小雞肚腸，但他說的每一個句子，都眞憑實據、字字誅心！

殺人不用刀，攻心爲上。在攻擊我這事上頭，杜子泉以前就是箇中高手，海外歷練幾年，更是出類拔萃了啊！

我咬著牙想撐出個無所謂的笑臉，但肌肉很僵，笑不出來了，於是就做出個咬著牙怒瞪他的表情。

「可是我不想再浪費時間跟妳玩這一套了。」他語氣一轉，慢吞吞地把話接了下去，「我沒有交別的女朋友，一個也沒有。程秀翎，妳對我，到底鬧夠了沒有？任性也有個限度，妳到底打算什麼時候才跟我道歉？再等下去，我眞的要翻臉了。」

乍聽這話，我實在有點反應不過來。你說這是怎麼回事？杜子泉，幾歲了，長得那麼高、肩膀那麼寬，是個大男人了，從他成熟的嘴裡吐出的，卻是這麼幼稚愚蠢的小孩話。

誰鬧了？誰任性了？誰跟誰道歉？誰要翻臉？

他老大該不會上樑一摔，把手拉傷，腦袋也壞掉了，語言中樞損傷，第一人稱和第二人稱錯置了吧？

我才張口要辯，就聽杜子泉說：「妳除非道歉，否則就給我閉嘴！」

「誰道歉？」

「妳！」

「我爲什麼道歉？」

「妳對不起我。」

你答得很快嘛，王八蛋！我怒由心起，「我哪裡對不起你了？」

「妳說妳喜歡我，妳說妳相信我，妳說妳不會爲了小事情跟我鬧脾氣，妳說妳不會跟我說再見……」他的嗓門，可以說是惱羞成怒兼化悲憤爲聲量了，「妳這隻豬，妳食言而肥，妳說的話沒有一句可信，妳發的誓妳從來都做不到！妳從來沒相信過我，妳從來都拿小事情找我麻煩，妳從來都在跟我鬧脾氣，妳還跟敢我說再見……程秀翎，妳現在立刻跟我道歉，要不然，變成地基或消波塊，妳自己選！」

杜子泉發起脾氣來，窮凶惡極，配上他的身高和他的音量，實在是……威力驚人，叫人不得不折服。可是，他少算了一點客觀的條件：頂著一頭濕淋淋的頭髮，水往下滴，外加他那張長到了這個年紀還是白白淨淨的臉蛋……看過《倩女幽魂》嗎？回憶一下張國榮演的那個未經世事小書生被推倒在水缸裡，又驚又喜、欲拒還迎的模樣，沒錯，就是那個一點說服力也沒有的樣子。

你大聲我大聲，大聲不用錢。「你叫什麼叫？你是腦袋摔壞了，記憶力喪失了是不是？什麼我不相信你！我相信你啊，可是我相信你的結果是什麼？你悶不吭聲申請了國外的學校，把我甩了就走，這是小事嗎？這算小事嗎？如果這是小事，請問什麼才是大事？彗星撞地球嗎？我不鬧脾氣我要怎麼辦？我鬧脾氣是向你爭取機會！我不鬧脾氣，是要默默看你走嗎？我不鬧脾氣，是等著你走後去跳海嗎？你以爲我是〈背影〉的朱自清嗎？我還得送你到機場，送你橘子，祝你前程似錦，一去不回嗎？你人都要走了，一去四、五年，也不知道還回得來回不來，不知道會不會妻妾成群、百子千孫地回來，我不跟你分手，難道要等你跟我分手嗎？你告訴我，你現在回來跟我翻舊帳是什麼意思？你是在指責我不是嗎？你是在罵我嗎？你有什麼資格可以指責我罵我？當初是誰連句告別的話都不說就上飛機走人的？你不是丟下我走了嗎，又回來做什麼？你告訴我，你現在回來，站在我面前對我大呼小叫，是在幹什麼？」

我一生氣就歇斯底里，一歇斯底里起來就說話一串一串的，又急又快，不用大腦思考，我吼他、罵他，後來我生氣起來拿起腳邊的東西往浴室裡甩，我丟了毛巾、丟了外套，還丟了拖鞋和電視遙控器，「你要不是立刻跟我道歉，要不我掄你去撞牆、要不我溺死你……算了，你不用選擇，都來一下吧，我先推你去撞牆，再踹你進池塘！殺人償命，老娘也不活了！」我捲起袖子，彎身就往他那頭衝。

杜子泉拿左手抵住我的肩膀往外推。「程秀翎妳上輩子是鬥牛啊？妳是摔角選手啊？妳停一下好不好？妳講點理好不好？妳不要一直鬧好不好？妳清醒一點好不好？」他一面吼，一面推擋，最後他把旁邊裝水的臉盆拿起來就往我頭上倒。水「嘩啦」一下往下流，我頭髮濕了、臉濕了、衣服也濕了、褲子也濕了，我濕答答的一個水人站在浴室裡，水直往下淌，滴進嘴裡、吸進鼻子裡，我嗆得大咳起來，一面咳嗽，一面流眼淚，鼻涕和頭上的水一起往下滑。

我低頭看看自己，前所未有的狼狽，一股難受的情緒往上湧。我想，長久以來，我在杜子泉眼裡，就是這種不講理、愛鬧、不清醒的瘋女人模樣。愛一個人愛成神經病，我是多麼地傻啊！這麼一想，悲從中來，不由得跺腳大哭。「杜子泉……你他媽的王八蛋……就有你這樣的負心漢，就有我這樣痴心的笨女孩……你幹麼要回來？你為什麼要回來？你在外頭過得好好的，讀你的書，交你的女朋友，一天一個，三百六十五天天天換，我看不見也就算了，你幹麼非得回來讓我見到你啊？你知不知道你回來，站在我面前，那個樣子多討人厭啊！你不喜歡我了，你走了，可我還是喜歡你啊……你不在的時候我把事情都忘記了，你一回來，我就又都想起來了！你走你走，你給我滾，有多遠滾多遠，永遠別回來……我看到你我就覺得，我喜歡上你，這輩子算是完了……我怎麼這麼倒楣啊……」

我哭聲震天，孟姜女聽了都要一掬同情之淚了，可是杜子泉這個沒血沒淚的惡人，卻完全沒有隨著我的情緒起舞。他用很冷靜、很正常、很中立、很忍無可忍的語氣，一個一個字地說：「程秀翎，我不在的時候，妳又整天抱著電視連續劇和愛情小說看了吧？我不是說過，妳看多了那些東西，腦袋歪掉，直不回來。妳不要再哭了好不好？妳再哭，我就不告訴妳，我沒變心，還喜歡妳，我回來就是想要和妳在一起……」

一個小時後我們坐在床上，我穿杜子泉向趙老闆借來的乾衣服，他坐在我前頭，讓我給他吹乾頭髮。

我們都洗過了澡，渾身發熱，乾淨而清香，像兩隻洗過澡後梳順了毛的小狗，身體舒服，心情愉快。

我一面撥著他短短的濕頭髮吹著，一面問：「德國冷不冷？」

「冬天的時候冷。」

「多冷？」

「下雪呢。」他說：「剛去的時候，穿多少衣服都不夠暖。」

「那怎麼辦？」

「在屋裡就開暖氣，屋外就多穿衣服。但屋外冷屋裡熱，溫差很大，不適應的人難免感冒。」

「你感冒了？」

「剛去那陣子，有半年整天咳嗽，一直沒好過，痰中帶血絲，整天流鼻血。」

我很著急，「你怎麼把自己弄成這樣啊？你都不會照顧自己啊？你有沒有看醫生？有沒有吃點好的？你該不會還一天到晚熬夜，沒人提醒你，就不知道要吃飯吧？」

「妳別說飯，那裡的東西，沒一樣能吃的。」他嫌棄地抱怨，「我看了就膩，碰都不想碰。」

「德國豬腳聽說很好吃。」

杜子泉冷笑，「妳沒有知識，也該有點常識，沒有常識，不也天天看電視？電視上沒告訴妳嗎，豬腳是南德的食物，我在北德。」

「總有餐廳吧？」

「餐廳消費高，稅金高。速食店一份套餐要六塊歐元，中國餐廳的一份客飯要八塊錢，每次吃完，換算價格，我眞想嘔出來再消化一次。」

我朝他腦袋拍下去，「噁心！」

「還好妳不在那裡，要不然，噁心的就是妳了。」

「誰說的，說不定我過去了會適應得很好。」

「算了吧，妳這個人最脆弱，又容易緊張。眞要去了，根本沒辦法活。妳想，妳的英文學了十幾年，和沒學也差不了多少，更不用說是德文了。但妳不學德文，不會講，在那個環境裡，就永遠格格不入。妳沒辦法和人好好溝通，就會引發紛爭，妳沒辦法處理紛爭，就會惹麻煩……」

他停頓一下，換了一口氣，又慢慢地說：「老實說，我在那裡的每一天都會想到妳。」

他突然這麼說，我一下子哽住，沒能接上話，只得把臉轉開，躲到他背後去繼續吹頭髮。

杜子泉說：「累了一天回家，門一開，屋裡是黑的，冰箱打開，食物是冷的，晚上坐在房間裡，一點聲音也沒有。我累了，沒有人幫我洗頭，沒人說些蠢話調劑……那種時候，我老想起妳來。妳雖然沒長腦袋，反應慢、脾氣大，時常情緒失控，吼吼叫，還傻還呆，還轉不過腦筋來，可是以前我讀書累了，心情不好，轉頭看看妳，就覺得像妳這種人在這個世界上也能活得下去，我沒道理不行……妳的存在對我有很好的鼓勵作用。」

我關掉吹風機，彎身下去拔插頭、扯電線，準備勒死他。

杜子泉沒理會我的動作，繼續說下去，「可是，我又覺得很慶幸。好在妳沒來，好在妳不在這裡。那裡生活太悶，妳又不懂德文，交不到朋友，還不會開車，連出門買東西都做不到……妳跟我過去，我是學生，而妳是累贅。妳沒事可以做，難道躲在家裡，整天發呆嗎？我讀幾年書，妳發呆幾年，等到我畢業回來，我拿了學位，妳拿到什麼？妳在國外適應不良，等回來，台灣妳也適應不良了。別人在工作上奮鬥時，妳不長進，什麼好機會都錯過了！」

他語重心長地說：「我離開之前，一直跟妳溝通的就是這些事。那時候妳總是滿口說沒問題沒問題，我也差點要相信妳了，可是後來我一個人過去，才慶幸自己當時沒有對妳一時心軟！妳看，妳現在工作穩定，學校生活愉快，妳是老師了，欺負家長、蹂躪學生，妳做得很好啊……但妳要是那時跟著我走，現在怎麼樣？妳能考上學校嗎？妳能教書嗎？妳什麼都放棄了，什麼都不管了，也就什麼都沒有了，妳就等於廢了。我忍耐幾年，換妳的不廢，我覺得很划算。」

他說這些話，都有道理，怎麼聽起來，就是那麼地不順耳呢。

「杜子泉，你少跟我來這套，講什麼累贅不累贅、廢不廢的，說得好像是你犧牲奉獻，是我拉扯牽絆。你別忘了，當初是你同意要跟我分手的！」我強調，「是你同意，是你答應，是你主動的！」

「少賴別人！」他把我的指責給打回來，「是誰先提出分手的？是誰先鬧的？是妳還是我？」

「是我又怎樣！」我理直氣壯，「你不知道嗎，女孩子就有這種權利，只要我願意、我想，我隨時能提出分手的要求，我提出了，我也可以收回，我可以提出一百次，我可以收回一百次，但你不可以，一次都不可以！你說要分手就是要分手了，你心裡想著要分手了！」

他臉色往下沉，沉到最底。「什麼妳可以提出，妳可以收回，但我不可以，這都是些什麼歪理？妳知道有些話是永遠不能說的嗎？」他翻身一腳把我踹下床。「妳眞想當消波塊啊！」

我摔到床下，像隻烏龜一樣地趴在地鋪上，半天不動一下。

杜子泉坐在床上欣賞我陣亡的英姿，拿腳踢我的屁股，「喂，起來啊，有點反應。」

「我累了，我要睡覺了。」我鑽進被裡去。「晚安。」

「我話還沒說完呢！」

「已經說完了。」

「哪有，別裝睡，給我起來！」他有點著急了，腳上用力。「程秀翎，妳說話啊妳！妳還沒說妳覺得怎麼樣。」

「什麼怎麼樣？」

「我和妳的事，以後怎麼樣？」他追問。「我回來了，妳還想去相親？那個什麼教授的，妳還不放棄？妳不是還喜歡我嗎？妳不是問我怎樣才能回到十七歲的那一天晚上嗎……現在不就是了嗎？」

我趴在被子裡，沉默了半晌，最後，閉著眼睛，慢慢地說：「你是回來了沒錯，可是，我們的十七歲早就過去了。杜子泉，你離開太多年了。B612星球的玫瑰花覺得，你已經不是她認識的那個小王子了。」

第．十一．章

習慣了學校的生活，就會發現日子是一輪又一輪的反覆。讀書，考試，讀書，考試，暑假過去，寒假過來。置身其中，時間彷彿過得很慢，但每當我這麼想的時候，就會發現，無論它過得有多慢，永遠都在前進，從未停住。

冬天過去，春天來臨，春假結束後，就是期中考。

考完試那個下午，學生們提早放學回家，老師們在辦公室裡改考卷，我接了兩通家長電話，再回到考卷上，已經三點多了。辦公室裡老師走得七七八八，大多數桌子都是空著的。

教務主任進來，拍拍我的肩膀問：「程老師，還在忙？」

我趕緊站起來。「沒有沒有，只是改考卷。主任有事找我？」

「有點事，想問問妳的意思。」他含笑說：「前一陣子，負面的校園新聞不少，什麼霸凌啊，什麼師生關係緊張，都弄到電視上去了，妳知道的，實在不好看啊。」

「我知道。」這題目來得真大，我有點不確定主任的意向，只能含糊點頭。

「有媒體來詢問學校，看是不是能相互配合，做一個這一方面深度的報導。妳知道《尋訪台灣之美》？就是那個得了好幾次金鐘獎的新聞專題節目。」主任問：「那個節目主持人叫什麼……方欣華？方小姐說和妳認識，妳們是國小同學？啊，我們就是在想，要不這樣，就讓她採訪妳，跟拍妳教學和上課內容，妳覺得怎麼樣？」

天上掉下來的磚頭啊！「……我覺得不太方便。」

「怎麼會呢！」主任表現得很熱情，「這是很好的機會，也是很好的學習。妳不用擔心，學校這邊是全力支持的。」

「謝謝主任。可是，我覺得我不適合。」我含蓄地說：「主任知道，我經驗少，才教幾年書，不比許多資深老師經驗豐富。難道不能找其他老師嗎？我覺得我可能不太……」

主任還沒說話，後頭有人接了。

「我們就是想要找一個不資深，經驗不豐富，半菜鳥，還摸不清楚狀況的普通老師當主題，妳的缺點，正好是我們拍攝的重點。我們想讓大家看見的，不是有獎牌證書加持的杏林之光，而是最平常的、最生活的，站在教育第一線的平凡老師，怎麼面對學生，怎麼處理衝突。妳要是不夠普通，我反而會失望！」

方欣華從辦公室外頭走進來。這傢伙，永遠都知道什麼是關鍵時候！

「我……」我及時忍住，把到嘴邊的髒話往肚裡吞。

主任完全聽不出方欣華的言外之意，很高興地點頭。「是的是的，方小姐就是這麼說的。程老師，那我讓她跟妳談，妳們慢慢聊，看結果怎麼樣再跟我說。這是件好事情，做好了，對學校、對大家都有好處，校長也很關心這件事，我們樂觀其成……」

主任樂呵呵地走了。

方欣華在我面前拉了張椅子坐下來，動作自然，非常流暢。她從皮包裡掏出筆記本和筆，放在桌子上。「有咖啡嗎？給我來一杯。」

我冷著聲音說：「方欣華，妳可真客氣啊！」

「妳想太多了，我有什麼好跟妳客氣的。」她催促我，「咖啡。」

我咬牙切齒。「只有三合一的那一種。」

「我知道。」她說：「這裡是學校，又不是咖啡店，我沒有太高期望，但水最好熱一點。」

我給她泡了一杯咖啡，一面沖熱水，一面希望能燙死她。

等我回來，看見她在翻我桌上的考卷，看我的教學紀錄表。

我把咖啡遞給她。

方欣華放下卷子，抿了一口，長長地呼了口氣。「嘖，程秀翎，妳眞的是個老師呢。」

「不然妳以爲我是什麼？」

「我不知道，從妳以前混吃等死的樣子，實在看不出日後會怎樣。」

「妳是說我潛力無窮？」

「我的意思是，妳走狗屎運。」

「妳是來惹我生氣，還是來跟我溝通的？」我火大。「方欣華，損我和整我是妳的人生樂趣嗎？妳這個人怎麼能活得這麼無聊？」

「我的人生樂趣是看外在環境做調整的，面前的人欠損和欠整，我就大發慈悲地來一下。」她話題陡然一轉，反問我，「妳怎麼不跟杜子泉在一起？」

我愣住了，停頓半晌，才能回話。「這跟妳有關係嗎？」

「沒關係，純粹好奇。」她擺了擺手。「妳知道新聞採訪裡面，有很重要的一環，是有技巧地讓受訪對象敞開心扉，暢所欲言。我覺得，從這個話題下手，我們比較好溝通。」

「妳沒被採訪對象打出家門過嗎？」我似乎有點明白爲什麼經常會在電視新聞上看到追著

受難家屬大喊「你爸爸死了，你是不是很難過」這種沒血沒淚的記者。

「我的問題，也是看受訪對象做調整的。」她又問一次，「妳說啊，妳爲什麼不和杜子泉在一起？」

「這問題，不該由妳來問。」我反擊她，「說到這個，那天妳危言聳聽，說杜子泉摔壞腦袋，進了醫院，昏迷不醒，把我騙去宜蘭……說謊也要有個限度，妳這麼做，是不是有點太過分了？妳到底是什麼意思？」

她臉不紅氣不喘。「妳覺得是什麼意思，就是什麼意思。」

「我覺得妳是故意的。」

她看著我說：「而我覺得，妳就是不開竅。」

我快接不下去了。「那天妳到底在哪裡？妳其實人在台北吧？妳手上沒事情吧？妳一點也不忙。找藉口，就是爲了把我哄過去。」

「我沒騙妳。我在採訪，脫不了身。」

「那妳幹麼騙我杜子泉傷得很重。」

「我弄錯了行不行？對不起。」她的道歉一點眞心誠意都沒有，末了還給我來一句，「但我不這麼說，妳會去宜蘭嗎？」

我深吸一口氣。「方欣華，四兩撥千斤，妳可眞行啊！」

她不爲所動，臉上微微笑，「那還不是爲了幫妳一把。」

「多此一舉。我不需要妳幫忙。」

她放下筆，「每個人都有需要別人幫忙的時候，但我現在明白了，妳要的的確不是幫助，妳要的是當頭棒喝。程秀翎，妳這人眞的很奇怪，明明很在乎，卻裝無所謂，心裡還喜歡，卻一定要推開。有種人天生喜歡和自己過不去，妳就是這種人。」

她說起話來和杜子泉不一樣。杜子泉罵我是又直又白，罵我笨，罵我傻，罵我沒腦袋，走淋漓盡致的痛快路線，但方欣華這個人，說話用詞不重，語氣平和，每一句話卻都打在我的弱點上，棉裡藏針，偶爾戳幾下，妳一面叫痛，一面還找不到針藏在哪裡。

她沒給我機會說話，自己接下去。「妳到底想怎麼樣？妳是不是妄想的老毛病又犯了？想跟杜子泉耗著，讓他吃苦頭？妳該不是在想，要用個什麼方法，逼著他在妳病床前跪下來，哭著說對不起妳吧？還是妳想和那個什麼教授結婚，最好杜子泉能終身不娶，表示愛妳的眞心？程秀翎，想像力豐富是優點，但控制不住妳的想像力，就是毛病。妳知道妄想症嗎？妳就是妄想症。」

「妳來，就爲了指責我有病？」

「我是來工作的。」她拍拍筆記本，「不過，工作之前先說說閒話。妳聽好了，我不是來指責妳的，我只是來告訴妳，凡事要趁來得及。我知道妳想幹麼，妳就想，要給杜子泉來點狠的，讓他嚐嚐滋味，妳覺得他辜負妳，要他付點代價，至少，妳不想這麼容易就低頭。妳覺得，太容易原諒他，妳面子上掛不住，是不是？」

「……那是妳這麼想。」我回答得有點心虛。我沒想過面子的問題，但我想的也不知道該怎麼辦。

在宜蘭的那一晚，杜子泉告訴我他還喜歡我，他說我們可以回到十七歲，他說，他還想和我在一起。

破鏡重圓，我應該高興的。但我高興不起來。

我心裡有個聲音，畏懼地、不安地、低沉地、反覆地，輕而細地重複著：他回來，但他也會走……程秀翎，妳對他來說，沒有那麼重要。

那聲音可能是我心底潛伏的不安分的小惡魔在作祟，但也有可能，是我一直以來從未間斷過的隱憂。

爲了那層隱憂，我拒絕了他。

那天晚上是如何度過的，我已經不記得了。我只記得自己整夜睡不著，一直翻身，而躺在床上的杜子泉，一整個晚上都沒再出聲。

第二天早上我們分道揚鑣，杜子泉找到了他的同事來宜蘭把車開回去，而我一個人搭客運回台北。

之後過去兩週，我們沒再聯繫。

我想，這一次我們眞要斷了。

但和數年前那一次不同，這一回，我已經哭不出來了。

我想，這麼多年來，我一直在做心理準備的，原來就是這一回啊……

方欣華沒跟我爭辯，只淡淡地說：「妳自己也知道，人生是舞台，我們是演員，但沒有劇本，沒有導演，底下也沒有買票進場的觀眾。台上這齣戲，不是演給別人看的，全爲自己。藝術的極致是追求一個盪氣迴腸的千年不朽，可是，大多數人在生活上，卻寧可選擇一個簡單的愛情故事，爲什麼？因爲成就一個不朽，要付出太多犧牲。犧牲別人，成就美麗，我們拍拍手。犧牲自己，成就永恆，我說妳有病。程秀翎，妳的故事其實很平凡，但妳老是要把它弄得不簡單。妳都不覺得妳這樣做是自己整自己？」

「妳什麼都不知道，又有什麼立場來指責我？」我惱羞成怒，「方欣華，妳數落別人時倒挺大聲。別老說別人，看看自己，妳也好不到哪裡去！」

「我的事情，我自己明白，妳管不著。但妳的事情，妳自己弄不明白，只好我來幫妳管管。」她說話很不客氣，「在我看來，杜子泉對不起妳，妳也對不起他。你們兩個，就是年輕氣盛，一對豬頭。看似聰明，做的卻都是些蠢事。自以爲對人掏心挖肺，但挖的都是別人的心和肺。拉不下臉來，放不下自尊，弄不成在一起，只好歸罪在沒緣分……妳不用這樣看我，看也沒用。我告訴妳，這些話我對妳說，我對杜子泉也這麼說。他這個人，ＩＱ高ＥＱ低，配妳這個ＩＱ低ＥＱ也低的人也算絕配。你們兩個看上對方，那叫自作自受，互相虐待。」

「妳用不著這樣把我們湊一起，」我說：「我跟他已經沒戲了。」

「有戲沒戲，不是妳一個人說了算。程秀翎，妳現在就差臨門一腳，我就大發慈悲地踢妳一腳。」她說：「大道理講得再多，妳這個笨人也聽不進去。我說個故事給妳聽吧！有個女孩子，年紀跟妳差不多大，從小表現優秀，功課不差，人長得漂亮，家裡環境也好，有錢、有關係、有人，在這種環境裡長大，身邊的人自然而然對她期許甚深，她也知道自己能力不差，極力求好，久而久之，漸漸養出了一個習慣，得到什麼，想要什麼，心裡總得衡量一下『配不配』？

「她不會想我配不配得到那些，總想著那些東西配不配得上自己。這工作配得上我嗎？這環境配得上我嗎？這些朋友和同學配得上我嗎？往來的親友、交往的對象，配得上我嗎？這麼一想，她就發現，很多東西，其實好還有更好。爲了更好，她努力又努力，對自己嚴厲，對旁人也刻薄，她的那份衡量之心無限延伸，從課業到工作，從工作到生活……

「這個女孩子，年少時也曾喜歡過一個男孩子，活潑開朗、講義氣、重朋友，但無心功課，表現不好。她心裡喜歡他，卻總想著：不，我不能和這樣的人在一起，他不行，他配不上我，讓人家知道了，會怎麼想我？她於是把那些心裡話壓了下來，當時沒說，後來就再也沒機會說了。

「她長大又長大，最後長成了她少年時期許的那個樣子，成了新聞主播，在螢光幕前露臉，談不上家喻戶曉，但也算是人盡皆知。她身邊的朋友，都是篩選過、配得上自己的人，婚姻的對象也是，金童玉女，門當戶對。這樣的生活，正是她一直以來想要的。

「可是，她的婚姻總不能持久，身邊的朋友也很難信任。她每次失敗時總想：一定是因爲那人還不夠好，所以才出差錯。於是她往下找，找下一個更好、更配得上自己的人，但失敗失敗，反覆失敗。最後她才明白，問題不在於別人不好，而在於自己的心眼有問題。

「有些事情，得親身經歷，才能明白殘酷。這個女孩也許很優秀，但做的都是些不優秀的傻事，只知衡量別人，卻不懂得傾聽自己。喜歡的人不敢承認，卻和不喜歡的人在一起。她老問周遭事物配不配得上自己，卻沒想過旁人也在想她配不配……程秀翎，聽懂我說的沒有？人生不能重來，妳可別犯和我相同的錯誤啊！」

她說完，拿起杯子喝口咖啡，舔一舔嘴唇，眉頭一皺。「眞要命，不是一般的難喝。」

我想了半天，慢慢反應過來。「我一直以爲妳喜歡杜子泉。」

「我不喜歡他。」

「但妳那時候……」

「程秀翎，那不叫喜歡。」她嗤之以鼻地說：「那叫情竇初開。情竇初開是什麼意思？不是妳愛上一個人，而是妳第一次想愛。妳應該明白，愛一個人和想愛是徹頭徹尾的兩回事。愛一個人是妳接受他的好和不好，妳也被對方接受。而想愛則是一種錯覺，是不求甚解。想愛也許可以進化成愛，但它一開始時並不是愛，只是一種自以為是。自以為是，就是自我欺騙，是假的，不真實。妳當老師的，怎麼會不明白這一點？許多女孩子，在學生時代，都會沒頭沒腦地暗戀學校裡的男老師、表現優秀的男同學，但她們是真的愛上對方，還是被幻覺迷惑？聰明的人能把這事區分清楚，但笨蛋不行。妳是聰明，還是笨？」

我沒說話。

「那一年我只有十三、四歲，那時候我想找的人，不見得是我真心喜歡的人，而是一個和我旗鼓相當的人。妳得承認，杜子泉的腦袋實在不差。我當年說我喜歡他，不是我喜歡他這個人，是我喜歡他的智商。我不是愛他，我是覺得，他是配得上我喜歡的對象。這種喜歡，就像小孩子玩玩具一樣，今天玩小汽車，明天玩小飛機，再過一段時間，就玩小超人去了。尤其是，當我發現我比他更優秀更好的時候。」

「妳什麼時候比他更好啦！」

「當我知道他其實喜歡妳的時候。」她看了我一眼，「怎麼，妳沒發現？程秀翎，我說妳怎麼這麼笨，這麼簡單的事情，妳居然沒察覺！杜子泉喜歡妳啊。他老把注意力放妳身上，妳做錯事，他給妳收爛攤，妳耍蠢，他給妳打圓場，他總是放妳一馬，要是可能，他會拿根繩子把妳拴在自己的手腕上，扯著妳走。所以你們都是身在其中，不知東南西北的大傻瓜！」

「……」我完了，我接不上話了，我落下風了，我撐不住了。

「我告訴妳，妳也別把我看得太善良，我推妳一把，不是眞想幫妳，就是覺得可惜。妳知道妳哪裡最讓人可惜嗎？妳喜歡一個人，愛一個人，沒變過，不想其他，勇於追求，不害怕，這點眞不容易。可是妳做了那麼多，卻在最後一刻放棄，只因爲妳拉不下臉來、搞不清楚狀況。」她說：「妳多傻啊！」

「……方欣華，妳喜歡的人，該不會是猴子吧？」

「是呀。」她也不否認。「我少年時喜歡他，怎麼樣？反差很大？我也這麼覺得。」

「他一直不知道？」

「沒說過怎麼會知道。」

「那妳現在去說還來得及。」

「很可惜，時間過了，已經來不及。」她說：「而且，我和妳不一樣。」

「哪裡不一樣？」

「妳好像還沒弄明白，大多數人的愛情故事都是不圓滿的。回憶爲什麼會那麼美？就在於它斷在那一刻，而且我們永遠都回不去。人生講求時機，錯過不再。我少年時喜歡過猴子，那時我沒說，我們就永遠地錯過了，現在我要找的人，不是猴子，也不是杜子泉，他們都不適合我，而我也不適合他們。程秀翎，只有心在一起，才能走同一條路。」方欣華從筆記本裡取出一只紅信封，「正想著要給妳呢。先前三次沒收到妳的紅包眞可惜，這一次妳加倍補償吧。」

我正喝水呢，差點往她臉上噴，一把抽開喜帖看男方的名字。「妳又找了一個怎樣的對象啊？這次是做什麼的？企業家？政府官員？」

她平靜地說：「和我是同行，做幕後的。不用想，妳沒聽過他的名字。要說成就、要說工作，他和我以前的那幾任不能比，可是我也沒有想過拿他和別人比。程秀翎，其實呢，我也不聰明，妳看我，在舞台上翻雲覆雨地唱了這麼多年大戲，最後才明白一個最淺顯不過的道理：和我共度此生的人，未必是最優秀的人，而應該是最適合我的人。」

「那祝妳……百年好合？」我有點愣住，彆扭地道賀。

「謝謝妳啊，不過，妳還是先想想妳自己吧。」她翻開本子，「閒話聊完，來談正事。程老師，我們想要跟拍妳的班級教學，要多久呢？我想想，三天可以嗎？可能少了點？要不這樣吧，我們把時間放寬點，一週，不包含假日！另外，最近校內有什麼比較重要的活動嗎……」

每個故事總有一個結局，我的也一樣。

方欣華走後，我沒改考卷，只撐著頭發怔，桌上的喜帖香氣濃郁，我聞著那香味，腦中恍恍惚惚地想起許多過去的事。

攀在牆頭扔空可樂罐罵髒話、在幼稚園裡追著杜子泉跑的孩提時光，那些往返於我家和他家的路程，天台的小花園中，他拉小提琴的少年模樣……

日復一日、年復一年，往來於家和學校、學校和家的步行路途，他的腳跟後面，永遠跟著我的腳尖……

圖書館裡，我們永遠連坐在一起的身影……

每一道我做錯的習題底下，總有著他寫的正確算式……

小塑膠尺、小鐵尺，那一張一張打好的表格，填滿的讀書計畫表，還有那些威嚇中帶著擔憂的言語……

路燈下……

丟在我窗戶上的小石子……

那些幼稚的話、彆扭的情緒，還有一次又一次的相互拉鋸……

那些我們吵鬧嘔氣的熱鬧青春，最終都成為過去。

門上傳來幾聲輕叩，警衛探頭進來，客氣地問：「老師，時間晚了，您還不下班嗎？」

我清醒過來，環顧左右，才發現辦公室已經人去樓空，白慘慘的日光燈照著我一個人的身影，顯得特別冷清。

「我收拾一下，馬上就走。」

我把考卷鎖進抽屜，清理桌面，關了辦公室的燈和門，沿著幽長的教室走廊，往校門的方向走。

放學後的校園闃靜無聲，黑暗中，我彷彿看見橘黃色的夕陽，穿透玻璃，落在水磨石地板上、落在一排排的課桌椅上，拉出一道又一道長長的影子，年少時的我，抱著杜子泉的書包坐在那裡，心不在焉地訂正不及格的數學考卷，眼角餘光時不時地往窗外偷瞄，而走廊的那一頭，杜子泉正抱著科展實驗的器具慢慢走回來……

我下樓去，攔了計程車，去杜子泉住的地方。

大樓住家的燈亮了九成，就他家還是暗著的。

我坐在大樓前的花圃邊，腳慢慢搖、慢慢搖，看著遠處的路燈，白亮亮的光，落在街道上。

巷道內，偶爾車輛駛過。

時間愈來愈晚了，初夏晚風，淡淡的涼快，城市的風裡，隱隱藏著樹葉和草木的氣息，讓我想起爸爸種的玉蘭和木堇，還有杜子泉家院子裡那棵小葉欖仁樹……

恍惚中我閉上眼睛，頭點啊點地打瞌睡，點了半天，有人輕輕推了我一下。

「妳怎麼在這裡？」杜子泉問，語氣詫異，彷彿不可置信。

我醒過來，看見他站在我面前，黑襯衫、黑外套、黑褲子，一身的黑漆漆，再配上他那一對熬夜過度的黑眼圈，要是胖一點，就是隻熊貓了。

我這麼一想，就忍不住笑了起來，心情很好地說：「來找你啊。」

「要找我，妳可以打電話啊！」他不高興地說：「程秀翎，妳不知道我工作時間很長嗎？我要是半夜回來，妳要在這裡等到半夜？我要是不回來，妳要等到明天嗎？妳坐在外頭吹風，著涼了怎麼辦？妳這個人腦袋長在脖子上，卻從來不用，妳說，妳這不是傻嗎？」

杜子泉罵我，千次萬次，以前我每聽他罵人，總覺得惱羞成怒、不好意思，我老想，他說得沒錯，我眞是笨哪！

可是，同樣的話，放到今天來聽，卻有不一樣的味道。

「我哪裡傻啦！」我說：「你以前也曾經在我家樓下等我啊！大半夜的不睡覺，吹著冷風，往我窗戶上丟石頭……」

他不說話了，臉上沒表情。

我問：「手還疼不疼？」

「早好了。」

「脖子呢？」

他轉給我看，「也沒事了。」他問：「妳來，就爲了問這些？」

我搖搖頭，想想說道：「不，我不是爲了問這些來找你的。我來找你，是因爲有幾件事情我想當面告訴你。杜子泉，你先告訴我，你是不是一碰到沒有辦法招架的問題，或者答不上來的話題時，就不說話，或者亂發脾氣？」

他看著我，一聲不吭，但嘴邊慢慢地彎出了個很淡的笑容。

「在宜蘭的時候，你看見我來，心裡是不是有點高興？」

「……」

「你提早去德國，是不是因爲你聽我說要分手，心裡不愉快？」

「……」

「可是，有些事情你不明白。」我好好地說：「你不明白我爲什麼喊著要分手，你也不明白我爲什麼那麼生氣。你覺得我是在鬧脾氣，我不願意讓你走。但不是這樣的。我纏著你，要跟你走，要跟你鬧分手，是因爲我自卑，我從小就自卑。

「自卑這種事情，眞不好承認，可是它是我的老毛病之一，尤其在你面前，我老是犯病。你很優秀很好，但我總擔心，你太好了，我留不住。我害怕你不會爲我留下來，或者有一天，我會追不上你的路。你看，一直以來，你都走在我的前頭，我跟在你後頭，你回頭看我，我就覺得高興，你不回頭看我，我就害怕擔心。我時常恐懼，遲早我會跟不上你的腳步，你會走遠走開，永遠不回來。」

我停頓一下，「後來你說要去德國，我就想，我眞的追不上你了。」

「我沒說我不回來。」

「小王子也沒有跟玫瑰花說他會回來。」我說：「他只告訴她，再見。」他不言語了。

「你走之後，我一直在想，到底是爲什麼呢？玫瑰花爲什麼總是惹小王子不高興呢？小王子爲什麼要離開玫瑰花呢？在那顆小小的星球上，他們是彼此最重要的相屬，卻爲什麼要分開呢？小王子離開了Ｂ６１２星球那麼遠之後，才明白他的玫瑰是世界上最重要的一朵花，會不會已經太晚了呢？沒有了小王子的玫瑰花，又該怎麼辦呢？她只有四根花刺，要怎麼對付夜晚的涼風和突然出現的大老虎呢？她會不會擔心小王子在別的星球上遇見了其他的玫瑰花、仙人掌、蒲公英……還有漂亮的狐狸呢！玫瑰花是不是也在想，小王子走了，永遠不會回來了，她是不是也和我一樣傷心呢？小王子後悔了，回到玫瑰花身邊時，玫瑰花又要怎麼辦呢？她會高興地歡迎他，還是和我一樣，因爲手足無措，擺臉色給小王子看呢？但她一定不會開車撞他吧，因爲，她是全宇宙最漂亮的玫瑰花呀！」

我把話說完，夜色中，一片沉靜，微風帶來一陣淡淡的桂花香氣，輕飄飄的，散在風中。

杜子泉沉默了好半晌，而我沒有催促。

最後，他抿了一下嘴角，慢慢地說：

「有些事情，我也一直沒有告訴妳……那個時候，我覺得好累。

「我不知道該怎麼才能和妳說清楚。我覺得，我怎麼說妳也不會明白。而且，每當我想說服妳，就會發現，其實猶豫和快被說服的那個人是我。妳愈生氣，我就愈著急。我不知道該怎麼向妳保證，我也不知道要怎麼要求妳等我，也許我根本不應該要求妳……

「不是妳跟不上我的路，而是我走偏了妳的路。妳還說錯了一件事。我提早走，不是因爲我不愉快，而是因爲我懦弱。我想，那個時候，要是再看妳在我面前哭一次，我可能就不會走了。我於是用逃避和不去看，來解決我的問題。」

他停頓一下，又說：「妳認識的杜子泉，和我認識的我自己相差很大。程秀翎，杜子泉沒有妳說的那麼勇敢和厲害。他其實是個壞心的膽小鬼，自私，還貪婪，他有許多缺點，只是妳把他想得太好，從沒看出來。

「他在國外的時候不敢和妳聯絡，是因爲怕聽到妳的消息。他不怕妳過得不好，是怕……妳過得很好，那會讓他覺得，其實妳不需要他。他不在，妳也能愉快生活，甚至比他在的時候還快樂……要眞是那樣，他就不知道該怎麼辦了。

「他回來之後，一直試探妳。他不敢光明正大地問妳是不是還在等他。他覺得這麼問太丟臉了。他最怕妳說『你誰啊，我早忘記你了』。他是一個不好意思的人，不好意思說的話和做的事太多太多了。譬如說，他不好意思告訴妳，妳不在他身邊的時候，他很寂寞，每次走在路上，老回過頭去找妳，他習慣聽妳的腳步聲，習慣讀書和畫圖做模型的時候，旁邊有一個人陪著，他習慣聽妳說話的聲音了，妳不說話，他心裡總是空落落的。他想寫信給妳，寫了很多次，但沒有一次寄出去，他不知道要在信上跟妳講什麼，他怕他會寫出一些妳不想聽的話，也怕妳根本不回他的信。他離開的時候，妳說得那麼恨，他總覺得妳是當眞的，但他想拜託妳把話收回去。他不想失去妳。

「他還想告訴妳，這些年來，不是妳一直跟在他身後，追著他走，是他一直在回頭找妳。如果妳跟丟了，也沒關係，原地等等，他總會沿路回來把妳找回去的。他這次回來，是想和妳道歉的，他不想再和妳分開了。」

我真想哭啊。我說：「杜子泉，你怎麼這麼傻啊？」

「大概是因為跟妳在一起久了的緣故吧。」

「你可別把責任賴在我身上啊！」我說：「這就太過啦！」

他停下來，默默地笑了一下，又笑了一下，慢慢地說：「對不起啊，那個時候。」

我把臉往旁邊別開，用力吸一下鼻子，我的眼睛有點痛，鼻子也是，酸酸的，好難受，可是，心裡卻那麼開心。

這個世界好奇怪，有時候，人想哭，心卻是高興的。

我心想，回到B612星球的小王子，是不是也像杜子泉一樣笨拙的、拉不下臉的、扯不掉自尊的，用一次又一次幼稚的試探和彆扭的等待，試圖挽回一朵花的心？用最愚笨的方法，甚至用激怒的伎倆，想要說一聲道歉？

童話書裡溫柔的小王子，其實也是個壞心眼的小傢伙啊！

路燈下，杜子泉的身影和我的身影拉得好長好長。

我們相隔幾步，可是，影子重疊在一起。

我看著他那張微帶疲倦的臉，他黑黑的眼睛，挺挺的鼻子，依稀可見少年時熟悉的輪廓。

有些東西，在這一瞬間突然清楚了起來。

我一直以為，我喜歡的那個男孩子，隨著歲月的推演變化，漸漸消失了。我伸手能抓住的，只是他殘存的影子。但這個晚上，在大樓前，路燈下，仔細一看，我才明白，不，他從不曾消散，也不曾被取代。

他只是長大了。

流光中的往昔，那些發生在他和我身上，小小的、看似微不足道卻又眞實存在過的瑣碎曾經，無論好壞，無論喜悲，最終凝聚，鑄成此刻的永恆。

我在眼淚掉下來之前說話。我說：「行啦，杜子泉，你過來親親我吧。因爲……玫瑰花原諒你啦！」

【全文完】

☆後記☆

後來，關於遺憾……

學生時代的霜子是個笨孩子，不會讀書，也不會玩，還不會交朋友，更不太會說話，她是那種成績掛車尾，做事沒心眼的傻姑娘，反應永遠慢很多拍，時常放空發呆，用一種蝸牛慢步的方式在人生的道路上匍匐前進。因為經常挨罵，所以膽子很小，而這個膽小的傢伙，在面對任何選擇的時候，卻總能以過人的精準，一腳踩中旁人的地雷，做出最錯誤的判斷……套句現在的說法，她就是個出類拔萃的天然呆。

養育天然呆的孩子，不是一件輕鬆的事。霜子的老爸和老媽經常被她的遲鈍和愚魯刺激得想要伸手捏死她，但基於「笨蛋也是我生出來（泣）」的心情，毅然決然承擔起收拾爛攤的責任。他們用愛的教育——打是情，罵是愛——打斷了無數根藤條和水管。但頑石難點頭，結論就兩個字：沒用。

小學五年級，霜子被分到了新班級，排座位的時候，跟班長坐在一起。

這不是她成績好的緣故，而是因為她成績特別不好。班長是班上的第一名，得帶程度最差的同學，做個見賢思齊的榜樣。霜子跟他坐一桌，心情與其說是奮發向上，不如說是饞涎欲滴……班長真可愛，白白淨淨的小男生，娃娃臉，眉毛濃濃的，鼻子挺挺的，一臉資優生的聰明樣，程度介乎「正太」和「美少年」之間，不管往哪一邊偏，都是養眼又可口的一道菜。

五年級的霜子於是情竇初開了！

同桌的正太小班長，在她成長過程裡，雖然只佔了短短兩年時光，但影響太大太大。此後，霜子只要看到這樣的男孩子，就像大野狼看見小紅帽一樣，一面壞笑一面滴口水，一面靠近一面裝善良地說：「來，弟弟要不要吃顆糖？」

可是呢，正太小班長脾氣特別大。開學第一天，就拿圓規的頂針在桌面中央狠狠地劃了一道楚河漢界，用威脅的語氣指著霜子的小肥手說：「妳的這隻豬蹄只要跨過這條線，我就……」接著用圓規在桌上「咚咚咚」地狠戳了幾個小洞。

嗚，握小手的機會就這麼破滅了……（淚）

小班長的數學特別好，霜子的數學無以復加地糟，每次考完試訂正，都不知道從何改起，只得不恥下問地去請教。小班長起先還有耐心，但同一個問題連講三次，看霜子還是一臉放空的表情，不由得怒了，大吼，「妳是笨蛋白痴，妳是豬腦袋啊！」

但無論他怎麼吼，放學之前，他都會把正確的解法寫在本子上，塞給霜子帶回家參考。

那個年代，還是「男生女生羞羞臉」的時代，小男生小女生之間，連站得近一些都會被傳「喔，×××喜歡○○○」。什麼告白、什麼喜歡，都是禁詞。有著石頭腦袋的霜子，從沒想過要向小班長坦白，她頂多晚上回家，抱著小班長寫的筆記本摸一摸看一看，一股變態的幸福感於是油然而生。

後來霜子畢業，進了女校國中，三年後又進了女校高中，重考一年後，終於如願以償地進了大學。

上大一的那年暑假，舉辦國小同學會。

當年的小班長，那年已經是十九歲的大男孩，文質彬彬，笑起來真是既青春又陽光，眉毛還是那麼濃，眼睛還是那麼大，臉頰上的酒渦真迷人，樣子真帥。但他不是一個人來的，身邊還坐著漂亮的，頭髮長長，笑得很甜的女朋友，兩個人偎在一起拍照的模樣非常甜蜜。

霜子常常想，如果人生能夠自行選擇，停留在最美瞬間，該有多好。

倘若時光能夠暫停，這個美好的少年記憶，就不會有悲傷的結局了。

而結局是，霜子升大四的那年夏天，從國小同學口中，得知小班長因為癌症去世。

後來有幾年時間，霜子一直在故事裡，間斷地寫這個男孩子，長篇小說《流光》裡面的宋家揚，短篇小說《楚河漢界》，都有他的影子。

那些故事和現實相近，都有個悲傷的結局和無可奈何的遺憾……無論寫完或看完，心中總生出淡淡的惆悵。

十幾年後，霜子用了完全不同的方式寫了這個故事，有一個完美的結局，一個幸福的終點，一個輕鬆的、開朗的、快樂的，向前看，沒有缺憾的故事。

這不只是為了滿足那少年時想要卻沒有得到的大野狼心態，更是為了接續和圓滿遺憾。

……現在回到現實。

現實是，我又要來列感謝清單了。

謝謝我媽，謝謝麗珠同學。

謝謝我的編輯，她幫我擋下無數壓力，也給了我無數壓力。

還有，謝謝你看完這整個故事……陪我笑、陪我鬧，陪我走過這一段再也不會回頭的少年時光。

我們下一本書再見。

霜子

國家圖書館出版品預行編目資料

流光中的小確幸／霜子著. -- 初版. -- 臺北市；商周，城邦文化出版；家庭傳媒城邦分公司發行，民100.04
面　；　公分. --（網路小說；172）

ISBN 978-986-120-701-8（平裝）

857.7　　100004471

流光中的小確幸

作　　者／霜子
企畫選書人／楊如玉、陳思帆
責任編輯／陳思帆
版　　權／翁靜如
行銷業務／朱書霈、蘇魯屏
總 編 輯／楊如玉
總 經 理／彭之琬
發 行 人／何飛鵬
法律顧問／台英國際商務法律事務所　羅明通律師
出　　版／商周出版
台北市中山區民生東路二段 141 號 9 樓
電話：(02) 2500-7008　傳眞：(02) 2500-7759
blog：http://bwp25007008.pixnet.net/blog
email：bwp.service@cite.com.tw
發　　行／英屬蓋曼群島商家庭傳媒股份有限公司城邦分公司
聯絡地址：台北市中山區民生東路二段 141 號 11 樓
書虫客服服務專線：(02) 25007718・(02) 25007719
24小時傳眞服務：(02) 25001990・(02) 25001991
服務時間：週一至週五09:30-12:00・13:30-17:00
郵撥帳號：19863813　戶名：書虫股份有限公司
讀者服務信箱 email：service@readingclub.com.tw
城邦讀書花園網址：www.cite.com.tw
香港發行所／城邦（香港）出版集團有限公司
地址：香港灣仔駱克道 193 號東超商業中心 1 樓
email：hkcite@biznetvigator.com
電話：(852)25086231　傳眞：(852) 25789337
馬新發行所／城邦（馬新）出版集團 Cité(M)Sdn. Bhd.(458372U)
11, Jalan 30D/146, Desa Tasik, Sungai Besi,
57000 Kuala Lumpur, Malaysia.
電話：(603)90563833　傳眞：(603) 90562833
版型設計／小題大作
封面設計／黃聖文
電腦排版／浩瀚電腦排版股份有限公司
印　　刷／鴻霖印刷傳媒股份有限公司
總 經 銷／聯合發行股份有限公司
電話：(02)2917-8022　傳眞：(02)2915-6275

■ 2011 年（民 100）4月7日初版　　Printed in Taiwan

定價／200元

ISBN　978-986-120-701-8

廣　告　回　函
北區郵政管理登記證
台北廣字第000791號
郵資已付，免貼郵票

104台北市民生東路二段 141 號 2 樓

英屬蓋曼群島商家庭傳媒股份有限公司　城邦分公司

請沿虛線對摺，謝謝！

書號： BX4172	**書名：** 流光中的小確幸	**編碼：**

商周出版

讀者回函卡

謝謝您購買我們出版的書籍！請費心填寫此回函卡，我們將不定期寄上城邦集團最新的出版訊息。

姓名：＿＿＿＿＿＿＿＿＿＿＿＿＿＿＿＿＿＿ 性別：□男 □女

生日：西元＿＿＿＿＿＿年＿＿＿＿＿＿月＿＿＿＿＿＿日

地址：＿＿＿＿＿＿＿＿＿＿＿＿＿＿＿＿＿＿＿＿＿＿＿＿＿＿

聯絡電話：＿＿＿＿＿＿＿＿＿＿＿ 傳真：＿＿＿＿＿＿＿＿＿＿＿

E-mail：＿＿＿＿＿＿＿＿＿＿＿＿＿＿＿＿＿＿＿＿＿＿＿＿＿＿

學歷：□1.小學 □2.國中 □3.高中 □4.大專 □5.研究所以上

職業：□1.學生 □2.軍公教 □3.服務 □4.金融 □5.製造 □6.資訊

□7.傳播 □8.自由業 □9.農漁牧 □10.家管 □11.退休

□12.其他 ＿＿＿＿＿＿＿＿＿＿＿＿＿＿＿＿＿＿＿＿

您從何種方式得知本書消息？

□1.書店 □2.網路 □3.報紙 □4.雜誌 □5.廣播 □6.電視

□7.親友推薦 □8.其他＿＿＿＿＿＿＿＿＿＿＿＿＿＿＿＿

您通常以何種方式購書？

□1.書店 □2.網路 □3.傳真訂購 □4.郵局劃撥 □5.其他＿＿＿＿

您喜歡閱讀哪些類別的書籍？

□1.財經商業 □2.自然科學 □3.歷史 □4.法律 □5.文學

□6.休閒旅遊 □7.小說 □8.人物傳記 □9.生活、勵志 □10.其他

對我們的建議：＿＿＿＿＿＿＿＿＿＿＿＿＿＿＿＿＿＿＿＿＿＿

＿＿＿＿＿＿＿＿＿＿＿＿＿＿＿＿＿＿＿＿＿＿＿＿＿＿＿＿

＿＿＿＿＿＿＿＿＿＿＿＿＿＿＿＿＿＿＿＿＿＿＿＿＿＿＿＿

＿＿＿＿＿＿＿＿＿＿＿＿＿＿＿＿＿＿＿＿＿＿＿＿＿＿＿＿

＿＿＿＿＿＿＿＿＿＿＿＿＿＿＿＿＿＿＿＿＿＿＿＿＿＿＿＿